《宁夏景观文化丛书》编委会

主　任　蔡国英

副主任　马宇桢　张进海

编　委　吴忠礼　刘天明　薛正昌　负有强　范宗兴
　　　　张　嵩

《宁夏景观推介作品精选》

主　编　蔡国英

副主编　马宇桢　刘天明　负有强

宁夏景观文化丛书

宁夏景观推介作品精选

蔡国英 ◆ 主编

黄河出版传媒集团
宁夏人民出版社

图书在版编目（CIP）数据

宁夏景观推介作品精选/蔡国英主编. —银川：
宁夏人民出版社，2016.1
（宁夏景观文化丛书）
ISBN 978-7-227-06282-0

Ⅰ.①宁… Ⅱ.①蔡… Ⅲ.①散文集—中国—当代
Ⅳ.① I267

中国版本图书馆 CIP 数据核字（2016）第 025138 号

宁夏景观文化丛书
宁夏景观推介作品精选　　　　　　　　　　蔡国英　主编

责任编辑　李彦斌
封面设计　陈冰融
责任印制　肖　艳

黄河出版传媒集团
宁夏人民出版社　出版发行

出 版 人	王杨宝	
地　　址	宁夏银川市北京东路 139 号出版大厦（750001）	
网　　址	http://www.nxpph.com	http://www.yrpubm.com
网上书店	http://shop126547358.taobao.com	http://www.hh-book.com
电子信箱	nxrmcbs@126.com	renminshe@yrpubm.com
邮购电话	0951-5052104　5019391	
经　　销	全国新华书店	
印刷装订	宁夏银报印务有限公司	
印刷委托书号	（宁）0000342	

开本　720 mm×980 mm　1/16
印张　20.5　　　字数　210 千字
版次　2016 年 1 月第 1 版
印次　2016 年 1 月第 1 次印刷
书号　ISBN 978-7-227-06282-0/I·1625
定价　40.00 元

版权所有　侵权必究

序 言

蔡国英

自古以来，文化与景观就相生相伴。景观作为文化的一种表达方式，不仅具有自然地理上的资源价值，更蕴含着深厚的审美价值和人文底蕴。习近平总书记曾指出，要"体现尊重自然、顺应自然、天人合一的理念"，"让居民望得见山、看得见水、记得住乡愁"。中国古人历来崇尚"读万卷书，行万里路"：汉代有张骞使臣西域之行，唐代有玄奘宗教文化之旅，明代有徐霞客人文地理之游，清代有乾隆帝山河之览。并把中国山水画"可行可望不如可居可游之为得"的意境标准投射到对景观文化的品评当中。中国人以"小中见大、须弥芥子、湖中天地"的美学写意精神，构成了独具特色的中国景观文化评判机理。星罗棋布的八景或十景在中华大地上震古烁今，生而不息。

宁夏是中华文明的发祥地之一，巍峨险峻的贺兰山阻隔了漠北沙漠的侵蚀，为河套平原提供了天然屏障；黄河横贯河套平原，流经宁夏近400公里，巨大的落差形成了自流灌溉的优越条件，使河套平原成为沃野千里的塞上江南。独特的地理位置、优越的农业条件，使宁夏成为中华民族的摇篮之一，塑造出宁夏特有的自然地理和人文景观，黄河文化、回族文化、红色文化和西夏文化源远流长。早在明清时期，就盛传着"宁夏八景"和"西夏八景"等文化景观，"沙坡鸣钟""黄沙古渡"至今仍可找到历史遗迹。这些景观不仅代表着宁夏得天独厚的自然禀赋，更凝聚了宁夏厚重的历史文化底蕴。

为充分展示宁夏瑰丽多彩的自然风貌、人文风貌和优美的生态环境，深入挖掘宁夏景观文化内涵，让人们更多地了解宁夏之美，感受宁夏之美，讲好宁夏故事，传播好宁夏声音，推动文化旅游深度融合发展，服务宁夏全面建成小康社会大局，经过一年多的思考、调研，反复酝酿，我们以历史的站位和创新的思维，提出了开展"宁夏新十景"征集评选活动，得到了自治区党委主要领导的肯定和支持，被自治区党委十一届五次全会列入宁夏文化建设的重要工作。

从2014年8月到2015年7月整整一年时间里，自治区党委宣传部先后召开23次会议，广泛听取各方面意见建议，通过向全社会发布公告、征集景观作品、公众投稿等方式，紧锣密鼓，层层推进，有20多个省（区、市）热心群众参与，征集归类有2000多件作品，并最终评选出艾依春晓、古堡新影、贺兰晴雪、黄河金岸、回乡风情、六盘烟雨、沙湖苇舟、沙坡鸣钟、神秘西夏、水洞兵沟10个具有传世价值和时代精神的"宁夏新十景"。

这"新十景"当中,既有固态的物质资源,也有变化莫测的自然景象和丰富多样的大地景观,更有历史的、现代的人文景观,是对宁夏典型自然人文景观的集大成。从某种意义上来讲,"宁夏新十景"征集评选重绘了宁夏社会生活的历史自然画面,分析并提出了我们对待历史文化和现代自然人文面貌所要秉持的观念、表达的方式和创新的路径,是对宁夏文化积淀的一次深刻反思,也是对宁夏文化意义的一次极大丰富。

"宁夏新十景"征集评选实现了对宁夏自然景观的一次文化探源。将宁夏具有万余年文化积淀的景区进行了一次较为彻底的重新追根溯源,使宁夏文史、名人、传说、民俗方面的亮点得以充分挖掘出来,活态了景观文化内容,让人们对宁夏丰饶的自然文化资源有了重新认识,切身感受到镶嵌在这片广袤地理空间上的人情物理之美。

征集评选实现了对宁夏景观的一次文化萃取。将宁夏自然和人文景观的本底特质进行了一次重新分类,六盘烟雨从美感度,神秘西夏从历史性,水洞兵沟从科考性,回乡风情从宗教民俗性等方面,展示了宁夏景观核心文化元素,突出了宁夏景观优势价值。

征集评选实现了对宁夏景观的一次文化组合。在空间分布上,形成了由沙湖苇舟向六盘烟雨自北而南的线型排列;

在历史分布上，形成了从旧石器时代水洞沟，到今日黄河金岸由古至今的纵向整合，凸显了宁夏典型文化资源要素，规整了宁夏景观规模价值。

征集评选实现了对宁夏景观的一次文化拓展。"宁夏新十景"不仅折射出中国人的景观感知和审美心理，还从多维的角度提炼了宁夏景观旅游资源所蕴含的文化内涵、意象和象征意义，以远古与现代、原态与新生的聚合映衬，达到古相与新韵的相契交融，廓清了宁夏景观文化形态，明晰了宁夏景观文化符号。

作为写在宁夏大地上的书卷，"宁夏新十景"呈现的不仅仅是一幅幅壮阔恢宏的山河图，更是一幅幅宁夏从古至今文化角色博弈盛衰沉浮的百态图，还有经过历史浪涛冲涤，沉积在天地之间，与历史进程执手同行不断续写的憧憬图。与"宁夏新十景"征集评选活动相呼应推出的大型史诗纪录片《神秘的西夏》、史诗话剧《丝路天歌》及《走咧走咧去宁夏》等11首歌曲等系列文化精品，更是丰富而多元地擦亮了宁夏景观文化的精神底色，在区内外和国际上引起广泛关注。特别是"宁夏新十景"的征集评选，也推动了"银川最美景""石嘴山美景""吴忠美景""固原新景观""中卫新十景"，以及"沙湖十景"等重要旅游景点开展"十景""八景"的征集评选，使得宁夏大地上的颗颗明珠汇串成璀璨的珍珠项链。"宁夏新十景"征集评选以"誓游四方,以问所感"的魄力,推动了宁夏文化与旅游在更大范围、更广领域、更高层次上的深度融合;以秉承历史、活化传统的方式,凝聚了宁夏文化力量,文化与旅游呈现出相互促进、相得益彰的可喜局面。

本套书包括《宁夏景观文化古今》《宁夏景观推介作品精选》《宁夏景观文化征集作品选辑》《"宁夏新十景"诗词集》4部书稿。该套书紧紧围绕宁夏古今景观文化,多角度、多侧面、多形式挖掘、展示和探讨了宁夏景观文化,是对"宁夏新十景"征集评选过程的演绎、内涵的诠释、精华的萃取、成果的展示和经验的提炼。

"宁夏新十景"就像镌刻在宁夏大地上的文化印记,虽然只有十个词、四十个字,却浓缩了宁夏上万年的历史变迁、文化嬗递、自然形态和现代成就。言有万语,书有万卷,地有万里,均"读"之不尽也。读懂了"宁夏新十景",也就读懂了宁夏。相信本套书作为"宁夏新十景"征集评选活动的系列内容之一,一定会成为打造宁夏文化旅游品牌、讲好宁夏故事、传播好宁夏声音的有效介质,对提升宁夏在国内外的知名度产生积极而深远的影响。

原天地之美方能达万物之理。宁夏文化旅游正进入战略规划和结构转型的提升期。深入挖掘文化内涵,提升文化品位,是宁夏文化与旅游加快转型升级步伐,实现品牌化、差异化、可持续发展的必然选择。作为这片土地的守望者和建设者，我们有责任有义务发掘、保存、丰富和拓展历史与自然赋予这片土地的文化优势与文化意义，进一步丰富宁夏文化新业态、培育文化新品牌、拓展文化新模式，以文化的独特性和多样性丰富中国、影响中国，并对话于世界、交流于世界，为推动文化繁荣发展做出新的更大的贡献。

是为序。

2015年12月12日

（作者系宁夏回族自治区党委常委、宣传部部长）

目 录

单位推荐景观 001

个人推荐景观 135

提名景观 311

后　记 314

单位推荐景观

冰晶雾凇

（推荐单位：银川市委宣传部）

大雪过后，在海拔近3000米的苏峪口国家森林公园主峰贺兰金顶，大片的松树犹如一棵棵圣诞雪松，在大风肆虐下，松树上挂的雪花竟然纹丝不动，挂在松针上的雪花早已经结冰，晶莹剔透，格外好看。在温度低于零摄氏度以下，降雪会在松树上凝固结晶，伴随大风和大雪，在松树上形成晶莹剔透的雪花，形成冰晶雾凇。

雾凇，这种天气现象的形成，是一个复杂的大气过程。温度和湿度条件，只是具备了产生雾凇的基本条件。很多地方的雾凇，只是达到形成雾凇的基本条件，但不够全面和充分，因此形成的雾凇不够理想。而贺兰山雾凇的成因，是由于具备得天独厚的充分有利的特殊条件，构成了有机的超越常规的物理机制的独特成因。

贺兰云海

（推荐单位：银川市委宣传部）

在苏峪口国家森林公园经常可见：在山的上空，大片云朵缓慢飘移，山体在云中若隐若现，好似仙境。云海变化无穷，围绕群山，云海好像凝固，云中山体好像幻影。在海拔3000米处，凛冽的山风快速刮过，云海也跟着风快速移动，给人一种置身云上的梦幻感觉。在山体西侧，风已经吹开远山云雾，阿拉善左旗映入眼帘，左旗城好像在云中，山谷较

乱云飞渡贺兰峰　张莉/摄

低的云海托起城市，高空飘动的云海盖在城市上空，这景象更如仙境。

云海是自然景观，是一种人生境界。云海一样的景色，云海一样的境界。所谓云海，是指在一定的条件下形成的云层，并且云顶高度低于山顶高度，当人们在高山之巅俯视云层时，看到的是漫无边际的云，如临于大海之滨，波起峰涌，浪花飞溅，惊涛拍岸。日出和日落时形成的云海，五彩斑斓，极为壮观。

海宝塔影

（推荐单位：银川市委宣传部、银川市文联）

"古塔凌霄"越千年，夏州八景明清传。历经天崩地裂，坐镇朔方，惠及银川。始建年代不详，相传5世纪初，大夏国赫连勃勃（406—244年）重建。塔高53.9米，塔室呈十字形，四面皆有拱券通道，与出轩部分的券门相接。每层四角皆悬风铃。其方形空间以木梁板铺隔，橡木旋梯可登塔端。塔顶琉璃塔刹，似与云天相连，望巍巍贺兰南归雁，听芳菲世界几声叹。俯瞰黄河，八百里绕城一路欢。远眺郊外，几万顷平原赛江南。海宝湖水面氤氲，涟漪荡漾，画舫轻舟，万千倒影成奇幻，红翠交相辉映，影影绰绰迷人眼。幽亭长廊，情侣双双，名人雕塑，遗韵悠悠。芦苇深处，鸥鹭翩翩。最喜七月庙会，热闹非凡。善男信女如云集，香烟缭绕求佛缘。说书耍猴僧坐禅，诵经念佛布斋饭。秦腔乱弹,诉不完人情冷暖;晨钟暮鼓,敲不尽凡夫俗念。一帘烟雨,阻不住环湖长跑者身影;满湖碎月,嗅不够花之君子香青莲。云淡水自静,风轻世太平。人文考量,拒绝喧哗于千里之外;佛门圣地,传播向善于万众心间。遥对西塔,石级数千,九层十一级,层层有景观。

迷宫寻鹭

（推荐单位：银川鸣翠湖国家湿地公园）

国家ＡＡＡＡ级旅游景区——银川鸣翠湖国家湿地公园是我国第三家、西部地区及黄河流域首家国家湿地公园。迷宫寻鹭是鸣翠湖最有特色的一大景观,整个芦苇迷宫是根据道家的八卦艺术设计而成。迷宫东西宽800米,南北长1200米,迷宫水道总长十余公里,由芦苇、水道组成,整个迷宫蜿蜒曲折,变幻莫测,可谓是天人合一的壮举。良好的自然环境使这里成为鸟类的乐园,更以苍鹭居多。穿越迷宫,在上百个看似相同的路口前追寻苍鹭的痕迹,这便是鸣翠湖"迷宫寻鹭千百度"的喻义之所在。

这里的水透亮无边,带着塞北的浩渺磅礴与氤氲之气。湖波潋滟,草树烟绵,百鸟翔集,鱼跃其间,再被那一丛丛匍匐成堆的苇荡隔开,这片湿地宛然变成了一座处于塞北的碧色水苑。

丰茂的芦苇摇曳着,苇丛泛舟,在水径中行走,游入萋萋芳草自然交织成的水上迷宫里,不容易从中逃脱出来,迷乱之下，几经周转，摇橹荡桨的时候，绿苇的青翠欲滴纷纷撞入眼球，水岸两边高大的芦苇遮藏着湿地的精灵——黑鹳、中华秋沙鸭、白尾海雕、大鸨、鸳鸯等，令我们在迷宫中丢掉了一颗都市人的嘈杂之心，重新回归到了淡泊宁静的状态，也只有西北的这片水域宝地才可有这般的魔力。而那伴在落日中展翅齐飞的百鸟又不由让人联想到"秋水共长天一色，落霞与孤鹜齐飞"的名句。

阅海夜色

（推荐单位：银川阅海湾中央商务区）

银川阅海湾中央商务区作为西北唯一滨水型生态CBD已开放迎宾，水上公园、中央公园、容水公园、中阿之轴"三园一轴"景观已打造完成，其中作为宁夏第一景观工程，中阿之轴长2100米，宽90米，概算投资1.8亿，主要划分为中阿友好标志景观区、中阿文化交融景观区、中国回族文化景观区三个区域，建设中阿友好纪念碑、景观水系、大型雕塑群、园林建筑等，实现轴文化、轴视觉、轴景观和谐共融。银川阅海湾中央商务区夜色璀璨恢弘，景观水道环绕其间，雕梁画栋的中国古典风格建筑与新月穹庐的阿拉伯风情建筑在星月和灯光的映衬下显得更加神秘与瑰丽，尽显中阿文化和谐交融。

贺兰晴雪

（推荐单位：银川苏峪口国家森林公园）

古宁夏八景之一。六月暑日，在苏峪口国家森林公园景区，蓝天晴空，白雪盖顶，这就是古宁夏八景之首的"贺兰晴雪"。自古诗人用"满眼但知银世界，举头都是玉江山"来赞美贺兰晴雪胜景。日不落《贺兰晴雪赋》云："六盘飞歌，大漠孤烟，长河出日，天气晴朗，银川市区，远望贺兰，清晰看到：绵延岭上、断断续续、覆层白雪、蓝天白云、衬托其下、贺兰山者、分外妖娆、朝晖夕映、'贺兰佛光'、神秘浮现、'峨眉宝光'、堪与争妍。"明代的朱真钊《贺兰晴雪》："贺兰西望矗长空，天界华夷势更雄；岩际云开青益显，峰头寒重雪难融；清光绚玉冲虚白，秀色拖岚映夕红；胜慨朔方真第一，徘徊把酒兴无穷。"清代的王以晋《贺兰夏雪》："白帝威生万壑间，炎天不改暮冬颜。翻疑五月江城笛，吹散梅花落满山。"

黄沙古渡

（推荐单位：宁夏黄沙古渡生态建设有限公司）

黄沙古渡原生态旅游景区是国家ＡＡＡＡ级旅游景区、国家级湿地公园、中国最佳生态休闲旅游胜地、明清宁夏八景之一。在这里，您可以亲临康熙大帝渡黄河的古渡口、昭君出塞和亲留在大漠的月牙湖。景区内的大漠风光、黄河古韵、自然湿地、黄沙拥长河的塞外奇景，是原生态自助游的好去处。古老的羊皮筏子，原始的沙漠之舟骆驼，现代的黄河龙舟，刺激的沙海冲浪，是宁夏最好玩的地方。中国原生藏獒展示基地、宁夏民俗文化博物馆、宁夏沙漠野生动物救助中心落户于此。

黄沙古渡是一处古老的黄河渡口，明代庆靖王朱栴的《黄沙古渡》描述了这里的壮丽景色，也阐述了黄沙古渡在交通上的重要地位。景区位于银川市兴庆区月牙湖，距银川市52公里，距银川河东机场38公里，距银川火车站66公里。景区规划面积55.3平方公里，分别由门户区、沙漠野生动植物观赏区、黄河湿地公园、黄河古渡、月牙湖、黄河古镇六大区域构成。景区深入挖掘了黄沙古渡历史文化，恢复与建设了黄河祭台、宁河台、观日台、禹王井、黄龙镇河、古渡口、黄河渔村、黄河古镇、古渡人家、黄沙古渡黄河楼、塞外浑怀障、芦荡飘雪、黄河人家、古渡、黄河小镇、大漠孤烟黄河落日、烽火台、时来运转阁、横城古渡、横城堡渡黄河、朱栴巡边、康熙渡黄河、昭君出塞和亲雕塑等古迹景观，复原了大漠驼场、漠北大营、黄河滩老羊圈。

黄沙古渡曾是古代军事重镇和交通要道，相传秦蒙恬北击匈奴、汉昭君出塞和亲、清康熙微服私访亲征噶尔丹均由此渡黄河。

黄沙古渡曾是古代宁夏八景之一，曾是明清最负盛名的黄河渡口，这里现被评为国家AAAA级旅游景区、国家级湿地公园。

黄沙古渡有太多的历史遗迹值得后人去品味，这里有太多的神秘需要后人去挖掘，这里有太多的惊喜令人期待。

2003年初，宁夏黄沙古渡生态建设有限公司成立后即开始全面负责月牙湖湿地的保护和恢复。2004年初，黄沙古渡公司组织对生态保护区进行治理，开展湿地保护防沙治沙等工作。2006年4月，黄沙古渡正式接待游客，"大漠黄河、神奇古渡"的绝世景观遂重新展现在世人面前。

如今的黄沙古渡，正在宁夏旅游界进一步崛起，已经成为黄河金岸上的璀璨明珠。

黄河夕照　张辉/摄

大漠清泉

（推荐单位：青铜峡市文联）

"潺潺清泉似潮涌，丝丝春絮杨柳青。庙山湖畔鸳鸯戏，疑是银河陨仙境。"这是一位诗人游完清凉寺庙山湖后的即兴抒怀。

庙山湖位于青铜峡市以西30多公里、贺兰山东麓的大漠之上。放眼望去，此处既无茂密水土涵养林，前坡也不见明泾暗流，但就在这四面黄土、满目沙砾之中分布着大小不一的100多处"涌泉"。雄奇苍凉的青山大漠，因为这泉水而有了许多神秘与妩媚，平添的几分生机与秀色。这千年古泉源远流长，让其成为宁夏青铜峡的一个旅游胜地。

鸟类天堂

（推荐单位：青铜峡市文联）

青铜峡水库自然风景区位于宁夏青铜峡水库上端，由青铜峡水电站拦河大坝逆水穿过十里长峡，有一片开阔的高峡平湖，平湖内山光水色秀丽宜人，库区内有2万多亩次森林，5万亩滩地绿草如茵，岛上林木参天。浅水滩上，黑白相间，色泽分明，布满了飞鸟。密林深处，蒲苇丛生，飞鸟起落，穿梭往返，千姿百态，成为多种鸟类的栖息、繁衍的理想场所，被人称为"黄河鸟岛"。

每年三四月，几万只候鸟从温暖的南方来到春醒泛绿的黄河河心岛。据动物学家考察，黄河鸟岛共有鸟类180多种，以雁、鸭为最多，还有鸬鹚、豆雁、灰雁、赤麻鸭、绿头鸭、蓑羽鹤等。另外还有珍禽黑鹳、大天鹅、小天鹅、疣鼻天鹅。

青铜峡水库区已成为自然保护区，每年春夏秋季游客接踵而至，划船观鸟，咏诗作画，乐在天涯。

董府官邸

（推荐单位：青铜峡市文联）

距吴忠市西南17公里，与青铜峡市峡口镇毗邻。东接吴忠，西临黄河，北依秦渠，与牛首山遥遥相望，周围树木成荫，环境幽雅，1988年被列为自治区重点文物保护单位。董府是宁夏现存最完整的清代官员府邸，系清光绪年间著名将领太子少保董福祥（1839—1908年）于1902年所建，是宁夏现存唯一最大的古文化大堡寨。其建筑规模庞大，地方民族特色鲜明，由主体建筑、府墙、府郭、护城河四部分组成，现仅存内寨和主体建筑，其中主体建筑占地11025平方米。董府府形为堡寨，格调讲究，布局严谨，工艺精湛，是较具代表性的明清四合院式建筑，寨内建筑雕梁画栋，彩绘新颖，格调高雅，气势雄伟。

二龙盘珠

（推荐单位：青铜峡市文联）

在牛首山东寺庙群有两座山，形如二龙蟠卧，中间有一圆形山包，远望就如二龙盘珠一般，十分奇特。

传说，古时候这里没有山，是一片大海。大禹治水时曾在这里投下一颗定水龙珠，从此这里风平浪静，是海边渔民的最好渔场，也是航海之人的避风之所。白天，海面上白帆点点，那是渔民们出海捕鱼；傍晚，海面上渔歌阵阵，那是捕鱼人满载而归。

不知什么时候，这里来了两条恶龙，它们在海底发现了那颗龙珠。那龙珠圆滚滚、亮晶晶，光华四射，真是可爱极了！它们都想把龙珠据为己有，于是争斗起来。二龙相斗是何等的厉害，那真是翻江倒海、巨浪滔天，行船的、打鱼的，全部葬身于大海，无一幸免。

灾难也波及岸上居民，海水涌上海岸，淹没良田，冲毁村庄，人们的生活受到了灾难性的破坏，生活在苦难之中。定水龙珠心里急呀！她虽身有法力，但怎能同时敌得过两条恶龙呢？她想啊，想啊，终于想出一条治服恶龙的妙计。于是，她轻轻浮出海面，两条恶龙一见，也随后紧追了上来。一时间，只见海面上光芒闪耀，龙珠在海面滚动，两条恶龙尾随其后，就这样，龙珠将恶龙渐渐引向海滩，突然龙珠使出神力将海水逼退。汪洋大海一下子成了陆地。两条恶龙陷入污泥之中既不能飞，也不能游，折腾了一阵之后终于不能动弹了。后来，太阳晒干了泥中的水分，两条恶龙也就一命呜呼了。它们搁在泥上的尸骸化成了大山。

龙珠呢？她逼退了海水，自己也回不了大海了。可她又不能再让海水回来呀，那样恶龙复活了还会继续作恶的。于是，她也就在二龙之间化成了一座圆形的山包，人们称之为龙珠山。这个故事在古峡大地世代相传，人们为纪念为民除害的龙珠，就在圆形山包上建了一座寺庙。

牛首佛光

（推荐单位：青铜峡市文联）

牛首山寺庙群是宁夏境内保存最完整、西北地区最大的寺庙群之一，因其主峰小西天和大西天南北耸峙，宛如牛首，故而得名。该寺庙群分西寺群和东寺群两部分，共有寺庙四十余座，主要有普光寺、万佛阁、睡佛殿等庙宇。牛首西天寺被称为"朔方名寺，西夏普陀"。农历三月十五庙会十分盛大，有"牛首佛光，河曲映日"等奇观，每逢庙会，十里八乡的香客汇聚于此，轻烟袅袅，祈祷声声。

古峡明珠

（推荐单位：青铜峡市文联）

人们都说，"天下黄河富宁夏，宁夏唯富青铜峡"！

是啊，青铜古峡日夜依偎在祖国的母亲河——黄河的

身旁，

日复一日，年复一年，用她甘甜的乳汁，

养育、滋润着古峡二十七万回、汉儿女的安康！

悠久的历史，醇厚的人文积淀，

古老的神话，一代代在人间流传；

独特的地理环境，丰富的水力资源，

肥沃的冲积平原，优越的灌溉条件……

强大的电力推动着工业的飞速发展，

得天独厚的自然条件使农业插上腾飞的翅膀！

这就是青铜古峡，我们可爱的故乡，

这就是青铜古峡，日新月异，在改革开放中不断变换着新的模样！

黄河涛声

（推荐单位：青铜峡市文联）

黄河水天上来，日夜在滋润咱华夏的黄河金岸。

你日夜依偎在母亲河怀抱，品味着挚爱的温馨；

你深情地凝视着美丽的宁夏平原，勤劳的金岸人民倾注着真情；

稻花飘香，绿浪翻滚，万象更新，凯歌声声，用汗水浇筑丰收的美景。

黄河金岸，风情万种，谱写着华美的旋律，啊，华美的旋律！

你日夜守候在牛首山下，倾听着千古的回声；

你用臂膀托起那富饶的塞上江南，勇敢的回汉人民激发着聪慧；

九曲黄河一泻千里，十里长峡，波涛滚滚，用热血铭刻历史的永恒；

黄河金岸，精神抖擞，共建着和谐的家园！

青铜古镇

（推荐单位：青铜峡市文联）

月光融融，辉映着古香古色的青铜古镇。

杨柳摇曳，鲜花争艳，夜空渺渺，吟诵远古的绝句！

金戈铁马，杀声阵阵，烽火连天映日红；

茶马古道，西风瘦，商贾如云，驼铃悦耳，回味长安的神韵；

一杯浊酒，满腹壮志雄心；花团锦簇，明月当空，追忆秦王伟岸的身影；

啊！青铜古镇，我心中割舍不下的梦！

月色浓浓，辉映着如诗如画的青铜古镇。

浮想联翩，情思悠悠，一缕清音，绕梁三日荡魂；

战鼓咚咚，刀枪交击，蒙恬挥刀仰天长啸；

禹王挥神斧，劈峡平水患，十里长峡，风光无限，造福黄河两岸百姓；

残阳如血，传说如此动人；壮志未酬，热血沸腾，励志青铜古峡的振兴；

啊！青铜古镇，我心中割舍不下的梦！

古峡坝影

（推荐单位：青铜峡市文联）

星光闪闪月儿明，牛首朦胧流入梦。
晚风吹拂河边柳，河水映出坝头影。
塞上明珠放光明，灯火辉煌不夜城。
啊，古峡的夜啊，多沉静！我听到古峡甜美的歌声。
星光闪闪月儿明，高峡平湖似明镜。
流水静静润大地，幸福交织在梦中。
世外桃源今日现，天上人间尽朝晖。
啊，古峡的夜啊，多迷人！我听到母亲的心跳声……

古峡鸟岛

（推荐单位：青铜峡市文联）

啊，美丽的鸟岛，百鸟的天堂。湖水荡漾柳丝荡，鱼跃虾跳百鸟翔。小桥流水似桃源，蓝天白云飘水上。

啊，美丽的鸟岛，鸟儿生活的天堂。

中华圣坛
（推荐单位：青铜峡市文联）

啊，中华圣坛，黄河文化的摇篮。中华五千年历史，在这里展演。巍峨的青铜楼牌，迎接八方的客人。大禹治水的神话，祖祖辈辈在这里流传。

啊，中华圣坛，将延续着黄河雄风劲吹千年万年！

河曲映日
（推荐单位：青铜峡市文联）

逶迤的黄河似一条巨龙，汹涌澎湃日夜向东。绵延的牛首、庄严的寺庙，在阳光下金碧辉煌。拦河大坝将大河拦腰截断，奔涌的河水呼啸沸腾。这是一条流动的生命甘霖，叙写着千万年的历史文明。这是一条流动的生命甘霖，哺育着黄河两岸人民大众。

万家灯火
（推荐单位：青铜峡市文联）

我站在牛首峰巅，夜风掀动着庙宇廊檐的风铃。在唱一首古老的歌谣，追忆着蒙恬筑神泉障的梦想。群山是一幢幢模糊的暗影，山脚下的黄河在唱着小夜曲安息。远处的公路是一条光的腰带，彻夜不灭，一刻不停。远处的城市睁大了眼睛，灯火辉煌，注视着熟睡的大地。

大坝听涛

（推荐人：青铜峡市文物管理所）

青铜峡水利枢纽工程在1958年8月伴随着宁夏回族自治区的成立破土动工，于1967年12月建成，位于秦渠、汉渠、唐徕渠渠首之上，是我国第一座也是唯一的闸墩式电站，是一个以灌溉为主，结合发电、防洪、防凌和满足下游工业用水的综合性水利枢纽工程。它总长693.75米，最大坝高42.7米，总装机容量为27.2万千瓦，年均发电量为13.5亿千瓦时。

兴建这样一座大中型水利水电工程，恰遇我国百废待举的经济困难时期。坝址又处在高寒、荒凉的大西北峡谷地带，施工条件十分恶劣。但是水电部和宁夏回族自治区党委非常重视这个工程的兴建，配备了坚强的领导班子，从全国各地调来干部和技术工人，任命一名留苏副博士万宗尧任青铜峡工程局副总工。知名大学的不少毕业生都分到青铜峡工地。自治区从12个县市抽调1.8万余名民工，自带工具、干粮参加青铜峡工程建设。真正是"人海战术""蚂蚁搬家"。在某种意义上可以说，青铜峡水电站大坝是宁夏回汉各族人民用肩膀、双手和汗水筑起的一座丰碑，也是宁夏回汉各族人民在中国共产党领导下向自然斗争的伟大创举。工程的建成结束了宁夏无坝引水灌溉的历史，为宁夏经济社会发展做出了历史性贡献。

叶盛地三

（推荐单位：青铜峡市水产技术推广服务中心）

青铜峡市北大门——叶盛紧靠黄河，利用得天独厚的地理优势，优质的灌溉条件，相传在清代，康熙皇帝微服私访宁夏，用膳时钦点叶盛大米为宴席主食，并被列为朝廷"贡米"，叶盛大米由此而得名，被誉为"西夏贡米"。自2010年做稻蟹基地以来，发展稻蟹种养项目，叶盛大米不仅产量丰盈，而且品质优良，具备了粒圆、色洁、油润、味香四大特点，蛋白质、脂肪含量高，极富营养价值。用其蒸制的米饭，洁白如脂，粒粒晶莹，黏而不腻，油润香口。特别是该镇地三村生产的水稻，用其加工后的精米光映半透，粒圆饱满，更是款待亲友的佳品。这里出产的大米一直是宁夏最值得称道的农产品之一而畅销区内外，每到秋收时节，千里迢迢来叶盛拉运大米的车辆川流不息。

农家风情

（推荐单位：青铜峡市农牧局产业化服务中心）

"梅子金黄杏子肥，麦花雪白菜花稀。日长篱落无人过，唯有蜻蜓蛱蝶飞。"一首宋代诗人范成大的古诗把我们带进了农家小院。呼吸着清新的空气，畅想着美好的梦想，信手拈来，一个大而粉红的桃子，还捎带着露珠，送入口中，缕缕清香，沁人心脾，令人心旷神怡。漫步丛林，放飞心情，偶尔小憩，蝴蝶竞相飞舞，犹如人间仙境。傍晚，来到池塘边，甩杆垂钓，看鱼儿在水中游，一幅悠然自得的图画美景，看乡间其乐融融，男女老少皆满脸笑容，衣着光鲜。真是世外桃源一般。

春天是乡村最美丽的季节。各种花儿含苞待放，像个个羞涩的姑娘；小草从土里探出头来，好奇地望着这个多彩的世界；树木抽出了嫩绿的枝条；农民伯伯驱赶着黄牛在耕田，黄牛身后跟着许多八哥和白鹭，它们有的低飞，有的跳跃着捉小虫；小鸭子也来凑热闹，在水中游来游去，嬉戏着。

迷人乡村，映入眼帘的是一朵朵五彩缤纷、香醇而又美丽的花儿，有芍药、凤仙、鸡冠花、大丽菊，它们朴素中带着几分华丽，显出一派独特的农家风光，阳光撒下了一个个宛如金色的种子一样，阳光沐浴着花儿，像是给花披上了一层金纱，绚丽多彩地站在门前。

这就是我们的家乡，一个美丽的地方。

阳光沐浴

（推荐单位：青铜峡市农村能源工作站）

牛首山下新农村，同心移民乐融融，富民政策惠民生，阳光沐浴太阳能，清洁能源暖民心。

宁夏青铜峡市广武地区，一排排整齐划一、错落有致、整洁亮丽、独门独院的移民新村坐落其中，阳光下太阳能热水器、黄沙、青砖碧瓦、绿树共同组成一道优美亮丽的风景线。按照宁夏回族自治区党委、政府生态移民总体规划，"十二五"期间，青铜峡市共需搬迁移民3277户1.65万人。为了完成这一责任大、任务重、惠民利民的"一号工程"，把好事办好、办实，实现生态移民"搬得出、稳得住、发展好、能致富"的总体目标，青铜峡市把生态移民攻坚作为推进经济社会发展的头等大事来抓，采取多项措施，积极为移民打造生产生活宜居、温馨和谐友好环境。率先在全区提前完成搬迁任务，为已搬迁入住的3277户生态移民每户免费安装1台太阳能热水器，让生态移民实实在在享受国家改革开放和生态移民政策带来的红利。

稻鸭共生

（推荐单位：青铜峡市农业技术推广服务中心）

近几年来，青铜峡市着力发展环境友好型生态农业，积极探索立体种养模式。在叶盛镇地三万亩有机稻示范基地，技术人员示范引进稻田养鸭，品种为适应稻田生长的小型鸭。6月上旬，该基地从四川引进的雏鸭集中暂养，待稻田水温升高，水稻有效分蘖期结束后，将其放养田中，平均每亩放养12~15只，啄食田间嫩草及幼虫，此项技术不仅降低了人工除草成本，而且达到了生物绿色防虫的目的。同时鸭爪的运动提高了水稻根系的呼吸作用，促进根系发达，鸭粪持续为水稻提高有机肥，促使水稻生长健壮，形成了一条生态循环经济链，生产出的生态稻、生态鸭均为绿色环保食品。

喜收番茄

（推荐单位：青铜峡市农业技术推广服务中心）

2014年，青铜峡市种植订单越夏番茄3800亩，主要分布在大坝镇、邵刚镇和小坝镇等镇，主栽品种以欧盾、欧贝等耐储运、高品质粉果硬果型番茄为主，种植技术严格执行越夏番茄无公害、标准化生产技术操作规程，农技人员全程跟踪技术服务。目前第一穗果已于7月17日开始收获，该市种植的越夏番茄因其口感、外观均好，颇受当地客商的欢迎，吸引了6家营销大户深入各种植基地严格按照协议，对3两以上的番茄，以每公斤1.6元的优价收购，据测算，第一穗果平均亩产600公斤。由于收购价格略高，预计平均亩收入高于上年的1.1万元。产品全部销往上海、杭州、北京、广州等地。订单越夏番茄已逐步成为青铜峡市促农增收的一项支柱产业。

菊色满园

（推荐单位：青铜峡市农业技术推广服务中心）

近几年来，青铜峡市叶盛镇地三村万亩优质水稻示范园区充分利用水稻育秧大棚前的空闲地，倾力打造休闲观光农业，引进示范色素菊约300亩。色素菊自7月初开始采收，花期长达3个月，平均每7天采收一茬，全生育期需采收10余茬，订单企业以每公斤1.1元的价格收购。据测算：色素菊平均亩产3吨，平均亩产值3万元。

水稻测产

（推荐单位：青铜峡市农业技术推广服务中心）

2014年，青铜峡市围绕黄河金岸优势特色产业"四带一化"的总体目标，把进军"中国第一米"特色品牌，走高端精品富民之路作为发展优质粮食的重中之重，种植水稻面积17.5万亩，宁粳43号、宁粳44号、宁粳28号等优质水稻品种覆盖率达100%。水稻插秧面积9万亩，稻田养蟹面积5万亩。为全面推进优质水稻生产，主推五项技术支撑优质稻发展。一是主推工厂化育秧技术。全市共建设工厂化育秧大棚1040栋，使工厂化育秧栽培面积达7.2万亩。二是主推稻田养蟹技术。以叶盛、大坝等五镇为中心，发展稻田养蟹5万亩，通过稻田养蟹落实有机水稻。三是主推水稻全程机械化生产技术。集成创新新农机、新品种与新农艺技术的组装配套，实现机育机插机收，力争水稻机械化水平达到100%。四是主推配方施肥技术。将全市水稻基地全部纳入配方施肥项目区，大力推广有机肥，实现水稻优质高产。五是主推农作物病虫害生物综合防控和水稻旱育稀植技术，力促水稻提质增效。

罗山叠翠

（推荐单位：红寺堡区委宣传部）

罗山圣气瑞兆，人文早开，是红寺堡灵气之所在。罗山作为区域生态环境的重要屏障，是宁夏中部干旱带上唯一的天然水源涵养林，被以为"韩海明珠""荒漠翡翠"。同时罗山水源维系着周边20多万人和数十万家畜的饮用水，被当地百姓亲切地称为"母亲山"。

罗山呈南北走向，山势挺拔，巍然屹立，绵延30多公里，宽18公里，总面积337.1平方公里，海拔2642.5米的主峰"好汉圪垯"是宁夏中部的最高峰。

罗山峰峦叠嶂，苍翠如染，历史悠久，人文荟萃，有丰富的历史文化底蕴。这里蕴含了悠久的历史文化和秀美的自然景观。山上有泉眼30余处，日总流量980吨，气候凉爽，空气清新。走进罗山，置身于蓝天白云下的树林之中，踏着青石小路，听潺潺溪水，观古刹香火缭绕，仿佛置身于另一片天地。

罗山四季有风光，四时各不同。春日可寻芳，山花烂漫，绿草如茵，古称"罗山叠翠"，与"贺兰晴雪""梵刹钟声"齐名；夏时可避暑，流水潺潺，凉风习习；秋夜可赏月，月明星稀，听古寺钟声，余音袅袅，荡涤心灵；冬令可踏雪，白雪皑皑，银装素裹，古称"石关积雪"。

罗山，如同一颗璀璨的绿色宝石镶嵌在红寺堡大地上，既有西北大漠的雄浑，也不失江南水乡的秀丽。历代文人墨客常来山上寻幽览胜，吟诗作赋，形成了独特的"罗山文化圈"。

坛耀金沙
（推荐单位：青铜峡市委宣传部）

  金沙湾呀，金沙湾，青铜峡峡谷一线天，山高水长流，水长流，塞上美江南，美江南，天下黄河富宁夏，好家园，好家园，好家园……金沙湾呀，金沙湾，黄河金岸月儿圆，感恩母亲河，母亲河，枸杞醉红颜，醉红颜，九曲黄河万里长，中华民族心相连，心相连。啊，啊，啊，啊，啊，啊！

——《金沙湾》之歌

  宁夏黄河上游青铜峡河段，优美柔情的金沙湾坐落在其中，夕阳下余晖映河，黄河、黄沙、青铜共同组成一组浑然天成的优美画卷，五千年黄河文化汇聚的中华黄河坛，金沙湾将黄河与千年文化深情的交融，以1350米的距离从上古文明一直延续至今，恰似一部百科全书将黄河文化具象化的体现。这部百科全书将千年中华民族传统文化元素，通过建筑形制建设在黄沙堆砌的金沙湾之上，与黄河相伴，将母亲河的柔美秀丽与历史文化的深厚积淀进行全方位多层次的体现，利用丰富多彩的文化长廊，庄严神圣的文化积淀，厚重绵延的文化思想不仅将千年的文化做实做强，更在母亲河畔的金沙湾呈现出一片绚丽夺目的金光璀璨，每年国际母亲节，中华儿女同聚一坛，在耀眼的金沙湾中华黄河坛，向伟大的母亲河献上中华儿女最庄严的祭礼。同时建设初衷便是打造属于中华民族共享、共建、共有的精神家园，传播和弘扬中华民族千年积淀下的传统文化。可谓"千古文明聚一坛，塞上江南美名扬。功传九州赤县郎，耀眼金沙传美名"。

高峡平湖

（推荐单位：青铜峡市委宣传部）

黄河在世人眼中是壮丽的大河，它以奔腾不息的黄河水养育着华夏儿女千万年之久。提起黄河，脑海中呈现的不外乎是那壶口一泻汪洋的大气磅礴，可在宁夏青铜峡黄河段这块塞外之地，却有着另一番不同于人们认知的黄河，那就是秀美黄河。如果说壶口的黄河是西北的豪爽汉子，那么青铜峡的黄河便是江南水乡的小家碧玉。在这里春夏秋冬呈现出不同的景色，"春季踏青绿油油，夏季畅游黄河水，秋季硕果贺丰年，冬季冰封雪山恋"。这里的黄河是秀美的，这里的黄河是多彩的，正如有人说黄河"为严父，百代乱殇造就了华夏民族坚韧不屈、敢为人先的拼搏精神！为慈母，千年乳哺铸就了我们海纳百川、有容乃大的奋斗精神！"这里不仅仅有着黄河的自然秀丽，还有着深厚的黄河文化的积淀；青铜峡黄河大峡谷两侧之山，不仅有着宁夏的父亲山——贺兰山，还有着上古圣岳不周山。贺兰山为塞上江南的宁夏创造了绝对的优势条件，挡住了不断侵蚀的寒流，在父亲的臂膀下，自流灌溉的母亲乳汁打造出了宁夏600万亩商品粮基地，成就了"天下黄河富宁夏"的绝世美名。不周山，传说中的天柱，女娲补天处，流传着让世人向往的美丽传说。自然秀美的黄河边有着万亩良田，绿意盎然的景色将塞上美景缩影在富饶的金沙之畔。不仅自然景观秀美，人文景观也独居特色。中华黄河坛、大禹文化园、青铜峡拦河大坝、青铜峡108塔，在这一线贯穿其中。诗云："二十里画廊二十里景，二十里美景在青铜。"又曰："千载悠悠万古情怀九州事，秀景万千浊河水平如镜若画。"

古韵长城

（推荐单位：盐池县委宣传部）

长城是我国古代各族劳动人民创造的伟大奇迹，是中华民族勤劳、智慧、坚强不屈的象征，也是世界文明的瑰宝。古代的盐池地处北方边陲，战略地位重要，历代王朝为巩固边防，在这里修筑了多条长城。目前遗迹明显的长城共有四条。其中明代长城三条，分别建造于明成化十年（1474年）、明泓治十五年（1502年）、明嘉靖十年（1531年），总长度为197.701公里；另一条为隋长城，筑于隋开皇五年（585年），长78.402公里。隋长城遗迹在全国已十分罕见，盐池这段显得尤为珍贵。四条长城呈夹角之势将盐池包围，因此，盐池有"长城博物馆"之誉。盐池县境内有隋、明长城四道，全长259公里，绵延横亘，气势恢宏，如龙似鲲鹏展翅欲飞，连绵起伏，曲折蜿蜒，气势非凡。长城关、烽火台、深沟高垒、八步战台等遗址雄踞边塞。

它是古代劳动人民智慧的结晶，也是中国古代文化的象征和中华民族的骄傲。"天高云淡，望断南飞雁。不到长城非好汉，屈指行程二万"，盐池县长城旅游观光带长城沿线建设了张家场博物馆、红柳滩观景长廊、安定堡自驾游营地、英雄堡观景长廊等景点。愿天下有志者竞游长城。

哈巴湖秋韵

（推荐单位：盐池县委宣传部）

花马寺国家森林公园哈巴湖景区具有丰富的动植物资源和自然景观。有野生维管植物54科180属368种，动物24目49科185种，是塞北荒漠天然的"生物基因库"。景区内文物古迹众多，山川沙海兼有，数万亩林木郁郁葱葱，湖水清澈湛蓝，风光旖旎，景色壮美。景区内集中了灌木丛林、森林浴场、百鸟乐园、草园风情、沙山金色、曲径通幽、湿地鲜润，常有湖泊映天、名木古树阅尽人间沧桑。使游人在游览、娱乐、休闲中感受大自然的壮美。

哈巴湖景区以沙、水、林等自然景观为特色，以雄浑、古朴、幽深、旷达为风格，被誉为"塞上明珠"。是唐代李益"绿杨著水草如烟，旧时盐州饮马泉"的真实写照。景区内沙山平湖交相辉映，沙明水秀，植物繁茂，人文荟萃，有哈巴湖、大明墩、沙海观云等景点十余处。

哈巴湖景区东濒陕西定边，南邻甘肃环县，北接内蒙古前旗，距首府银川120公里。总面积5000公顷。

景区地理位置特殊，自然资源丰富，人文景观独特，以生物多样、大漠奇秀、湿地湖泊为主要特色，集生态、科普、探险、休闲、消夏避暑为一体的高品位哈巴湖国家森林公园。

景区集中了灌木丛林、沙生植物园、森林浴场、高殿远眺、伟岸挺拔的白榆林、百鸟乐园、草原风光、沙山金色、古堡寺庙、名木古树、沙漠探险、沙漠绿洲、兔儿坑、九道湾、田园、玉树琼枝、沙海奇观等数十个景点。

哈巴湖景区适度开发，增添了沙漠冲浪、夜营篝火、跑马射箭、水上乐园、沙滩排球、遗址怀古等项目。已成为集旅游、度假、休憩、疗养、科学教育、文化娱乐为一体，独具特色的森林生态旅游区。

沙坡鸣钟，树渺，沙远，黄流纹细，白堤微现。水一湾，浑脱船，一声锣鼓飞似箭。龙争虎斗到天上，放眼望：艨艟凝屏障；草初长，花欲狂，堪赏。鸣钟为谁响？

禅林云青

（推荐单位：红寺堡区委宣传部）

云青寺位于罗山东麓茂林深处。宋代之前，比丘玄震云游四方，到罗山后见山间苍松拥翠、芳草葱茏、幽深雅静，为明心悟道的绝佳宝地，于是披荆斩棘，夜眠雪霜，建成"西方三圣"殿,创立了宁夏佛教流派净宗的一片道场圣地。之后,在长达一千余年的漫长岁月中,罗山上百鸟和鸣,云青寺的钟声和香火千年不息,十几代弟子灯灯相续,维护道场,使罗山的灵气、仙气、活气常在,成为塞上禅林,千年古刹。如今每逢农历四月初八,吸引着数以万计的人们上山观景,他们或游山赏景,或拜佛问道,或驻足停步,或嬉戏交谈……

赋说移民

(推荐单位:红寺堡区委宣传部)

整个宁夏的历史就是一部移民开发建设和民族迁徙史。到宁夏,宁夏移民博物馆值得一观。远看宁夏移民博物馆,黄白相间的大型建筑在晴空下显得分外厚重。走进宁夏移民博物馆,仿佛历史的厚重之门被徐徐打开。外来人口的迁入和民族的迁徙为宁夏带来了丰富的历史文化遗迹,也成就了今日宁夏五方杂处的多元文化结构。

古刹重辉

(推荐单位:红寺堡区委宣传部)

红寺堡城南弘佛寺,临清水河干,肇于隋唐,名曰"红寺",明时所筑"红寺堡"因之得名。夫极盛之际,庙宇甚众,七十有零。千年历史多变迁,劲风急雨摧古迹;今逢盛世水上山，改天换地绿江南；古寺重焕史册颜，更名"弘佛"落城南。古寺千年沧桑，兴衰多变，汇聚"佛之光、道之妙、侠之剑、匪之喋"的雄豪历史。远览古寺，富丽堂皇，钟灵毓秀，灿若明星。

寺院之南，毗邻洪沟，谷势斗折蛇行。隐三小丘，周有泉出，四时不竭。榆杨成株，塘畔芳草野花，美景如画。山更有奇，名之山，低于原，云气笼罩，隐而不露，独显峥嵘。山有一穴，大若斗室，"药王洞"也。

东南有横跨洪沟之渡槽，其柱彩虹三道，气势雄极。日薄西山，余晖耀槽，新月当空，恍若仙境也。

旱塬巨擘

（推荐单位：红寺堡区委宣传部）

走近红寺堡，遥遥相望就会看到绵延的山顶上竖立着近百台风力发电机，宛似一个个硕大的风车，雪白的塔杆支撑着三片流线型的叶片，十分美丽，成为红寺堡区一道亮丽的风景线。在巨型风车的脚下，却是蓝莹莹的一片，那是硅片光伏阵列发电机组，风走日出，叶轮转动，硅片迁跃，就会产生电能，成为红寺堡新型清洁能源的主力军。在风和日丽的日子，绵延起伏的山峦，巨大的叶片随风舞动，一幅"风车王国"景象。而无数的硅板阵列闪烁着温润的蓝光，让游客们感受低碳经济、绿色能源之美。

龙跃旱塬

（推荐单位：红寺堡区委宣传部）

红寺堡，位于国家级自然保护区罗山脚下，是全国最大的异地生态移民集中开发区。这里是宁夏中部干旱带的核心区，却以"敢教日月换新天"的非凡勇气，扬黄河水直上三百米，浇灌了万亩沃野。巍巍罗山，锻造了红寺堡的精魂；滔滔黄河，赋予了红寺堡的灵气。登高远望，一处处扬黄工程的明渠犹如巨龙的身体蜿蜒盘踞在大漠戈壁之上，而三级扬水泵站犹如巨龙的头颅，不停地汲取黄河之水，并源源不断地滋润着红寺堡大地，从此这里春暖花开。

罗山叠翠

（推荐单位：红寺堡区委宣传部）

罗山历史悠久，风景秀丽，人文荟萃，历史文化底蕴极为丰富，为宁夏三座名山之一，素有"瀚海明珠"之美誉。西王母挥土化山、云游比丘玄震开山建寺，携二虎化仙而去等诸多美丽动人的故事传说围绕罗山而展开。如今，罗山因其山势挺拔，峰峦叠嶂，苍翠如染及涵养周边水源，福佑当地百姓的功绩，被周边群众亲切地誉为"母亲山"。庐陵人禳穆作《蠡山叠翠》赞曰：

秀倚晴空万叠多，星辰常恐势凌摩。

云生秋碧涵眉黛，雨洗春容点翠鬘。
幽鸟闲花屏画里，断猿孤木石岩阿。
足凭藩府为天柱，东接长安西带河。

清云夕照

（推荐单位：红寺堡区委宣传部）

清云湖者，落于红寺堡小城西北也。予观夫园之盛，尽在清云一湖。其形以红寺堡区地图仿之，引黄河水蓄而湖。周以汉白玉雕栏围焉，古朴而美观，多以梅兰竹菊图刻其上；观湖台之栏多雕红寺堡之物，有葡萄、马铃薯、枸杞、玉米、苹果、太阳能发电、风力发电图，高雅而别致。春夏之际，湖水平岸，碧水清清，红日当空，则湖似明镜，蓝天白云尽映其中，绿益浓。蹲其身于小榆树、小四季红丛中，细审黄叶圆圆白花点点；立于树侧摄桃之媚态，叹梅之颓姿，品梨之新绽；徜徉通幽曲径，悟奇石之画意；扶栏而望，万千小鱼游水面，如游天际，引人遐想。夜色才降，数行街灯倒映湖中，湖面波光粼粼；又映小丘之危亭于水中，如蓬莱仙境也。

移民余韵

（推荐单位：红寺堡区委宣传部）

红寺堡区是全国最大的生态移民扶贫集中区，搬迁移民

20多万。移民旧址是见证党的扶贫移民政策、和谐社会建设成果和移民生活变迁的真实写照。宁夏同心县原新庄集乡整体搬迁后，在罗山脚下60平方公里内，遗留下来的废弃院落近7000座。这里既保存有古老的城址，也有近代农民居住的土坯房和窑洞；既有穆斯林风情与汉文化相融的清真寺，也有展现中国传统文化的寺庙和道观。整个村庄背山面川，被灌木包围，很难寻觅，搬迁后的新村与旧址一沟之隔，相互映衬、尽收眼底的反差一览无余，在宁夏绝无仅有，是一笔储存发展记忆、见证沧桑巨变的移民文化财富。红寺堡移民旧址作为一道独特的历史景观，蕴藏着极大的原始村庄古文化内在元素和"荒凉"卖点，是宁夏开发旅游和拍摄影视作品极为难得的人文景区。

紫光春晓

（推荐单位：红寺堡区委宣传部）

紫光湖位于红寺堡区城北，是镶嵌在红寺堡大地上的一颗生态明珠。蓝天白云之下，碧绿清澈的湖水，游弋嬉耍的水鸟，编制了一幅人与自然和谐相处的动人画卷。登上山顶，红寺堡平原一览无余。远处若隐若现气势雄浑的扬黄泵站、气势磅礴的风车、雄伟壮观的光伏电站尽收眼底。极目所及之处，罗山脚下移民新城风平沙静、林网漫布，万亩葡萄园绿意葱茏，让人不由得感叹党的扶贫政策的伟大和红寺堡人"敢教日月换新天"的创业精神。

紫珠香海

（推荐单位：红寺堡区委宣传部）

红寺堡区揽天时地利人气：处葡萄黄金地带界域，沐夏秋久晴光强日照，拥昼夜悬殊温差气候，富全年无霜期长条件，无化工企业污染环境，乘生态移民开发东风。八年磕磕绊绊创业路，十万整整齐齐葡萄园，十七红红火火红酒厂，十家地地道道明星酒庄，共荣一名——中国葡萄酒第一镇。漫步一碧万顷的生态观光园，凝视一串串沉甸甸的紫珍珠，每个游客都会有一种收获的喜悦，回归自然的恬静。步入酒庄，典雅瑰丽的西方建筑风格，令你有境内出国之享受；浓香扑鼻的红酒醇香味，让你流连忘返，品半口，顷刻间味入肺腑，沁人心脾。

石关积雪

（推荐单位：红寺堡区委宣传部）

罗山季季有风光，四时各不同。春日可寻芳，山花烂漫，绿草如茵；夏时可避暑，流水潺潺，凉风习习；秋夜可赏月，月明星空，听古寺钟声，余音袅袅，荡涤心灵；冬令可踏雪，白雪皑皑，银装素裹，正是赏雪的好时节，被称为"石关积雪"，被列为清代旧韦州四胜之一。

红峡秋韵

（推荐单位：盐池县委宣传部）

处于盐池县城南无量殿之西、南海子之东的盐池县花马池镇左家沟和红山沟，自西向东连接两村的，有一条径流水冲沟，水源处位于左家沟沟口的半壁上，泉水清澈甘甜，顺着两岸遍是红色崖壁的冲水沟，向东一路欢快，汨汨流淌，千百年来，浸润不息，浇灌着红山沟、曹泥洼等村的农田。尤其是红山沟村沟畔菜畦内的韭菜，因泉水的滋润而色味俱佳，百年老根，依然于年年的当春时节，葱郁勃发，一派繁盛景象；盛夏、初秋时节，穿行于左家沟至红山沟，两岸红色崖壁，宛如展开的两道赤练，风雨剥蚀的层面，凸显着岁月留下的印痕；崖壁上生长的百年老树，如虬龙一般，盘根错节，顽强挺立，展示着不屈的灵魂；沟内不时有小型瀑布，汤汤洋洋，数眼暗泉，汨汨涌湑，清风吹过，清凉宜人，是避暑的好地方；沟内遍生的苦苦菜，又为勤劳的人们增添了挖野菜的亲身体验，归来后也有了亲手品尝凉拌苦苦菜的乐趣。红山沟是盐池沙原上的一处绿色园囿，也是边塞小城的一处"赤壁"。

花马新池

（推荐单位：盐池县委宣传部）

位于盐池县城南的花马池水资源综合利用工程于2009年

建成并投入使用，该工程沿用明代"花马池"盐湖的名称，故曰"花马新池"。池分上、下，计有东西二池，以沟渠将扬黄水及红山沟径流水注于池内，成为盐池唯一的水上乐园。

盛夏、初秋时节，池水潋滟，映照着大漠风光与天上云影，清风自天外送爽，鸭、鸥于池内戏水，岸旁游人如织，更有垂钓者自晨至暮，一杆在手，钓取悠闲岁月；池之畔，植以榆、柳、杨、槐等树木，又以多种草类辅之，草木葱郁，生机勃勃。上池（在西）之南，地势渐隆，建有盐池火车站站前广场，广场南侧立有"花马腾飞"雕塑，一匹神骏仰天长啸，

广场北侧的"盛世和谐鼎"上，撰有百余字寓意深刻的《鼎记》；下池（在东）南边的无量殿上，花马寺巍峨耸立，远远望去，颇为壮观。火车站建于站前广场与花马寺东西连线的南部，建有"盐池火车站"，过往的火车如铁龙一般，隆隆的声响震醒了塞上沉睡多年的平旷原野，仿佛盐州大地与盐池人民舒展出的豪壮胸怀。

紫塞涌绿

（推荐单位：盐池县委宣传部）

位于黄河之东的盐池县中北部缓坡丘陵区，自古地域辽阔，土地平旷，先秦时为少数民族昫衍戎游牧之地。强盛的秦汉王朝开始驱逐匈奴，实行拓地经略、屯垦戍边之策，

建立昫衍县，为宁夏北部第一县。历经隋、唐、宋、元等朝代，这一地域始终是中原王朝和少数民族政权的碰撞与融合之地。明代，于该地境内修筑绵延三百余里的长城，抵御鞑靼入侵。因该处长城以黄土修筑，经风日侵蚀，颜色呈紫褐色，人们便称之为"紫塞"。历史沧桑，风云际会，才升起先秦至秦汉时期汉族及昫衍等少数民族所常看到的一轮满月，又消弭了明代时期鞑靼势力于紫塞之外燃起的浓浓烽烟。

悠久的历史和厚重的积淀，为盐州大地留下了独特的人文景观：长城蜿蜒，墩台林立；特殊的地理条件以及新中国成立后数代人的辛勤治理，形成了现今盐州大地的独特风貌：原野开阔，草原绽绿。

自然与人文景观的巧妙叠加，景观独特，尤其是盛夏至初秋的时节，驱车行进于盐州大地之上：长城似龙，蜿蜒起伏，仿佛原野挺起的脊梁；草原如毡，碧绿无垠，犹如长城舒展的博大襟怀。早上，晨曦微露，小草沾带的水珠与露滴晶莹剔透，显得千顷碧草更加郁郁葱葱；傍晚，夕阳垂地，万道霞光洒在千顷草原之上，紫塞、墩台、林木、农舍，丽日、蓝天、白云、碧草，在光与影的作用下，色彩斑斓，美不胜收。开车或步行于新开辟的长城旅游带线路上，看到眼前的雄浑壮美的景色，历史的沧桑，启人遐思，现实的生机，催人奋进，心旷神怡之际，便会情不自禁地大声吼几曲"信天游"，仿佛能将都市郁结的烦恼连同这嘹亮的歌声尽抛于九霄云外，昔日所有的压力都会变为对今后美好生活的憧憬和向往。

禅塔胜地

（推荐单位：固原市原州区委宣传部）

禅塔山位于原州区黄铎堡镇张家山村境内，距须弥山东南约十公里，传说此处是须弥山高僧的另一隐居修行之处，具之可俯瞰须弥山全景。延道路蜿蜒南行，地势渐高，峰峰相连，怪石嶙峋，灌木丛生，植被保护非常良好，山势高处红岩挺拔，造型奇特，千姿百态，悬岩峭壁，林木蓊郁，构成一幅幅天然画卷。在山势最高端，有一巨型状如馒头的红色沙岩山，凿有多孔石窟，具先辈流传，此处石窟比须弥山石窟开凿时间尚早，沿石窟西南行二三公里，在高山一斜坡处，水草丰美，水流汩汩，清澈见底，饮之甘甜，在峻岭有此清泉，让人叹为观止，为游客理想的休闲避暑旅游胜地。

固博文明

（推荐单位：固原市委宣传部）

固原博物馆隶属于自治区文化厅，筹建于1983年，现有藏品2万余件，时间跨度自远古至明清，其中被鉴定确认的国家一级文物123件（组），二级文物2008件，上等级珍贵文物共5947件。主要是20世纪70年代以来，在历次考古调查和发掘中获得的，占整个藏品的80%，其中以春秋战国时期北方系青铜器物和北朝至隋唐时期的丝绸之路文物最富有特色，在国内外有一定影响力。波斯萨珊鎏金银壶、北魏漆棺画、玻璃碗为国宝级文物。

丝路佛堂

（推荐单位：固原市委宣传部）

须弥山博物馆建筑面积5558平方米，陈展面积4500平方米。陈展中运用科技媒介、艺术创作、文化象征等多种手段全面展示丝绸之路文化和佛教石窟艺术，将游客带进了全景式的探秘丝绸之路欣赏佛教石窟艺术的殿堂。博物馆由七个部分组成。第一单元"丝路开通"从公元前138年张骞出使西域始，通过场景复原、文物陈列手段展示了丝绸之路开通以后给固原带来的文化经济繁荣。第二单元"佛教东传"运用场景复原、文物陈列和多媒体技术，展示了佛教从印度诞生并东传进入中原大地的历史进程。第三单元"须弥之光"再现了丝绸之路上古原州商贾如流、物阜民丰的繁荣景象，与须弥山石窟的艺术魅力相映生辉。须弥山石窟是佛教东传的产物，石窟艺术既有印度"支提式"风格，又有浓厚的中原文化氛围，是印度佛教中国化的典型代表。展览从须弥山石窟初凿、兴盛、高峰期到衰落几个部分反映了须弥山石窟发展的全过程。第四单元"佛国众生"运用图版、石窟雕像复原、文物陈列和多媒体演示等手段系统介绍了佛国世界各类形象，是专题的佛教知识单元。第五单元"佛窟集萃"用图片展示和多媒体技术系统地介绍了印度阿旃陀、阿富汗巴米扬和中国各具特色的18处著名石窟。尾厅与序厅相呼应。用须弥山地形地貌电子沙盘与世界著名佛像浮雕相结合的手法，展示须弥山佛教石窟艺术的魅力。

神农博览

（推荐单位：固原市委宣传部）

固原农耕博物馆，是西北首家农耕博物馆。该农耕博物馆不但为研究农业工具演变提供场所和珍贵的文献资料，而且为当地旅游又增添一景。该农耕博物馆建于2007年，占地20余亩，总投资3000多万元，建筑总面积4050平方米，其中主展馆面积3200平方米。2012年4月20日，西北农耕博物馆正式开馆迎客。是仅有的一座展示宁夏、陕西、甘肃、青海和新疆等西北五省（区）农耕历史、农耕器具、农作物品种的博物馆。进入博物馆，首先映入游客眼帘的是一尊神农氏雕像。除对中国农业的起源、原始农业、粗放农业阶段、北方传统农业的形成和发展、中国近现代农业的发展进行详细讲解外，展厅共分为原始社会农耕、先秦时期农耕、秦汉至隋唐时期农耕、宋元明清时期农耕、近现代农耕五大部分。

东山秋月

（推荐单位：固原市原州区委宣传部）

东山，今固原市原州区的东岳山。东山秋月，为固原十景之一。据《万历固原州志·祠祀志》载，山上已建有东岳庙。清代《宣统固原州志》记载东岳山建有玉皇、释迦牟尼、韦陀、如来等大殿，还有孟公祠、碧云洞、石坊题词等，是一处完整的寺院景观。若远远望去，形同"金钟悬纽"。山上树木森林，郁郁葱葱，与参差错落的寺院遥相映衬。人们给它冠以俗名"杨柳巷道"，是一处集自然与人文景观于一山的胜景。清代固原知县锡麒作诗描写东岳山盛景：

萧关万里净无尘，秀耸东峰倚凤阊。
漫把防秋谈战争，且邀新月作诗邻。
莲花似滴平峦翠，杨柳犹怀旧苑春。
南望络盘北海刺，年年照彻远行人。

避暑福地

（推荐单位：固原市委宣传部）

凉殿峡又名凉天峡，位于六盘山保护区腹地。这里山大峡深，地形险要，气候凉爽，风景幽美，在群山环抱下，有一条长达10公里的峡谷，清清河水穿峡而出，千姿百态，群峰变秀，峡谷内林荫葱郁，鸟语花香。谷底水声潺潺，溪水沁凉透彻。峡之两侧群峰对峙，怪石嶙峋，犹如天然屏障。山岩上藤条缠绕青松悬壁，既有北国风光之雄浑，又有南方山水之倩秀。凉殿峡气候温和湿润，自古就是避暑胜地。距史书记载，这里曾是成吉思汗避暑的地方。峡内林荫蔽日，万木葱茏，一派大自然原始风光，山光水色雄、奇、俊、秀，各有独特意境，是人们远离城嚣的好去处，是消夏避暑的理想场所。诗云：

开邦端仗出群材，基业全从百战来。
试向六盘山下望，一回凭吊一低徊。

二龙戏水

（推荐单位：固原市委宣传部）

在六盘群峰的环抱下，凉殿峡和二龙河汇集了众多支流，像两条银色长龙，奔流不息地唱着一首永远不老的歌。二龙河是六盘山自然保护区的核心，域内林茂竹翠，奇峰绵延，水秀山碧，锦绣似画，清碧无染，静谧恬然，不似桃源，而胜似桃源。那山光水色，那花香鸟语，千般幽雅，万种风韵，把自然的造化和人工的刻意融为一体，分外妖娆。二龙河最南端是鬼门关，沿着溪流和丛林进去，有菊花涧、小鬼把门、镇鬼塔、跌水潭、九阶水、蘑菇石等自然景观，山谷内云雾缥缈，谷风习习，幽静阴森的环境令人毛骨悚然。到了鬼门关，才能真正领略到六盘山的雄、奇、险、峻、秀，才能真正体会到泾河源头这块"人间净土"的灵秀与壮观。诗云：

无数泉飞大小珠，老龙潭底贮冰壶。
汪洋千里无尘滓，不到高陵不受污。

雁塔丽影

（推荐单位：固原市委宣传部）

固原市城市规划建设展示馆项目位于固原市新老城区交会处——古雁岭山顶中间平缓地段，占地约36亩。展示馆建筑风格为仿古式塔形建筑，设计高度59米，共九层，塔座两层，塔身外观七层，建筑总面积呈八边形布局，总建筑面积5437平方米。包括展示馆主体工程、亮化工程、广场建设三部分。它是反映固原历史文化的缩影，也是研究固原文化的重要成果，展示馆造型从中国传统的"塔"形态中获得设计灵感，让建筑与蓝天、白云融为一体，即注重展示古塔神韵，与古城历史文化氛围融合，传递历史文化名城之渊源，同时体现时代特征，即"人文与自然合一、人文与科技合一、人文与经济合一"，去和历史、未来对话，成为展示固原城市悠久的历史文化、古城风貌、未来发展的览胜去处。诗云：

柳叶黄槐秋萧瑟，岭骞红塔压高原。
仰止瞢眩蹬立梯，绝顶涌势耸云天。
七层八角生玲珑，惊风唤雁伫舞伴。
銮滴清响钓薄暮，万丈光芒穿寒烟。

云根雨穴

（推荐单位：固原市原州区委宣传部）

云根雨穴，就是古人拜佛祈雨的地方，位于今天的固原城东南五里处的太白山后峡，太白山从明代开始就在山上建有规模宏大的寺庙群，至清代，寺庙维修增建，香火旺盛，既成了民间祭祀活动的主要场所，又成了游览去处。清皋兰人梁济西，候选通判。曾参加编修《宣统固原州志》的襄校工作，民国时在固原电报总局工作。作诗赞云根雨穴胜景：

> 三峰太白望巍然，谁劈山阴百丈泉。
> 溅玉跳珠空色相，瞻蒲望杏动机先。
> 甘爽佇许占盈尺，闳泽还宜遍大千。
> 信是蛟龙为窟宅，灵通地脉助风烟。

六盘云蒸

（推荐单位：固原市六盘山林业局）

六盘山古代又叫陇山，山势巍峨险峻，山路盘旋曲折。春则山花烂漫，夏则碧海春波，秋则浓翠荡漾，冬则银装素裹，气象万千，风景别致。雄伟而俊秀，壮阔而明丽，有宁夏的西双版纳、黄土高原的绿色明珠之美誉。清代诗人梁联馨作《六盘山诗》，全诗以极富诗情画意的描绘，向人们展示了六盘山秀美的自然风光与险峻气势。诗云：

绕径寒云拂步生,巉岏青嶂压孤城。
东连华岳三峰小,北拥萧关大漠平。
山外烟霞间隐见,世间尘土自虚盈。
劳人至此深惆怅,樵唱悠悠何处声。

映日荷花

(推荐单位:固原市六盘山林业局)

野荷谷地处泾源县城西8公里处,为一条南北走向的峡谷,峡谷两旁荷叶田田,荷下溪流淙淙。随着季节变化,峡谷中呈现奇景,春暖花开,丛草茵茵,蜂蝶飞舞,百鸟争鸣;盛夏季节,荷肥叶茂,流水潺潺,凉爽宜人;时值秋日,花儿金黄,随风摇曳,婀娜多姿。徜徉谷中,心灵升华,宠辱皆忘,避暑养心,如至世外桃源。诗云:

野荷十里出峡谷,泉涌溪流蜂蝶舞。
红尘不知仙境在,自有曲径通幽处。

龙潭碧海

(推荐单位:固原市六盘山林业局)

老龙潭俗名"泾河脑",被誉为黄土高原上的天然水塔,位于泾源县城南20公里处。18世纪,80岁高龄的乾隆皇帝在批阅典籍时感到泾清渭浊的说法有疑问，就派当时的中卫县令胡纪谟前往调查，胡纪谟不远千里来到泾河，经过实地考察后写成《泾水真源记》，呈给乾隆皇帝，使得泾清渭浊的事实昭然于世，其中诗云："无数泉飞大小珠，老龙潭底贮冰壶，汪洋千里无尘滓，不到高陵不受污。"

烟雨萧关

（推荐单位：固原市委宣传部）

北萧关与东函谷、南崤武、西散关并列为古"四大关隘"，地处六盘山东麓边缘，它与秦长城形成一个完整的防御体系，亦是丝绸之路的一部分，这里雄峰环拱，深谷险阻，易守难攻，为中原之咽喉。汉武帝曾两次出萧关，巡视西北边境，耀兵塞上，威慑匈奴；唐武则天时，布重兵镇守萧关，以备突厥。在宋夏之间近百年的对抗中，萧关一带为双方对峙前沿。而今，这里春来桃花遍野，绿绦粉妆，夏秋山色滴翠，黛墨远映，伴以高架桥涵，天堑变通途，成为游人观览的好去处。诗云：

回中道路险，萧关烽堠多。
五营屯北地，万乘出西河。
单于拜玉玺，天子按雕戈。
振旅汾川曲，秋风横大歌。

二龙戏水

（推荐单位：固原市六盘山林业局）

二龙河地处六盘山自然保护区的核心区，是泾河的源头。相传，泾河龙王的大儿子虐待妻子洞庭湖龙女，被龙女叔父钱塘龙王打败后，无颜回泾河龙宫，便到二龙河深处鬼门关修身养性，而他的弟弟常去鬼门关看望哥哥，劝说他反悔思过，真诚做人，二龙河的名字便由此而生。二龙河茂林修竹，奇峰连绵，水秀山碧。逆流而上，有菊花涧、小鬼把门、镇鬼塔、跌水潭、九阶水、蘑菇石、鬼门关等景观。

南川叠翠

（推荐单位：固原市六盘山林业局）

素有"小九寨"美誉的小南川，是一条长3公里的峡谷，谷内丛林密布，鸟语花香，空气清新，沁人心脾，是一座天然的氧吧。悬崖峭壁上，华山松刚劲有力，落叶松翠绿俊秀，白桦身躯挺拔，红桦外表艳丽，千种林木，万种风姿。曲折的小路，时宽时窄，时敞时闭，时而壁立千仞，时而巨石独立。清澈甘甜的泉水、跌宕起伏的瀑布和茂密青翠的森林形成一幅幅动人的景象。诗云：

通幽小径独木桥，流泉飞瀑碧带绕。
南川叠翠白日净，陇山萧瑟秋云高。

须弥佛光

（推荐单位：固原市旅游局）

须弥山石窟是全国级重点文物保护单位、国家级风景名胜区、国家级ＡＡＡＡ级景区。坐落于原州区西北方向55公里处，地处陕西、甘肃、宁夏三省区交界。古丝绸之路东段北道的必经之地。交通的便利和经济的发达使得须弥山石窟成为历史上僧侣和佛徒们宣扬佛法的理想场所。从北魏起开凿，历经北周、隋、唐。在八座山峰之上开凿162个洞窟，造像1000余尊。是宁夏最大的石窟群落，被美誉为"丝路明珠"。须弥山石窟历史文化底蕴深厚，石窟造像精妙绝伦，北魏的清瘦之风、北周的雄壮敦厚、唐代的雍容华贵在这里体现得淋漓尽致。有全国保存最完整的北周51号窟相国寺，也有宁夏最高的造像大佛楼。北魏时期的8、24、32、33窟，北周的45、46、48窟，唐中期的105窟、晚期的62窟，是各个年代不同造像风格的完整体现。

这里丹崖怪石之间，山水如画。八座山峰错落有致。山上苍松挺拔，山下流水潺潺。一年四季景色迥异：春看桃花，夏听松涛，秋赏红叶，冬观雪景。

须弥山博物馆是全国唯一一家以丝绸之路与石窟艺术为主题的专题博物馆，馆内运用多媒体技术，文字、图片配合文物展出，详细介绍了丝绸之路与石窟艺术之间的关联，让游客不出须弥山石窟，就能了解到世界石窟艺术。

龙潭魅影

（推荐单位：固原市旅游局）

老龙潭俗称"泾河脑"，是泾河发源地，传说因泾河老龙王居于潭中而得名。老龙潭景区是六盘山旅游区的核心景区之一，由一河、四潭、十景构成，景区内山高峡深，潭边松径幽雅，流水潺潺，呈"险、深、奇、秀"之势。其独特的自然景观兼北国之雄壮又有江南之秀丽，由此发源的泾河水绵延600多公里，流经宁、甘、陕三省28个县（市）区，历史传说异彩纷呈。是全国100个经典红色旅游景点之一，也是一个集探险、观光、休闲、革命历史教育于一体的风景名胜区。

老龙潭故事众多，文化底蕴深厚：清乾隆年间大臣胡纪谟的一首《泾水真源记》，使得成语"泾渭分明"一语得以御正；宋代高僧济公曾在此沐浴清修，使得圣水潭声名远扬；《西游记》中"魏征梦斩泾河老龙"及《唐传奇》中"柳毅传书"的故事，更为其增添了几分神秘色彩。以这些故事为题材修建的飞龙台、龙王打赌、见龙在田、柳毅传书等一系列景观，形象地诉说了老龙潭优美的故事传说。全国唯一的中华龙文化宫，恢宏展示了龙文化的博大精深，是中华儿女感受8000年龙文化的寻根、神奇之地。

净美丹霞

（推荐单位：固原市旅游局）

火石寨国家地质（森林）公园位于西吉县城北15公里的火石寨乡境内，东距六盘山140公里，须弥山景区28公里。由于山体岩石呈现暗红色，如同一团团燃烧的火焰，故而被人称为火石寨。火石寨景区成立以来，先后被批准为国家地质公园、国家森林公园、全国第一批国土资源科普基地，是宁夏十佳诚信旅游景区之一、文明景区、西北风情自驾车旅游基地。成为宁夏唯一同时拥有国家地质公园、国家森林公园、国家国土资源科普基地，自治区级自然保护区的旅游景区。

走进火石寨，一座座丹峰赤壁迎面而来，造型独特，美轮美奂，景区面积100平方公里，属典型的"丹霞地貌"特征。奇山、异石、茂树、岩洞、石窟堪称景区五绝。景区由云台山、石寺山、大石城三大板块组成，有情鸟峰、棋盘梁、禅佛寺、板石窟、云台山、石寺山、大石城等八大景点和历代开凿的石窟群30多孔。景区内动植物资源丰富，物种多样，植被繁茂，丹霞地貌和原始森林在这里完美结合，造就了最奇异最多彩的自然景观，佛道伊三教在这里和睦相处，成就了中国唯一的三教合一的宗教圣地。火石寨，是静心养肺的乐土，也是朝拜修心的圣地！诗云：

登临火石寨，脚下丹山白云。

远眺黄土碧波,心中悼古追昔。
朝霞携红日同升,暮霭引新月西来。
此景只有天上有,人间几处火石寨!

高原绿岛

(推荐单位:固原市旅游局)

六盘山国家森林公园是黄土高原上重要的水源涵养林基地,也是黄土高原上的"绿岛"和"湿岛",总面积135万亩,是宁夏最大的生态旅游景区。这里山峦险峻,森林茂密,流泉飞瀑,气候舒爽,自古就是避暑胜地。1227年,一代天骄成吉思汗率领大军南下攻打西夏,曾在这里屯兵避暑,更为六盘山增添了灵性。2007年2月,六盘山国家森林公园被评为国家AAAA级生态旅游区。野荷谷、白云寺、小南川、生态博物馆、凉殿峡等景区,奇特的山中峡谷地貌,流泉瀑布和特有的动植物资源在群峰环抱中绽放异彩,构成了一块饱含着纯自然美的处女地,山光水色雄、奇、峻、秀,各有独特意境,现已成为休闲旅游、消夏避暑、森林探险、科普科考的理想场所。

红色六盘

(推荐单位:固原市旅游局)

六盘山朝雾迷漫,苍松挺拔,百鸟争鸣,景色宜人,是中国工农红军长征翻越的最后一座大山，毛泽东一首《清平乐·六盘山》，使之名扬海内外。六盘山长征纪念馆被评为ＡＡＡＡ级国家旅游景区、全国爱国主义教育基地、全国廉政教育基地。从山脚至山顶的2.5公里红军长征小道，以雕塑再现了"遵义会议""四渡赤水""巧渡金沙江""飞夺泸定桥"等18个长征途中的重要历史画面。诗云：

> 天高云淡，望断南飞雁。不到长城非好汉，屈指行程二万。六盘山上高峰，红旗漫卷西风。今日长缨在手，何时缚住苍龙？

长征圣山

（推荐单位：固原市旅游局）

红军长征纪念馆六盘山主峰之上，主要由纪念馆、纪念碑、纪念广场、纪念亭、吟诗台五部分组成，建成后被评为ＡＡＡＡ级国家旅游景区、全国爱国主义教育基地、全国青少年教育基地、全国国防教育示范基地、全国廉政教育基地。

2013年初，六盘山纪念馆与隆德杨家店民俗文化村整合为六盘山红军长征景区，并组建成立了宁夏六盘山红军长征景区旅游开发有限公司。同年，公司大力完善各项设施，增加了"红军小道"，准三星标准的客房部，并将可"观云海、赏日出、览大地景观"的六盘山气象站景点等纳入系统，已发展成为一个纵深7.5公里的红色体验型景区。红军长征小道全长2.5公里，沿途修建了以红军长征途中18个重要历史事件为主题的雕塑景观，再现了长征路上"出发于都河""血站湘江""突破乌江""遵义会议""攻占娄山关""四渡赤水""巧渡金沙江""飞夺泸定桥""翻越大

红色六盘山　孙国才/摄

雪山""懋功会师""艰难过草地""夺取腊子口""决策哈达铺""会师将台堡""奠基大西北"等重大事件的场景,全景展示了红军二万五千里长征的艰辛与伟大,让游客沿着先烈的足迹,走长征路,读长征史,登胜利山。

弹筝奇峡

（推荐单位：泾源县委宣传部）

弹筝峡,位于泾源县城东6公里处。深山峡谷,泾水东去,湍流萦回,与岩岸相击,静夜倾听,声如筝音,故称弹筝峡。幽谷奇峡,群峰竞秀,怪石嶙峋,林深树茂,草茵花艳,景色绮丽,风姿绰约。诗曰：

> 筝峡唐时道,萧关汉代名。
> 连山接玉塞,列戍控金城。
> 形胜双流合,乾坤一壑平。
> 凭高瞻斗柄,东北是神京。

休闲范峡

（推荐单位：隆德县委宣传部）

六盘山范家峡森林公园东起隆泾公路,西至范家峡水库,北起蒋塬梁,南至马鹿沟、苏台沟,面积为3万多亩。是宁夏隆德六盘山范家峡森林公园有限公司开发新建的旅游景区,建设集森林观光、休闲度假、峡谷穿越、高山攀登、户外写生、狩猎垂钓、野营探险、野生动植物观赏于一体的生态旅游区，这里位于六盘山自然保护区外围，隆德—泾源公路、隆德—庄浪公路穿境而过，北距隆德县城26公里，东距泾源县城28公里，距固原火车站60公里，距固原机场70公里，交通较为便捷。它是游客接待、餐饮休闲、狩猎、野生动物养殖、青少年夏令营活动基地。

挂马林海

（推荐单位：泾源县委宣传部）

挂马沟林海，总面积167.73平方公里，植被属于森林草原向荒漠化草原过渡类型，属典型的大陆性气候，土壤以灰褐土为主。境内山势雄浑，巍峨挺拔，林荫密布，现有森林面积16.5万亩，植物113科382属788种，栖居脊椎动物207种。相传，有位神仙骑着一匹高头大马来到彭阳县古城镇东南一条山沟时，正策马前行，突然路边窜出一只野兽，马被惊吓一跳，怪叫一声，扬蹄飞奔，把神仙摔在地上。那马一路狂奔，神仙后面赶来，一时无法追上，正在着急，忽然看见马儿停在前面沟中四蹄乱蹬。神仙好不容易赶上，原来这里长满大树小树，荆棘蒿草，马的鞍子、缰绳，都挂在沟中灌木丛里了。他又叹口气说："沟啊，沟啊，挂马沟啊！"从此，"挂马沟"就流传于世，就是今天的林区挂马沟。

林区内四季漫山翠绿，溪流潺潺，鸟语花香，素有"彭阳绿岛"之称。置身其中，犹如仙境，令人流连忘返。

花崖幽谷

（推荐单位：泾源县委宣传部）

花崖子位于黄花乡土窑村西侧花崖沟，距县城北20公里，是一条东西走向的山野幽深大峡谷，长10公里，宽300米。峡内谷深山高，地势险要，南北两侧连绵奇峰对峙，悬崖陡壁嶙峋，危石累累凌空，峭壁色泽鲜艳，有红、白、黄、蓝、赭诸色，杂然相间，色彩斑斓，绚丽多姿，"花崖子"美名由此而来。峭拔的翠峰上有辽东栎、桦树、椴树、杨树、松树层层相叠，枝繁叶茂，浑绿一片，林间常有野猪、狍子、狼、狐狸出没。枝头百鸟穿梭，鸣转歌唱，花间蝶翩翩飞舞。一抹绿天碧地、花香鸟语之景。谷底百泉连缀，溪流密布，瀑布秀挂，浪飞珠溅，湍湍清澈的沙塘河蜿蜒穿峡而出。境内景点有巨斧峰、骆驼峰，景区有桦树沟、野猪沟、大东沟。

莲花五峰

（推荐单位：泾源县委宣传部）

五峰山因山势奇特，中分五指而得名。山北依长城塬，南濒茹河，西临深涧，东接山谷。漫山沙棘葱茏，松柏苍翠，山桃成荫，花红似火，碧草如茵，鸟语花香。似镶嵌在茹河北岸的一颗绿色宝石。身临其境，有无法言表的诗情画意。

"山竖五指称奇香,粉云艳染春锦秀。"五峰山上的庙宇始建于明代万历年间,后院自然分化、地震等毁损严重。2006年,经当地村民集资重建。五峰之上均建有亭、阁、楼、榭,建造精致,飞檐斗拱,雕梁画栋,金碧辉煌,古香古色,气势宏伟。

每年农历正月十五,附近居民皆要上山进香,夜摆面灯,由上而下,十步一盏,绕五峰一周,数里长的灯队,弯弯曲曲,金光闪闪,状若一条火龙摇头摆尾。是时,当地百里以内的社火云集山下,锣鼓喧天,载歌载舞,彩旗如潮,群情激昂,竞相对诗,相互竞艺,共祝吉祥,蔚为壮观。

米缸望远

(推荐单位:泾源县委宣传部)

米缸山,古称"高山",又名"美高山",海拔2942米,是六盘山的主峰。晴空万里登山巅极目远望,日出日落,云蒸霞蔚,层峦叠嶂,峰奇谷险,有"一览众山小"之感。烟雨蒙蒙中的米缸山,波澜壮阔,若隐若现,可谓"处处真成银海色,青青独露几峰高"。俯瞰四周,绵延不断的群峰,层层迭起的梯田,五色斑斓的农田,蜿蜒曲折的公路和山脚下的农庄构成的图画,使人觉得山高天旷,襟怀宽广,情趣盎然。《山海经》中记载:"华山西七百里曰高山(六盘山),其上多银,其下多青碧、雄黄,其木多棕,其草多竹。泾水出焉,而东流入渭,其中多磐石、青碧。"形象概括了六盘山无山不绿，无水不清的茂密的森林植被和丰富的水资源。

水韵真源

（推荐单位：泾源县旅游局）

宁夏泾源县老龙潭景区，渊源悠久，山清水秀，是宁夏乃至周边省区名牌景点之一。清人胡纪馈在其《泾水真源记》中赋诗曰："无数飞泉大小珠，老龙潭底贮冰壶。汪洋千里无尘滓，不至高陵不受污。"

老龙潭位于宁夏泾源县城东南22公里处，是绵延千里流经陕甘宁三省22个县区的泾河发源之地，因传说泾河老龙居于此而得名，古丝绸之路横贯其间。景区内山高峡深，峡谷侧怪石嶙峋，石峰间泉水叮咚。花木俏丽于峭壁之上，百雀啼鸣于松林之中，山谷蜿蜒于峻岭之间。地貌奇特，植被茂密，水源丰盛，气候宜人，历代诗人、画匠对老龙潭描述颇丰。

宋代高僧济公曾在老龙潭沐浴静修，源自《诗经》所载的"泾渭分明"流传古今，更有《西游记》"魏征斩龙"，《唐传奇》"柳毅传书"，《隋唐演义》"龙女牧羊"神话传说，精彩纷呈。

老龙潭集观光、探险、休闲、革命历史教育于一体，融人文、山水、峰林、瀑布、草原、云海为一身。景区雾气飘逸，情景交融，有"奇峰三千，秀水八百"之实，兼"江南秀色，北国雄浑"之称。其山、其水、其石、其林，或静默、或峥嵘、或张扬、或释然，各具神韵。降龙台、猛虎洞、观景苑、珍珠湖万般风情。

　　景区内高标准打造的老龙潭龙文化宫以中华龙文化肇始、演变为脉络，以文学和民俗传说为切入点，是目前国内外唯一的以龙文化为主题室内外结合、可以全季候游览观光和教育娱乐于一体的综合游乐园。通过翔实而丰富的龙文字、龙图案、龙文物、龙传说等，展现了中华龙文化8000年的发展历程。目前已收入展馆的有关龙纹饰青铜器、玉器、瓷器、金银器、大型雕塑、浮雕、木雕等文物展品500多件，其中金线彩绣龙袍和透雕金漆龙椅等大件文物展品堪称珍稀藏品。展馆布展利用现代声光技术及多媒体设施充分展示龙的起源、演变，龙文化的变迁、延伸、发展。丰富的内容，震撼的场景，奇妙的构思，独特的设计，演绎情节起伏跌宕，展陈场景唯美感人，使游客流连忘返，陶醉其间。依托老龙潭景区高规格打造的泾河源旅游综合服务区风格鲜明，设施齐全。

　　水韵真源——神奇的老龙潭热忱欢迎四海宾朋。

清凉世界

（推荐单位：隆德县委宣传部）

　　清凉世界位于隆德县城南7.5公里处，是由清凉山、清凉河和清凉峡谷组成的自然风景区。距312国道6公里，包括小峡和大峡地带，总面积3.5平方公里，平均海拔2300米，年平均气温4.5℃，年平均降雨量580毫米，无霜期102天。野生动植物种类繁多，共有植物788种，动物207种，是一个天然的野生动植物园。该景区集宗教文化和生态观光于一体，有佛道兼容的寺庙群、青龙瀑布、成吉思汗点将台、笑佛山、笔架峰、墨池、情人谷、老君卧牛台、香炉峰、关公饮马泉等景点。清凉山，山峦峻秀，百草丰茂，鸟语花香；清凉寺，香烟缭绕，钟声萦耳，气氛肃然；清凉水，碧波微澜，沉澈明净，水气森森；清凉峡，林壑优美，沟谷纵横，神奇迷人。置身此境，真有"山光悦鸟性，潭影空人心"之感，实为消夏避暑、回归自然的理想之所。

秋千幽谷

（推荐单位：泾源县委宣传部）

秋千架位于泾源县黄花乡东北6公里处，紧连著名风景游览胜地崆峒山。泾（源）—平（凉）公路盘沿经此。民间传说这里曾是穆桂英荡秋千的地方，至今山腰峭壁之上，仍有铁环遗迹，故名为秋千架。据崆峒山碑文记载，广成子崆峒山修道时，也曾在此歇息荡秋千。向阳河穿山东流，在此留下一狭窄河谷，谷中水流湍急，近旁石洞深入山中，洞内钟乳石造型别致，神奇迷人。河谷两岸山峦叠翠，危峰兀立，奇石怪异若搏若噬，岸壁苍松掩偎。春夏之季满山遍野桃花开放，鲜艳溢香，谷底溪流潺潺，宛若素绢，斗折蛇行，涡流在峭壁缝隙间旋转，似素丝挂壁，似银河倒悬，奇情美景，应接不暇，游人不断，真可谓"秋千幽谷一线天，游人到此难得返"。

百年梨园

（推荐单位：隆德县委宣传部）

百年梨园位于隆德县神林生态观光暨自驾游基地（即神林山庄）内，位于六盘山脚下，"312"国道旁的神林乡辛坪村。一百多年前由本村村民辛发明老人种植栽培，有梨树、杏树、核桃树、樱桃树共计365棵，现在由神林山庄经营。百年梨园所在的位置神林山庄，占地5600亩，总投资9300万元，是隆德县绿鲜果蔬有限责任公司在千亩花卉基地、百亩老梨树园的基础上建成，建有文化广场、演艺中心、纳凉亭、茶艺楼等休闲设施，有果蔬采摘园、花卉种植区、球根花卉研发中心、设施农业种植区等生态农业观光体验基地，有停车场、宾馆、农家乐等自驾游基础服务设施，推出特色烤全羊、特色药膳、地方风味小吃等饮食项目，可同时容纳600人就餐，300人住宿。该景区已成为312国道线上的一个知名的现代生态农业观光园区和自驾游基地。在这里，您可赏花、钓鱼、采摘、休闲、度假，吃特色烤全羊，品尝保健药膳，享受大自然无公害绿色原味美味果蔬，观现代农业科技，游乡村夜景，祈求平安，品茶聊天、棋牌娱乐。是集现代设施农业观光、花卉采摘、休闲观光、乡村旅游、养生药膳、农家垂钓、文化演艺为一体的美丽农家庄园。

梯田叠翠

（推荐单位：隆德县委宣传部）

"绿遍山野白满川，子规声里雨如烟。乡村四月闲人少，才了蚕桑又插田。"作为全国梯田建设模范县，隆德山地平畴，梯田遍野，山山相接，田田层叠。走进隆德，一幅幅油画般的景象扑面而来：人在田间动，田边走羊牛；人田两相守，奇景天地留。人类的创造与自然的魅力完美结合，创造着大西北乡村梯田叠翠的壮观与美丽。

卧龙观日

（推荐单位：泾源县委宣传部）

卧龙山，古名"观山"，又名"龙首山"，海拔1958米，占地面积4.5平方公里，孤峰高耸，四不相连，灵秀独钟，独具特色，远望山丘犹如一条卧龙。山上植被茂密，树种繁多，随季而变，景色迷人。近年来，为优化城市环境，提升县城品位，泾源县以卧龙山的自然资源和优越环境为依托，修建凉亭、走廊等设施，依山傍水兴建了卧龙山公园。置身其中，绿树成荫，满目叠翠，青山绿水，交相呼应，悠悠湖水荡漾，心离浮华喧嚣，登上卧龙山鸟瞰，"湖在城中，岛在湖中"，县城全貌尽收眼底。据《民国化平志》记载，早登观山，晨曦初露，峰顶霞光万里，故有"观岭朝阳"之称，为"化平"八景之一。民国张逢泰作诗盛赞：

"出彼东部,有山翼然。登高一望,岁岁年年。海云九点,喷出日边。"

无量石窟
(推荐单位:彭阳县委宣传部)

因北宋石佛造像闻名,位于彭阳县古城镇田庄村。这里山峦叠起,形势壮丽。峰回路转,石窟突显。像龛雕凿于崖壁之上,三尊石佛像镌刻精细,栩栩如生;十八尊罗汉像造型各异,形象逼真。石窟下淙淙流过的石峡河,无间冬夏,云气升腾,朝夕不散,滋养石窟。白天,山寺净空,香火繁盛。月夜,佛像随光而动,幻化人间仙境。

璎珞宝塔
(推荐单位:彭阳县委宣传部)

明嘉靖年间建造,坐落于彭阳县冯庄乡茨湾村乌云寺内。传为明代举人张侃为感念寡嫂劝学之恩,许愿乌云寺,建七级浮屠,后人称曰"北山文笔"。宝塔为七层八角楼阁式空心砖塔,塔身飞檐出挑,挑檐悬挂风铃,构造巧夺天工,古朴典雅。晴空观塔身似莲花倒影,超尘脱俗。随风听塔铃传音,静心清神。诗曰:

璎珞宝塔坐山涧,北山文笔美名扬。

七级浮屠莲花座，八面来风响铃铛。
　　倒影晴空超凡世，俯视众山教文章。
　　功德千古乌云寺，昭示后世重书香。

月亮山车
（推荐单位：西吉县委宣传部）

　　月亮山是西吉县境内最高的山脉，位于西吉、海原两县交界处。属屈吴山余脉，因其形状近似弧月而得名。海拔2633米，葫芦河发源地。风力是取之不尽，用之不竭的绿色能源。月亮山山脉上高擎一个个大风车，转呀转呀转，舞动着白云的手帕，高歌着我的太阳！兰格莹莹的天，在转；白格生生的云，在转；绿格森森的山，在转；轻格飘飘的心，在转！转出雄浑壮美的河山！

白云古寺
（推荐单位：泾源县委宣传部）

　　白云寺位于泾源县六盘山镇，近邻佛教名山五台山，是一处传承道教文化的旅游胜地。古寺深山，历史悠久，一年四载，风光无限。视寺庙建筑可谓巧夺天工，整体依山而建，与传统的道观设置相同，只是大部分道观、寺庙依山开凿石窟，殿堂简陋，地势险要，造型古朴凝重而富有历史厚重感，白云山上的苍松翠柏将整个建筑遮掩着，涧壑流水，林木葱茏。据民国《固原县志》记载，白云山南与隆德十八盘、天爷顶相通，东与泾源相连，直达平凉。白云寺是历史年代久远的道教石窟寺庙建筑群，相传是道教神仙广成子未到崆峒山之前修炼的地方，世人流传有"先有白云寺，后有崆峒山"之说。

长城情韵

（推荐单位：彭阳县委宣传部）

战国秦长城修筑于秦昭襄王（前272—前251年），西起甘肃临洮县三十里墩洮河东岸，东北至内蒙古包头西北，距今2200多年。彭阳战国秦长城由甘肃静宁县进入宁夏西吉县，途经原州区，于河川乡黄河村黄家庄进入彭阳境。县境内长城长80多公里。因长期自然风化致损毁严重，现存较好的是白阳镇白岔村段和孟塬乡玉塬村段，遗迹明显，走向清晰。在县内长城塬、孟塬塬、白岔等地设有多处长城敌台。在长城沿线的交通要塞和视野开阔的地方筑有城障和烽火台。烽火台或二三里，或四五里不等，多呈圆锥形堆积，分布在白马庙、党岔、姚湾等地。传说此段长城为秦始皇太子扶苏所修筑（白马庙毗邻长城塬，因史传秦太子扶苏在此筑城戍边，后为赵高所害，后人为其修墓建庙进行祭祀）。2001年6月25日，国务院公布其为全国重点文物保护单位。现存长城的残垣断壁，向世人诉说着这里的历史变迁以及曾经的风土人情！

朝那湫渊

（推荐单位：彭阳县委宣传部）

朝那湫（东海子）遗址，为秦汉时期国家西北重要的祀所——朝那湫祠，历史上曾与长江、黄河、汉水齐名，为华山以西四大名川（水）之一。《史记·封禅书》记载秦时祠祀制度："自华山以西，名山七，名川四。"所谓名山七，即华山、薄山、岳山、岐山、吴岳、鸿冢、渎山。名川四，指四处作为国家祭祀典礼之对象的神水，即"水，曰河，祠临晋；沔，祠汉中；湫渊，祠朝那；江水，祠蜀"。《史记集解》："湫渊在安定朝那县，方四十里，停不流，冬夏不增减，不生草木。"古人祭祀山川，主要因其能敛云布雨，润泽大地，敬畏于该山川的特殊"灵异"之处。朝那湫（高原湖泊）的灵异之处，就在于高山有水，不增不减，古人不理解这一特殊地质现象，视其为神异，并设祠祭祀。据记载，朝那湫应是诸多历史典籍记载的"雷泽"，即伏羲的母亲"华胥氏履大人迹兆孕伏羲"的地方，由此人们把朝那湫与华夏人文始祖伏羲联系在一起，设置古祀祠进行祭典。

北国丹霞

（推荐单位：西吉县委宣传部）

位于宁夏西吉县北部，距县城约15公里处。黄土腹地，天造神奇，丹峰霞山拔地而起，石城石寨星罗棋布，奇峰奇柱直冲云霄，赤壁怪石千姿百态，悬沟洞穴触目皆是，一步一景，十步一天。胜揽神州丹霞，雄踞三最：一曰海拔之最高，又曰北方之最大，再曰丝路之最美。集雄、奇、秀、险、幽、奥于一身，聚国家级自然保护区、地质森林公园、ＡＡＡＡ级景区于一体。

彩带缠萦

（推荐单位：西吉县委宣传部）

西吉县干旱少雨，但西吉人在荒山秃岭大修梯田，依坡筑台，随埂取带，带带相叠，沿山走势。即至冬雪覆盖，红装素裹，分外妖娆。春夏之际，庄稼盛丰，五色斑斓，犹如一幅幅油画布泽人间。真乃丰收在望，美景悦目，西吉梯田，旱塬奇观。

伏羲神崖

（推荐单位：隆德县委宣传部）

位于隆德县观庄乡前庄村东面，距离县城20多公里，距六盘天池向北约1公里处。该神崖上有一石洞，被当地人称"仙人洞""伏羲洞"，距地面近百米。脚蹬木梯，手抓铁链，攀援而上。伏羲洞所在的崖被人称为伏羲神崖，洞内有一眼泉水，泉水增而不溢，清澈甘甜，是伏羲夫妇造人和饮水的地方。据说用这里的水滴眼可明目，饮之可治百病，男女共饮可成伴侣，反目夫妻取饮可和睦，结仇朋友饮之则亲密，还有养颜保健之神效。伏羲神崖对面一山形状如龟，称作龟山，一说是伏羲画八卦，以龟背图形所悟；一说神龟驮河图，伏羲因此画八卦。它是宗教祭祀、攀岩探险的理想之地！

古柳公园

（推荐单位：隆德县委宣传部）

"大将筹边尚未还，湖湘子弟满天山。新栽杨柳三千里，引得春风度玉关。"这首七绝是清代诗人杨昌浚在去新疆的途中写的，赞颂左宗棠引兵入疆，立功于万里绝域中，更在进军新疆期间，命令将士沿途夹道植柳，连绵数千里，绿如帷幄，人称"左公柳"。如今，"三千里"道路两旁的"左公柳"已不多见。而位于六盘山脚下的宁夏隆德县，由于其高寒的自然条件，使其尚存的"左公柳"较多，该县为科学保护百年古树"左公柳"，于2011年8月建成古柳公园，号称"隆德第一园"，该园占地375亩，总投资1800万元，是隆德县深入挖掘千年古城历史文化内涵，科学保护百年古树"左公柳"，完善城市服务功能，进一步优化人居环境而建设的集休闲、娱乐、旅游为一体的主题性历史文化生态公园。公园整体建设分为主题广场区、文化体验区、古柳保护区、景观亲水区、健身活动区、休闲娱乐区、管理服务区、登山瞭望区八个功能区。古柳公园是弘扬隆德县生态文化，倡导绿色生活，最适宜度假居住、避暑休闲旅游的一座生态花园。

长城情韵

（推荐单位：彭阳县委宣传部）

修筑于战国秦昭襄王时期，距今2200多年，故名秦长城。长征期间，毛泽东在这里写下了不朽的诗句"不到长城非好汉"。现在的秦长城显得苍凉而悲壮，甚至千疮百孔，但始终没有改变它高傲的姿势，蜿蜒着从远古而来。在烽火台、长城塬、白马庙、两千多年"孟姜女哭长城"的民间传说里，畅想着"风吹草低哟牛羊肥壮，羌笛陇上兮马驰南山，生男育女呀逐狼驱豹，饮马黄河哟醉酒而眠"的盛世景象。

朝那湫渊

（推荐单位：彭阳县委宣传部）

朝那湫渊是秦汉时湖名，俗称"东海子"，位于彭阳县古城镇海子口。秦汉时与长江、黄河、汉水并称四大名川，地势奇拔，群山环绕，庙宇辉煌，湫水神秀。秦惠文王曾临湫"投文诅楚"，秦皇汉武巡边驻跸祭祀。今湫渊山水俱佳，湫祠"风敲野草动婆娑，瓦砾堆成长薜萝"，令人神往和遐想；湫水在阳光和群山倒影的映衬下，忽而深蓝忽而浅

蓝,变化奇妙,神秘顿生,真可谓"湖光山色两相和,水面无风镜未磨"。诗云:

揪渊千古秀,奇景势独雄。
两山悬明镜,一水停不流。
几多封侯吏,临渊洗边愁。
风雨沧桑变,至景依然存。

花海彭阳

(推荐单位:彭阳县委宣传部)

四月彭阳,草长莺飞,青山碧野,山梁沟峁,杏林妖娆。含英吐蕊,争奇斗艳,清香迷人;俯视近望,洁白花瓣,粉红花蕊,一朵朵一簇簇,一串串一枝枝,如琥珀玉雕,端庄素雅,风韵天成。登山遥望,如云似霞,如烟似雪,赏心悦目,人间仙境。真乃艳态娇姿,繁花丽色,胭脂万点,花之海洋。微风拂过,花瓣雨落,如梦似幻,阵阵清香。间有狗吠鸡鸣牛哞,声声点缀,尽似人勤春早,宁静祥和。仰望蓝天白云,聆听鸟语风声,掬饮泉清波影,陶醉树语花吟,置身田园山野,寻觅诗意人生。遥想昔日荒山秃岭地,缘何春光今无限,可赞彭阳人民不畏艰,只唯百花争开妍!喟叹今日胜地,或旅游,或摄影,或休闲,可与天堂媲美;粉红花海,魅力彭阳,一派生态田园胜景。

彭阳梯田

（推荐单位：彭阳县委宣传部）

大地诗行，气势恢宏，风景如画，炫美夺目，幸入选"中国美丽田园"。阳洼、大沟湾、南山、小虎洼、麻喇湾、杨寨等流域百余条，遍布全境，神斧砍削，仙工雕琢，各具神韵。或似云塔高耸，或如长龙盘卧；好比惊涛骇浪演绎壮阔，甚似款款涟漪描摹秀美；宛若游龙走蛇缠绕，犹如金丝玉带飘逸；好像云梯节节攀升，仿佛塔裙环环妩媚。本为生存谋略，却成艺术天堂。共六十余万亩，山连山逶迤，沟连沟蜿蜒，顺山体凸凹而虬曲，从坡度陡缓而层叠。春天，山桃、山杏、柠条、紫花苜蓿依次吐蕊，争奇斗艳，蜂蝶翩跹；夏日，群山染翠，绿荫婆娑，麦浪滔滔；秋时，云淡天高，万山红遍，大地铺金；冬来，雪落梯田，埂线有致，勾勒安详。

荷花映日

（推荐单位：泾源县委宣传部）

野荷谷处在泾源县城西8公里处，为一条南北走向的峡谷，谷地野荷遍布河床，叶片如盖，清澈的河水掩映于荷叶之中，有江南水乡之神韵，北岸峭壁参天赏花，趣味无穷。华山松布满石崖，有西岳华山之险峻，南岸天然树种丰富，有原始森林的韵味。涓涓溪流与野荷长廊相伴，奇峰峭壁与松涛林海相依,游谷年夏季,野荷花陈铺两岸,景色异彩纷呈,苍翠欲滴。峡谷两旁绿的松柏,随风起浪,红的柳叶,如同香山的红枫,点缀在绿丛中,红得醉人。诗云:"叶上初阳干宿雨,水面清圆风荷举。"

红色乔渠

(推荐单位:彭阳县文化旅游广电局)

乔家渠毛泽东长征宿营地,位于彭阳县东部的长城塬上,原是城阳乡长城村乔家渠组乔生魁家旧宅。2006年,彭阳县委、政府对旧宅进行了清理、修缮,建成集红色旅游、民俗风情、田园休闲为一体的爱国主义教育基地和民俗风情园。

1935年10月7日,毛泽东、周恩来、张闻天、王稼祥等人率领中国工农红军陕甘支队从张易堡登上六盘山,毛泽东在行军途中饱览六盘山风光,写下了瑰丽诗篇《清平乐·六盘山》。当日,红军一纵队突袭青石嘴,歼灭了东北军第七师十三团两个骑兵连,组建了第一支中国工农红军骑兵侦察连。当晚,毛泽东夜宿古城镇小岔沟村阳洼组张有仁家。这是毛泽东一生中第一次住进窑洞。10月8日傍晚到达长城塬赵家山畔、乔家渠一带村庄,毛泽东夜宿乔家渠村民乔生魁家。

整个园突出农家庭院特色,内设革命史料室、民俗文化室、窑洞宾馆、农家生活场景等,让游客在休闲、度假、娱乐的同时，接受爱国主义教育，体验彭阳独特的民俗风情，达到寓教于乐的目的。

六盘人家

（推荐单位：隆德县委宣传部）

六盘人家老巷子民俗文化村位于隆德县城关镇红崖村，距县城东南1公里处。东靠六盘山西麓的清凉世界，依山傍水，绿水环绕，环境清幽。历史上的红崖村，曾数次成为争夺隆德县城的指挥中心，发生在隆德县境内的战役就不计其数，其中重大的战事有宋金争夺德顺之战、成吉思汗拔德顺州、李自成攻占隆德城等。红二十五军长征途经隆德，其先遣部队宿营在红崖村，召开党委扩大会议，研究部署工作，为该村留下了鲜明的红色革命文化印记。红崖民俗文化村内有一条长200米的老巷子，占地面积有1万平方米，有10多个农家院落，并建有老戏台、老磨坊、老水井等古乡村建筑，主要开展戏曲展演、农家餐饮（特色菜肴、地方小吃）、家庭客栈、茶馆、酒吧等经营活动。是一家集绿色生态、养生度假、观光娱乐、休闲健身为一体的旅游度假村。

六盘天池

（推荐单位：隆德县委宣传部）

六盘天池，也称北联池。古称天镜、雷泽、朝那湫，又名北乱池、北联灵湫，是人文始祖伏羲孕生的地方，为隆德古八景之一。位于县城观庄乡前庄村东北20公里处的六盘山上，是葫芦河的发源地之一。北联池海拔2530米，池面阔50余亩。池三面环山，层峦叠嶂，有九座山峰团绕，山势巍峨峻拔。九座山形似九龙聚首，饮水于池。正如清朝隆德县令常星景和隆德文人张文炳诗中所言"环山为其岸"，"气象自森严"，"幽岩可怜灵湫生，一望鸿蒙岚气横"。唐人歌谣唱道："湫头山，比天高三旋，云遮月，湫水洗蓝天。"春夏之交，山间草木葱茏，青翠欲滴，繁花盛开，争妍斗芳。池水潋滟，清澈鉴人，静则纹丝不动，动则微波粼粼，幽雅恬静至极。岚烟云影，水天一色，神秘莫测，素有"万树仙花一潭水，四时烟雨半山云"的美誉。每年农历六月初六，北联池庙会，四方香客云集，人数逾万。六盘天池以旖旎的自然风光、神圣的宗教文化、独特的历史传说和浓郁的人文气息给游客留下难以磨蚀的记忆。

龙潭古寺

（推荐单位：西吉县委宣传部）

拱北，系阿拉伯语音译，原意为拱形建筑物或圆拱形墓亭，特指先贤陵墓建筑。拱北是回族穆斯林缅怀先贤的历史记忆与文化传承的场所，深刻表达着回族穆斯林对先贤和亡故者"慎终追远"的传统情怀。龙潭古寺，犹自融有西吉独特的地域民族风情，卓尔不群，凝重而真诚，肃穆而洁净。

龙潭水韵

（推荐单位：泾源县人力资源和社会保障局）

老龙潭位于六盘山东麓，距泾源县城20公里。境内峰环水抱，山翠水碧，风光旖旎，景色优美。清冽的泾河水，经潭而出，奔流千里，惠及两岸人民。老龙潭不仅以湍瑞清澈之态，百泉汇流之势闻名天下，也以其凶险的风韵，神奇的传说著称于世，吸引着八方游客前来观赏。老龙潭由头潭、二潭、三潭、四潭组成。头潭在一片丛林石峡之中，四五个小潭相衔而下，流水从最后一个小潭冲出，形成两条瀑布，喷珠溅玉，蔚为壮观。二龙潭由两个葫芦形潭组成，前潭的水从石坡滑下，注入后潭，给人以"清泉石上流"的美感。三潭是"龙下巴"，这里已筑起大坝，"高峡出平湖"变成了一座碧绿的水库。四潭是老龙潭的门户。老龙潭流出的泾水清澈不污，引发出了"泾渭分明"这样脍炙人口的成语。

米缸望远

（推荐单位：隆德县委宣传部）

梁堡村位于隆德县奠安乡西北，为汉民聚居区，距奠安乡4.5公里，面积6.24平方公里，为黄土丘陵沟壑区。堡址位于梁堡村一组北山二级台地上，海拔2000米，面积1.2万平方米，呈东西长170米、南北宽70米的长方形，城墙为黄土夯筑，堡门朝西，门额上写有"吉祥"字样。四周城墙角有城垛，堡内有17户100多人居住，以梁姓居多。堡内有明代建筑——世德堂，距今约400年，属当地刘氏家族所有。主建筑坐北朝南，由门厅、左右厢廊、正殿组成的古建筑，经初步判定为明清建筑。门额镶有"世德堂"牌匾，写有"岁在乙卯浦月上浣之吉　表弟薛梦麟赠"字样，是研究西北建筑的活化石。梁堡村民间艺术内容丰富，表现形式多样。高台马社火内容丰富，融民俗、表演、造型、彩绘、手工制作、现代科技于一体，具有鲜明的传递性、创造性、艺术性；刺绣是中国优秀的民族传统工艺之一；剪纸作为民间艺术的一朵奇葩，具有独特的风采和魅力；皮影戏是节庆必不可少的传统民间说唱艺术，民间艺人通过展演技艺表情达意。古堡历经千年，仍保存完好，在当地乃至周边地区非常罕见，对研究当地建筑形式和文化提供了十分重要的实物依据和较高的文物史料价值。

茹河瀑布

（推荐单位：彭阳县委宣传部）

茹河位于彭阳县城东24公里之外的城阳乡杨坪村。由于地壳变化和河床运动，这里形成了两个落差9米以上的连环瀑布和幽深狭长的茹河大峡谷，瀑布下游峡谷长约3公里。春夏时节，水流湍急，气势宏伟，景致壮观；秋冬时节，水清石现，涓涓细流如丝如缕，美不胜收，气温骤降，结冰成凌，晶莹剔透，如龙王的水晶宫，似大圣的水帘洞，妙不可言。

2012年10月,以茹河瀑布为重点的茹河瀑布风景区被水利部命名为国家级水利风景区。杨坪村在2013年"中国最美村镇"评选活动中荣获"中国最美村镇"景观奖。杨坪村被固原市旅游局确定为乡村旅游示范点。

如今,茹河已初步形成了集自然景观和观光农业示范园为一体的生态旅游景点。

狮身人面

(推荐单位:西吉县委宣传部)

深居西吉火石寨丹霞石林幽谷,位于丝路古寨(丹峰古寨)门口。形似卧狮,面若人像,体态丰满,比例协调,千年雄风不减。昂首东望处,丛峰纵横,绿波荡漾,鸟语花香,尾部丹崖蜿蜒数里,如刀切剑削,鹰击长空,身后幽谷深长,景色奇秀,身前坐佛、情人谷、花石崖笑迎游客。

石城天险

(推荐单位:西吉县委宣传部)

位于西吉火石寨丹霞石林之中,距县城约30公里处。天然成城,形似卧牛,四周绝壁。城外四面丹峰环列,或高耸入云,或纵横蜿蜒,或峭壁嶙峋,或方圆规矩,千姿百态。明成化四年,满俊据此天险起兵,震惊朝野,史称"石城之战"。古诗赞曰:

岗峦峻巍入云标，朝日苍茫夜寂寥。
飒飒风声沿万壑，森森剑气透云霄。
石阶有路凭谁凿，荒城无烟待人烧。
残叠徒姿斜阳照，牧马悲嘶已非遥。

丝路古寨

（推荐单位：西吉县委宣传部）

位于西吉火石寨丹霞石林之中，距县城约20公里处。天然成寨，传为丝绸古道东段北线必经之地，明沐英牧马之处。春则丁香争艳，漫山粉黛；夏则苍翠欲滴，绿遍山野；秋则硕果飘香，黄叶尽染；冬则白雪压顶，红崖片片。日出东方，霞光万丈；夕阳西下，粉面妩媚。雾中仙境，缥缈婀娜；雨中丹霞，瑞聚奇峰。天造美景，集瑰丽、雄浑、清纯、娴静、灵动于一体。

西海春波

（推荐单位：固原市原州区委宣传部）

西海，今固原市原州区西南四十里处的西海子。西海子"甚澄且甘"，古人称为"朝那湫"，或名"西海"，今人名为"海子峡"。自秦汉以来，西海就是一处著名的湖泊，相传为祭龙神、润泽候的地方，建有庙宇。这里群峰环抱，形如掌立，中间有石隙，水由此处，"激湍清冽"。喷出的水复入两个漩涡，时人称其为东海龙口。水天一色，山青水澄，春波荡漾，凉爽宜人，景观极致。清皋兰人王兆骏作诗描写西海景观，诗云：

飞来万朵玉芙蓉，中汇流泉列五峰。
地居朝那通朔漠，天开灵境接崆峒。
频将秋草肥屯马，信有春雷起蛰龙。
闻道当年兵备使，分渠犹自利三农。

萧关古道

（推荐单位：泾源县大湾乡人民政府）

萧关是秦汉时期"秦之四塞"之一，是扼控中原通往塞北乃至西域通道的咽喉要塞。《说文》的解释是："萧，蒿草；关，往来必由之要处设置的守卫处所，萧关也就是险要之关隘。"瓦亭村是"萧关"旧址，也称"驿藏关"，是汉唐以来雄踞西北地区的重要关隘之一，有险隘"铁瓦亭"之称。秦汉帝王出巡，汉唐文人出塞，都与萧关有缘，乐府诗《上之回》："回中道路险，萧关逢候多。五营屯北地，万乘出西河。单于拜玉玺，天子按雕戈。振旅汾川曲，秋风横大歌。"说的是汉武帝出萧关北巡的情景。"大漠孤烟直，长河落日圆。萧关蓬候骑，都户在燕然。""蝉鸣空桑林，八月萧关道。出塞复入塞，处处黄芦草。"这些诗是唐代文人途经萧关的描写。春天，瓦亭峡的山峦上野桃花盛开，天天灼灼；入夏时节，这里的山峦早已被茂密的森林和灌木丛所掩映，郁郁葱葱；入冬时节，泾水凝固成一条白色的带子，山上为雪景所染，白茫茫一片，秋日里那经霜而变成各色样的山峦景象全被雪景取代。而今，这里四季泾水涌动，潺潺生辉。春来野桃花遍野满山，夏秋山色滴翠，黛墨远映，伴以高架桥涵，火车出入，天堑通途，也是游人观览的去处。诗曰：

西北狼烟遍地起，我朝设防于萧关。
朝那当属第一关，后来德顺占位先。

胭脂峡谷

（推荐单位：泾源县黄花乡人民政府）

胭脂峡地处甘肃道教名山"崆峒山"山系延至泾源县黄花乡羊槽村境内的余脉与胭脂山山体之间，峡深400多米，长45公里，形成于8亿年前的奥陶纪。胭脂峡不仅有诗一般好听的名字，而且还有丰厚的文化底蕴，奇峭的峡谷中水流顺势而变，形成无数个瀑布。山势东险西奇，南绣北绝，在大自然艺术大师的神功雕塑下，奇峰怪石竞相崛起，名花异草满目尽是，形似观音赏曲，有道人拜月等奇异景观，各具神姿妙态，栩栩如生，胭脂峡石峰以"怪石""悬崖""峭壁"为景观内容，整体结构以"幽、迷、奇、险"为特点。尤其是落差42米的胭脂瀑布，飞流直下，散落的水花像仙女撒下的珍珠，在阳光折射下呈现出五光十色，气势颇为壮观。胭脂峡下游与甘肃崆峒山紧密相连，山水倒映、云飞雾绕，更是一派仙境风光。传说有一仙女曾在这里的一处清泉沐浴，至此这里便染了仙风灵气，那泉水也变得异常清香软滑。凡间女子若能得此泉水洗脸，皮肤就会变得娇嫩白皙、脂润肤滑。不少当地的女儿们常常不辞辛劳，跋山涉水取神泉之水洗脸。久之，此地的姑娘便个个眉清目秀、娇美动人，此地因此而得名曰"胭脂村"，此峡名曰"胭脂峡"。

阳洼杏花

（推荐单位：彭阳县文化旅游广电局）

彭阳县素有"东山文化之乡"的美称，是宁夏摄影家协会命名的"宁夏摄影创作基地"。建县以来，彭阳县始终坚持生态立县不动摇，经过30多年坚持不懈地改土治水，全县林木保存面积达到197.6万亩，森林覆盖率由建县初的3%提高到现在的24.8%，累计治理小流域103条1779平方公里，打造出一批自然景观优美、生态环境良好的示范流域，已成为人们休闲观光的好去处。

春风四月到彭阳，皇甫故里杏花香。每年四月天，漫山花烂漫，最美彭阳人间。置身花海游人醉，不知今夕为何夕！四月到彭阳，来一次回归田园的开心自驾，一次杏花簇拥的浪漫之旅！

幽谷弹筝

（推荐单位：泾源县委宣传部）

弹筝峡，又称轩辕谷。深山峡谷，泾水东去，湍流萦回与岩岸相击，夜居山中静听涛声，如弹古筝，因称弹筝峡。弹筝峡是六盘山国家ＡＡＡＡ级旅游区的一处著名景点。泾源境内许多支流汇集泾河，流经崆峒山阳麓，河谷开阔、峡谷奇幽、山峦起伏、群峰竞秀、怪石嶙峋、林深树茂、草茵花繁、流泉飞瀑。松柏华树，或生长于悬崖之上，或植根于石缝之中，亭亭而立，生机盎然，跟杂花野草相映成趣，把弹筝峡周围点缀的景色绮丽，风姿绰约。弹筝峡两岸危峰耸峙，岩壁如削，河水澎湃，乱石激流，崖峭穴奇，篁邃径幽，林障秀阻，人迹罕至，十分壮观。静夜入峡顺风倾听，似闻筝声袅袅，忽高忽低，节奏忽快忽慢，行如汩汩流水。究其原因是因所处的弹筝峡谷地势陡，坡度大，水流湍急，与岸边的石头相撞，冲力击撞石头，石块大小不一，方向角度差异不齐，自然形成了许多不同的声音，加之两岸岩洞涵蓄，回声相濡，就形成如筝之声，节奏分明，悦耳、悠扬。唐开元进士储光羲，过鸡头道，听弹筝峡筝声，写下了千古绝唱《使过弹筝峡》：

鸟雀知天雪，群飞复群鸣。
原田无遗粟，日暮满空城。
达士忧世务，鄙夫念王程。

晨过弹筝峡，马足凌兢行。
双壁隐灵曜，莫能知晦明。
皑皑坚冰白，漫漫阴云平。
始信古人言，苦节不可贞。

云台叠翠
（推荐单位：西吉县委宣传部）

此景位于西吉县火石寨丹霞地貌区内，山高峰峻，深洞危桥，重峦叠翠，曲而幽深。每遇山雨欲来，必先油然作云。即晴亦多烟岚。啼鸟钟声，隐约其中，花香扑鼻。古诗赞曰：

云绕高台月色新，危峰悬崖自嶙峋。
隐约钟声鸣山寺，仿佛鸟语唤游人。
闪光映碧花初绽，树影拖烟叶无尘。
一轴自然风景画，别有天地更带春。

张台石窟
（推荐单位：泾源县委宣传部）

张台石窟又叫延龄寺，位于泾源县城东南25公里的新民乡张家台村石嘴山河北岸岩石上，自西向东有4个洞窟排列于山崖上，每个石窟内都有琢凿而成的佛龛、佛像等石刻作品，虽年代久远有所损毁，但凭借其轮廓，依然能感受到艺术的魅力和浓浓的宗教气息。据载，此石窟开凿于宋代，相传济公修行于此。1991—1993年，台湾佛教徒毛国雄和济公第十三代传人冯敏堂带领男女信徒40余人，持图溯源曾3次来这里拜佛祭祖。

震湖放歌

（推荐单位：西吉县委宣传部）

1920年海原大地震，山崩地裂，吞噬人间，多少痛悲，汇成苍天一滴泪。往事如烟，沧海桑田。成群野鸭自在飞，连绵梯田层层堆；鸭鹅嬉水，燕飞鱼跃；云儿飘，羊儿归，沙柳绿，花吐蕊。十里长峡，碧波荡漾，化作黄土高原上的珍珠和翡翠。西吉震湖面积之大，冠绝亚洲，世界第二。

北联灵湫

（推荐单位：隆德县委宣传部）

北联池，又称六盘天池，位于六盘西麓海拔2530米高处，相传是人文始祖伏羲孕生之地，水面阔50余亩。池三面环山，九峰团绕，岩峥峰叠，岚烟出岫。池状如葫芦，水光潋滟，沉澈明净，峰峦倒影。池之北面有伏羲神崖和先人洞，先人洞内泉水增而不溢，清澈甘甜。每年农历六月初六，北联池举办庙会，四方香客云集，人数逾万。诗云：

联山深处聚灵潭,雨穴云根映蔚兰。

欲尉农夫天旱若,朝求夕应澍霖甘。

北国丹霞

（推荐单位：西吉县委宣传部）

火石寨位于西吉县城北约15公里处，是国家级自然保护区、地质公园、森林公园、ＡＡＡＡ级景区。奇特的丹霞地貌属西北罕见，奇山、异石、茂林、岩洞、石窟堪称"五绝"。云台山、石寺山、大石城丹峰赤壁，鬼斧神工，千姿百态。暖春，丁香扑鼻，花岩争艳，生机盎然；盛夏，灿若明霞，绿树成荫，气候凉爽；深秋，红叶似火，山若赤壁，美丽如画；隆冬，白雪压顶，红崖耀眼，粗犷雄宏。

震湖碧波

（推荐单位：西吉县委宣传部）

震湖位于西吉县震湖乡党家岔村，为世界第二大地震湖，是1920年海原大地震后形成的堰塞湖。今日湖区，山水交融，碧波荡漾，芦苇丛生，鲢鲤成群，鸭鹅游戏，游艇急掣，成为科察探险、旅游观赏之胜景。2006年被国家地震局命名为国家级典型地震遗址。

百年老巷

（推荐单位：隆德县委宣传部）

"千古隆德县，百年老巷子。"老巷子位于隆德县城关镇红崖村，北依六盘山，南凭清凉山，清凉河穿流而过。村内老巷相接，屋舍相望，曲水流觞，榆柳婆娑，清凉幽静。其石砌巷道、砖雕照壁、农家客栈、手工作坊古韵犹存；红色遗迹、民俗广场、乡村戏园、农家餐饮，吸引游人。2014年被农业部评选为"中国最美休闲乡村"。

梯田情韵

（推荐单位：彭阳县委宣传部）

走进彭阳，登高远望，层层梯田，缠绕山间。昔日黄土丘陵，沟壑纵横，水土流失，广种薄收；今天梯田平整，层层如带，土肥苗壮，丽景如画。彭阳县坚持"一任接着一任干，一张蓝图绘到底"，修田治水，绘就了一幅造福百姓的美丽画卷。2014年，彭阳梯田荣获农业部"中国美丽田园"景观奖。诗云：

层层梯田秋尽染，条条彩带绕山峦。
试问美景谁绘就，彭阳人民谱新篇。

茹河瀑布

（推荐单位：彭阳县委宣传部）

茹河瀑布位于彭阳县城阳乡杨坪村，距彭阳县约27公里。自然神功，岁月雕琢，巉岩交错，峡谷蛇行。夏天，飞瀑宛若锦缎挂于巉岩断壁之上，玉碎琼溅，云翻雾飞。冬天，冰瀑如玉雕，晶莹剔透，冰瀑、冰山、冰洞、冰柱，成为黄土高原自然美景。诗云：

夏如玉带缠苍崖，百丈悬空飞落下。
冬若冰峭玉雕成，冰山冰洞立千仞。

东岳灵山

（推荐单位：原州区委宣传部）

东岳山位于原州城东，集儒、释、道三教于一山。史载，这里曾建有"九台十八院，七十二座大殿"，"文化大革命"时被破坏。改革开放后，重新修缮，仍为九台格局。如今孔子纪念馆、大雄宝殿、鲁班纪念馆、药王洞、东岳大帝殿等庙宇依山而建，飞檐高翘，巍峨耸峙，气势雄宏；山上林木葱茏，空气清新，环境幽美，成为市民休闲之地。诗云：

孔庙门前僧人悟，道边花草微风扶。

木鱼有意渡苦海，闲云野鹤不曾孤。

过客欲将凡尘数，金燕飞落鲁班处。

檀香四缕望高阁，壁上无水五龙逐。

古柳新春

（推荐单位：隆德县委宣传部）

1871年，清代名将左宗棠下令在西北地区栽树，主要栽种旱柳，连绵千里，数达百万，后人称之为"左公柳"，宁夏仅隆德尚存二十三株，树身粗壮，巍然挺立，枝干苍虬，雄姿挺拔。为保护左公柳，隆德县建成古柳公园，如今这些百年古树，春发新芽，夏荫如冠，秋风拂叶，冬雪盈枝。

高庙保安寺

（推荐单位：中卫市高庙保安寺）

高庙保安寺始建于明朝永乐年间，距今已有600多年的历史，占地面积6895平方米，高29米，殿堂、僧房300多间，供奉铜铸、玉刻、木雕、泥塑佛像600余尊。整体建筑坐北朝南，取中轴一线直贯，连平地高台为一体，逐步升高，层层叠叠，左右对称，东西互抱，檐牙相啄，气势宏伟，整个建筑有四大特点：集中、紧凑、高耸、曲迴，从上往下看，形似凤凰展翅，凌空欲飞之势，被专家誉为"中国古寺庙经典建筑之最"，2005年被评为ＡＡＡ级旅游景区，

2013年被评为"国家重点文物保护单位"。高庙属于儒释道三教合一的宗教场所,唯佛教传承至今,也因其为佛教古寺而被载入《中华佛教二千年》巨型珍本。

高庙罗汉堂始建于1999年,占地面积480平方米,设计采取立山式风格,高山大海蓝天融为一体,堂内塑像庄严,栩栩如生,千姿百态,堂中有景,情景相容,气势宏伟,整体环境诗情画意,气象万千,其造像刻化或慈或怒或静或动,或沉思或谈笑,或虔诚或威武,五百位罗汉,五百个相貌,五百种神态,被称为塞上一绝。

高庙地狱是我国四大古地狱之一,1992年整修恢复,地狱宫中,置景森严,惊心动魄,青面獠牙、面目狰狞的狱卒,刚正不阿、怒目圆睁的阎罗,神呵鬼嚎发人深省,锯解、铁床般般罪有应得,油锅、刀山渐渐如影随形,充分体现了因果思想,阐述了佛家诸恶莫做,诸善奉行,自净其意,自净其心的佛教宗旨,被游人称为教育基地。

金沙岛度假区

(推荐单位:中卫市金沙岛度假区)

金沙岛休闲度假区地处宁夏中卫市沙坡头区,位于中国第四大沙漠——腾格里沙漠东南缘,距中卫市区17公里,距中国首批ＡＡＡＡＡ级旅游景区沙坡头18公里,背靠大漠,南临宁夏平原,西接丝绸之路,东连沙漠湿地腾格里湖,距中卫机场7公里,总占地面积4284亩,区位优越,特色凸显,是集餐饮、住宿、户外拓展、休闲、娱乐、旅游观光、沙泉疗养为一体的西北首家高端休闲度假别墅区。独具特色的木质别墅、生态餐厅、休闲会所等人文景观巧妙地镶嵌在"金沙岛"上,金黄柔软的沙滩,洁净清澈的湖水,蜿蜒迂回的栈道,连片如毡的绿茵,浪漫迷人的薰衣草花海和天然形成的沙漠、湿地、湖泊、鱼塘等多种景观并存,黄沙、绿草、蓝天、碧水组成了一幅塞上江南风光旖旎、风景迷人的美丽画卷。

金沙岛薰衣草爱情主题公园,种植了120多亩的薰衣

穿越腾格里沙漠 陈长祥/摄

草，打造宁夏乃至西北地区种植面积最大、品种最多、景观最美的"东方普罗旺斯"香草园；园区内增加了以"LOVE"为代表的爱情元素符号，到六月中旬连片如毡的马尾香草、四季薰衣草、柳叶马鞭香草等和风格独特的木质别墅交相辉映；紫蓝色的花海随风起伏，仿佛大地上延展的梦境，处处都弥漫着温馨与浪漫；"东方普罗旺斯""中国西部最美丽的休闲度假区"和"婚纱摄影基地"的盛世美景尽展无遗。

北长滩

（推荐单位：中卫市沙坡头区）

北长滩位于国家ＡＡＡＡＡ级旅游区沙坡头的上游30公里处，因悠久历史、北方土木结构的传统建筑、军事防御和原始古朴生态于一体而被评为首批宁夏历史文化名村，又是中卫旅游优先发展战略中"一核两带"中滨河旅游带的重要节点之一。

走进北长滩，轮转不息的古老水车诉说着古代历史文明；历经沧桑的百年梨园见证着原生态的田园风光；依山傍河的滨河自驾车旅游服务区主要包括游客服务中心、会所、篝火广场、汽车影院、土特产超市等，可同时满足80人就餐。访原始村落，漂黄河峡谷，吃乡村美味，睡农家土炕，徜徉在这古老神秘而又现代时尚的综合体中，远离城市的喧嚣，充分体验百年前先民的生活，感受那份与世隔绝的清净。

南长滩

（推荐单位：中卫市沙坡头区）

南长滩党项民俗村位于距离中卫市区向西89公里的黄河岸边，是中卫旅游"一核两带"中滨河旅游带的重要节点之一。村中五百年古梨树，拓氏村民的繁衍生息，无不见证了南长滩丰富的西夏党项历史文化资源。2008年12月，南长滩村被国家有关部门确定为宁夏首个"全国历史文化名村"。

蜿蜒呈"几"字形的黄河成就了南长滩"宁夏黄河第一村""千年党项第一村"的赞誉。百年梨园更是南长滩亮丽的一景，每年四月的梨花节，已成为中卫黄河上游最美的民俗节日。

为了更好地服务游客，提升景区的软硬件的服务质量，南长滩建设了党项民俗村。其独具文化特色的游客服务中心、党项博物馆、餐饮接待服务中心、住宿客栈、农家小院，无不让人感受西夏文化的独特魅力。

步入依山傍水的南长滩，赏花踏青、避暑度假、采摘果实，倾听充满原始神秘色彩的动人传说，品味独特的南长滩五宝（鸽子鱼、山蝎子、香山山羊、香水软梨、长滩红枣），在这充满历史文化的村落中，充分体验这份自然、生态之旅。

湿地草园

（推荐单位：中卫市腾格里沙漠湿地旅游区）

中卫市腾格里沙漠湿地旅游区内的景点"湿地草园"位于景区中心地带，西与金沙岛休闲度假区相接，南与秀水岛、果园岛相毗邻，东临腾格里湖，占地2700亩，湿地草园以"时尚、绿野、延续"为设计理念，充分利用现有沙漠、湖泊、湿地地形现状有机糅合，力求突出生态美、自然美的休闲环境，为广大游客提供一块广阔的户外休闲度假胜地，此处极其适合家庭度假休闲，商旅聚会，团体户外拓展训练等。本草园设计理念非常前卫，游客在湿地草原内既可感受到新西兰牧场一样的环境，又能享受到美国西部庄园风情，带一块毯子，带一些面包水果，陪着家人、孩子坐在草地上、树荫下享受温暖的阳光，伴着草香的微风，吸收着大自然的清新空气，是游人放松心情的绝佳选择。

碧湖叠翠

（推荐单位：中卫市沙坡头旅游开发试验区）

香山湖隔河遥望，巍巍香山屹立，美景如画；纵观湖景，绿荫环绕，碧湖叠翠；鸟落柳枝；槐香引蝶，游鱼跃波；鸳鸯戏水，天鹅展翅；湖光山色，层出乐章。诗云：

碧湖叠翠波潋滟，桥若卧虹索栈牵。
水车高耸柳滴翠，莲散幽香曲廊远。

碧湖卧虹

（推荐单位：中卫市沙坡头旅游开发试验区）

碧湖卧虹，是中卫香山湖的一大景观。香山湖翠丝杨柳，槐花飘雪；繁花缀枝，绿荫如织；蝶飞花香，鱼游鸟戏；湖水清澈，五光十色；曲桥廊坊，彩虹呈现；亦真亦幻，恍如仙境。

香山湖建于新世纪，曾先后荣获"中国人居环境范例奖""迪拜国际改善居住环境最佳范例奖"。

香山公园是人们休闲、娱乐、健身、观光旅游为一体的最佳胜地。

大河之舞

（推荐单位：中卫市沙坡头旅游开发试验区）

大河之舞主题公园是新世纪中卫黄河金岸的一座奇观美景。黄河宫来自"黄河之水天上来"寓意，凝练水滴造型，形成晶宫建筑雕塑，俯视、仰视、平视，感受母亲河的魅力和神韵。

人在河底走，鱼在宫中游。一缕阳光照，七色显彩虹。

大河之舞，玻璃景观，堪称国内外胜景。诗云：

> 黄河之水天上来，奔流不息向大海。
> 眷顾塞上富河套，成就神奇赛江南。

唱响城乡好光景，舞动山川新气派。
漫道福星来天外，且看金岸铸丰彩。

洞天半月

（推荐单位：中卫市沙坡头旅游开发试验区）

寺口子洞幽神奇，石峡洞开，天如半月，石窟悬崖，碧空如洗，仰视恰似东方月上。观之，云缠雾绕，群山缥缈，天地苍茫，超凡脱俗，心神升华。诗云：

悬崖石栈涧幽深，一线天光半月明。
且行且看惊造化，一步一景叹神工。

高庙圣景

（推荐单位：中卫市沙坡头旅游开发试验区）

中卫高庙经六百多年历史沧桑，几经毁坏修葺形成如今之气概。耸天百尺，器宇轩昂，集中紧凑，回曲高耸；原有广场戏楼径直通向魁星楼（山门）。大雄宝殿、南天门、中楼、主楼，并依这条中轴线，所有建筑物左右两面互相对称，逐次延伸升高，形似凤凰，檐角高翘，具有凌空欲飞之气势；其间上下贯通，集殿宇楼阁、台观廊坊于一体，是典型的东方古代特有的造型艺术。

中卫高庙的全部塑像，有法名的多达一百二十多尊，形态各异,神情逼真,以形传神,神形兼备。原为民间宣倡的"三教合一""三教同源"场所,在庙宇建筑史上独树一帜。

瞻仰神佛,栩栩如生;登楼远眺,紫气东来,沙海湖影,芳草如泽;黄河飘带,青翠欲滴;田园农舍,光怪陆离;高楼耸天,车越川原。称颂之"塞上奇观,高庙一绝"。诗云:

钟灵毓秀六百载,层楼叠阁接云天。
三教荟萃壮斯地,我登高处飘欲仙。

黄河弄筏

(推荐单位:中卫市沙坡头旅游开发试验区)

在举世闻名的胜景——沙坡头旅游景区,黄河自黑山峡咆哮而下,在沙坡头回旋缓缓而下,河面上羊皮筏子影影绰绰,如片片扁舟竞相泛过,故名"黄河弄筏"或"黄河泛舟"。

筏子,是中卫祖先发明的渡河工具。羊宰杀后囫囵脱皮、熟制,叫"浑脱"。充气绑在木排上叫筏子。

筏子古时用来渡河航运。后公路、铁路、航空发展以后,筏子成为沙坡头景区供游人水上玩乐的游戏项目。诗云:

弄水当乘羊皮筏,浅滩漩涡溅浪花。
欲图尽兴搏激流,河心引吭犹浊浪。

金沙映月

（推荐单位：中卫市沙坡头旅游开发试验区）

金沙岛周遭碧水环绕、清幽秀丽，月朗星空下，如镜的湖水中倒映着雄秀的沙岛，岛旁悬挂一轮娇盘，湖水月色，沙岛涟漪，水中望月，岛上思春，别有一番滋味在心头。

一

琼岛千里明月近，澄湖万顷波光长。
鱼入梦乡鸟归巢，星浴银河客忧忘。

二

明月悬金沙，恰逢嫦娥醉酒，当空舒袖，舞起千重银波助兴。
繁星蕴水底，必是织女撒娇，摘星捉斗，抛撒万点珠玉共赏。

金沙紫韵

（推荐单位：中卫市沙坡头旅游开发试验区）

金沙岛位于腾格里湖西侧，原为马场湖。湖中隆起一巨大沙丘，晴日下金光闪耀，岛名缘起而来。更为神奇的是金沙岛四周辽阔的沙地上茁壮生长着无数色彩缤纷的花草，尤其是无边的薰衣草花色紫艳秀媚，微风摇曳，绿紫相映，花香四溢，加之隐于花间的木屋栏轩、飘逸古朴，更是韵致无穷。诗云：

金沙九月漫芳芬，姹紫嫣红情意浓。
游客欲醉薰衣草，携侣亲昵花袭人。

老君星月
（推荐单位：中卫市沙坡头旅游开发试验区）

老君台乃中卫香山道教名山，唐时就有碑文记载。此山丘是周边山岳最高处，登临下眺，群山似匍匐朝拜，大有君临天下，傲视群雄概。由于高峻，每当夜空，月朗星空，人亦仿佛置身其间，头顶星月好像伸手可摘，给人无限遐思。诗云：

老君台高星月近，奇峰耸立群山中。
夜阑天地寂静时，犹闻兜率仙乐声。

梨花盈雪
（推荐单位：中卫市沙坡头旅游开发试验区）

南北长滩地处中卫黄河黑山峡谷，两岸滩地古有村落，农耕渔猎，晨躬暮息，届逢清明，古梨树梨花盛开，漫滩遍野，似雪如棉，醉人心扉；村舍笼罩在梨花雪景中，暗香四溢，风光旖旎。诗云：

> 春和景明三月天，峰回路转出长滩。
> 万树梨花盈盈雪，疑是玉龙降此间。

龙宫清泉
（推荐单位：中卫市沙坡头旅游开发试验区）

中卫以北的腾格里沙漠边缘，古长城脚下，因地势低洼，多有泉眼涌出，形成天然沙漠水泉。故人以降龙斩妖的传说在此建庙，故名龙宫庙。泉称龙宫泉，又称龙宫湖。

龙宫清泉有一汪泉叫"车轱辘泉"：泉幽水溢，汇成小溪，聚集湖泊；清澈见底，杂草丛生；鱼翔浅底，野花芬芳；水鸥出没，芦花飞荡；清雅幽静，烟波锁湖。诗云：

> 水吸沙中泉，树摇堤上风。
> 云影随波动，鱼游似翔空。

情怀绿醉
（推荐单位：中卫市沙坡头旅游开发试验区）

为改善人居环境，新世纪初中卫在老城区南修建一条景观水道，为市区增添无限灵气。水道两侧又植无数景观花草树木，两岸碧树婆娑，花团锦簇，绿草吐纳，水气氤氲；凡经此水系之游人无不称奇。美矣爽矣，快人情怀。诗云：

千年古城易新容，花繁树茂荷风轻。
情怀河畔陶人醉，绿色中卫处处春。

沙海明珠（光海瞭塔）

（推荐单位：中卫市沙坡头旅游开发试验区）

在腾格里大沙漠中，新添一处靓丽奇观，这便是太阳能光伏发电。无数的光伏板像海洋一样泛着银光，壮观之极。在光伏银海中央，拔地矗起88米高的瞭望铁塔，可坐电梯登临，顶端是旋转式圆形大厅，可观光、可用餐。居高俯瞰，远处大漠隐隐，眼下光海流波，景观奇特，壮观异常。诗云：

光伏发电似战阵，铁塔恢宏入苍穹。
诗情画意联翩至，沙海明珠熠熠生。

沙河捧日

（推荐单位：中卫市沙坡头旅游开发试验区）

沙坡头以沙、河、山、园荟萃一处的绝世奇观被誉为"世界垄断性的旅游资源"。唐代诗人王维曾为其沙河相依的壮美意境所感写下"大漠孤烟直，长河落日圆"的千古绝唱。夕阳西下时，落日金辉与金沙长河一道组成壮美景观是沙坡头独有的稀世美景。诗云：

> 大漠连塞北，黄河出黑山。
> 两岸伸长臂，捧得红日还。

太极神图
（推荐单位：中卫市沙坡头旅游开发试验区）

据说当今中国已有多处发现类似双鱼的太极图形，而以黄河为线连接的沙漠和绿洲形成的红、黄、绿三原色组成的天然太极神图坐落在中国首批ＡＡＡＡＡ级旅游景区沙坡头，惟妙惟肖，自然天成，堪称一绝，令人惊叹不已。诗云：

> 河绕两岸画太极，浪推细沙旋河山。
> 水含玄机东流去，云送甘霖又复来。

铁龙跃沙
（推荐单位：中卫市沙坡头旅游开发试验区）

中国第一条穿越大沙漠的包兰铁路，1958年建成，为保这条大动脉的畅通无阻，中卫人民和科技人员自力更生，艰苦奋斗，经过几代人辛勤治沙防沙，改造沙漠，火车穿越中卫一百二十里风沙线半个世纪以来，畅通无阻，创世界奇迹！

火车在沙丘上舞动,铁路在沙漠上奏曲,惊世骇俗,壮美神奇。诗云:

千年荒无路,一线变通途。
铁龙穿沙过,啸声震寰宇。

小湖鹭影

(推荐单位:中卫市沙坡头旅游开发试验区)

中卫以北的古长城以外,在小湖岗子有一片小湖,水域面积宽阔,湖水晶莹剔透;湖岸戈壁,沙漠襟连,杂草丛生,野花遍地,沙枣花袭;湖面时有鱼跃,水鸟翱翔;白鹭、苍鹭伸颈擒食,展翅缩身留影而去……鸟泛湖域,芦苇激荡,鹊登枝头,鸟语花香。诗云:

大漠深处一镜盘,苇丛摇曳水连天。
白鹭成群影绰绰,波光闪处见画船。

避暑行宫

(推荐单位:海原县委宣传部)

南华山,根据本县旧志《光绪海城县志》记载:"山形颇似莲花,地气高寒,春秋雨皆成雪,又称雪山。"一代帝王李元昊在此建有"天都山避暑行宫",一代天骄成吉思汗也在此建有"海喇都行宫",均在此避过暑、狩过猎。

西夏国王李元昊在此山狩猎时,站在山顶,山下景色尽收眼底,俯首瀚海起伏,浮想联翩,疾笔奋书:"饮马渭水、直抵长安。"但是在海原遇见一位美女没嵺氏,在此山间避暑行宫游玩,从此不问政事。

远眺南华青翠碧绿,郁郁葱葱,近处其中层峦叠翠,绿荫环抱,野花遍地,翠色千层。四季景色引人入胜:春夏之季,山秀鸟语、碧水溪鸣、花香浓郁、色泽宜人,是一座巨大的绿色迷宫;秋季万紫千红;冬季银装素裹。

殿宇宏伟

(推荐单位:海原县委宣传部)

九彩坪拱北位于海原县九彩乡九彩坪村南疙瘩山巅,始建于清同治二年(1863年),建筑占地面积25亩,是回族教民墓葬陵园地。每年宗教活动之隆重,在区内外享有盛名。

九彩坪拱北始建于清同治二年(1863年),民国九年(1920年)海原大地震时被毁,后经修复,"文化大革命"中建筑物被破坏殆尽,1980年后经过多年修复,基本恢复原貌。现有建筑物均以水磨砖雕装饰,重现了当年建筑风格。

九彩坪拱北共分为山顶拱北区、七祖静室道堂区、山下拱北礼拜区、堡子区女客住宿区、山洼绿化区、加工及其他区六个部分。山上山下,建筑错落有致,绿树成荫,鸟语花香,远观十分壮观;拱北及清真寺建筑的砖雕极为精美和细致，并且应用十分普遍，包括文字、花草、几何图案、吉祥物等方面，是游客集中欣赏砖雕工艺品的好去处；山下古堡道堂的建筑结构十分特殊，外观上看似一个微缩的古城，约十米高的夯土城墙四角各建一个角楼，山上建筑规格为"一进四院"，主要有带"券棚"的"八卦厅""中和堂"、水磨砖雕"照壁"及三门、围墙等，具有较高的观赏价值；从砖雕的文字、图案等方面看，回汉文化的融合十分明显，如在门两旁的对联中，可以看到以佛教的语言来劝人向善，在装饰图案中，出现了汉文化中的阴阳鱼、莲花、竹子等。这一点在宁夏伊斯兰教建筑中是较为独特的。建筑之典雅、地势之奇特、砖雕艺术之雄宏，规格新颖别致，具有典型的民族特色风格。

清光绪十五年间（1889年前后），清政府为缓和民族矛盾，先后派出二至上品顶戴钦差到拱北慰抗，亦给杨保元题词帷屏12扇。民国时期（1935年前后），国民党高级将领、著名回族人士白崇禧、马鸿宾、马步芳、马鸿逵、马远亭等给九彩坪拱北赠匾留言，立碑撰文。新中国成立初期，毛泽东主席、朱德总司令派人赠送软匾一面，题词为：各民族大团结万岁。该匾在"文化大革命"期间遗失。诗云：

空山无语藏古寺，绿树有形伴松风。
云雾淡抹千岭秀，久思新柳慕蓉升。

天都烟云

（推荐单位：海原县委宣传部）

天都山又叫西华山。位于西安州古城十五里，由山口入沟五里。天都山石窟开凿于唐代，盛行于宋夏时期。也有史料记载为西夏开国皇帝所建。（宋）曾布撰写《曾公遗录》记载，元符二年（1099年），宋代经略司章楶"又乞修天都山庙，诏封顺应侯，以顺应侯庙为额"。明清至民国曾重修。特别是唐代有一个叫车奉朝的道人在此修道。在西夏开国初期，成为西夏皇帝李元昊的祈福之地。现存石窟13孔，殿宇50多处，融佛、道、儒于一体，曾屡遭毁坏。现窟内塑像均为近年重塑，石窟现存历代碑志6通。据《西藏政史》载，宁夏南部的西夏党项族为密纳克人，或木雅人。其当时驻将为野利遇乞，号称"天都大王"。驻将野利遇乞曾多次修建天都山石窟。

据史料记载，李元昊"为太子宁令哥娶妇没㖫移氏，见其美而自纳焉，号为'新皇后'，别居天都山。并在营造宫殿内建七殿，极壮丽，府库馆舍皆备"。由此，在西夏皇室内部发生了内讧，导致大将野利遇乞被害，皇后被废黜，父子反目并相互残杀，而没藏讹庞篡权，西夏进入、统一中原的宏伟战略破灭。诗云：

倾诉心声融笔端，赋诗含墨几度欢。
衔来春雨真情绘，挥去秋风虚意缠。

艺苑紫阁藏古寺，栖霞幽谷隐新缘。
深山寥寂盈秋色，胜景犹存缀满园。

长山天湖

（推荐单位：中宁县委宣传部）

长山天湖位于中宁县南部的长山头地区，湿地总面积3.8万亩，是宁夏境内最大，也是宁南山区原始湿地保存最完整的自然资源之一。碧波万顷的湖泊，清澈见底，锦鳞游泳，水鸟嬉戏。绿草如茵，宛若七仙女的彩带随风飘荡。万亩野生红柳林和白茨野果，郁郁葱葱，万紫千红，是飞禽走兽栖息的理想场所。朝闻飞鸟鸣，晚听蛙声叫。夕阳西下，长山睡佛倒映湖中，萧萧马鸣，狩猎者满载而归，汇就了一部大自然美妙的交响曲。有诗云：

兴武营外清水河，牧童横笛夕阳过。
逢人极道天湖好，驰骋狩猎绿草坡。

胜金雄关

（推荐单位：中宁县委宣传部）

位于中宁北山南麓，卫宁平原中部的丘陵地带。背面山峦起伏，沙丘纵横。南面滔滔黄河，像一条白色的玉带蜿蜒东下。包兰铁路穿行在山河之间，关城下面有一座隧道，洞口陡峭的石壁上镌刻着"胜金关"三个遒劲、端正的大字,"谓其过于金堤、潼关,故名"。这里山河阻隔,路通一线,自古是兵家扼守的雄关要隘,也是著名的古战场。清代一位宁夏同知有诗云:

沙冈参错路重重,心醉西南数只峰。
一色紫云三十里,飞来大地化狞龙。

石空灯火

(推荐单位:中宁县委宣传部)

石空寺俗称大佛寺,位于今中宁县石空镇西北双龙山南麓。石空寺在明清时已是卫宁一带的佛教圣地,到夜里佛灯和僧烛炳若列星。诗云:

叠嶂玲珑竦石空,谁开兰若碧云中。
僧闲夜静燃灯坐,遥见青山一滴红。

神韵杞乡

(推荐单位:中宁县委宣传部)

中宁县万亩枸杞观光园东邻中宁县城,西依泉眼山,南邻轿子山,北靠黄河。观光园枸杞种植面积达2.6万亩。该观光园是中宁枸杞发展的历史源头,是宁夏枸杞生产高科技示范区，是宁夏中药材GAP标准化生产示范基地和国家旅游局命名的农业生态观光旅游景点。观光园核心区建有观光台、展示厅等旅游设施，是一个集有机枸杞种植、有机枸杞及系列产品展示销售、枸杞文化宣传、杞园观光旅游为一体的综合性服务平台。这里有山有水，鸟语花香，生态宜人，是观光旅游的理想之地。清代乾隆年间知县黄恩锡在《中卫县志》中写道：

六月杞园树树红，宁安药果擅寰中。
千钱一斗矜时价，绝胜腴田岁旱丰。

余丁早春

（推荐单位：中宁县委宣传部）

在今余丁乡余丁村，这个地方春天来得比其他地方早，每年初春，当其他地方的桃、梨、杏、柳枝条才刚刚开始变软泛青，而余丁庄上已经是桃花红、梨花白、柳枝绿、杨枝黄、各色花朵挂满了枝头。有诗赞曰：

山势伏纵笑出头，翅瞻古迹庙似楼。
余丁早春盛景一，襟带绿水向东流。

清代乾隆年间知县黄恩锡诗云：

沿渠树树柳条黄,舞向东风几许长。
忽见墙头红杏萼,寻春先到余丁庄。

鸣沙过雁

(推荐单位:中宁县委宣传部)

鸣沙,是一个古老的地名,也称"鸣沙州",位于中宁县城东二十公里处。北边是黄河冲积平原,有许多湖泊、滩渚,很适合大雁等各种候鸟栖息。鸣沙州又是历代军事重镇,北以黄河为依托,东以牛首山为屏障,南可直抵平凉,到达长安,是历代兵家屯兵之地,降至明代亦然。故诗人在听到南飞的大雁数声鸣叫时,不禁想起了"征人"是否有寒衣。(明)无名氏有诗云:

秋城河外锁斜晖,风卷晴沙拂地飞。
过雁数声清堕玉,征人何处问寒衣?

党项古村

(推荐单位:中卫市委宣传部)

党项族创建了神秘的西夏王朝,与宋、金鼎足相持二百余年,留下神秘的西夏文化。后被元朝所灭,为雪成吉思汗一箭之仇,蒙古兵大肆屠城,党项人销声匿迹。其中一支辗转至环山绕水的世外桃源南长滩,过着日出而作、日落而息的隐居生活，得以存留，并以"拓"氏汉姓留存至今。如今，中卫拓姓族人，不仅保留着强悍豪爽的党项之风，还藏有千年族谱，是当今唯一有证可查的党项之根。南长滩是一古村落，居民拓姓为最，且民风淳朴，豪爽诚实。村落环境优雅，夜不闭户，尤其是万亩梨园，老树古枝，苍然虬劲，阳春三月，河滩梨花如雪，花瓣骤落，白茫茫随风飘洒，蔚为壮观。诗云：

西夏古国已封尘，拓跋后裔尚有村。
山幽水静自耕乐，衣冠简朴古风存。

高庙紫烟

（推荐单位：中卫市委宣传部）

中卫高庙经六百多年历史，几经毁坏、修葺，形成如今之气势。高庙耸天百尺，建筑集中紧凑，雕梁画栋，回曲高耸；大雄宝殿、南天门、中楼、主楼，依中轴线布局；所有建筑左右两面互相对称，逐次延伸升高，形似凤凰，檐角高翘，具有凌空欲飞之气势；其间上下贯通，集殿宇楼阁、台观廊坊于一体，是典型的东方古代建筑风格。

中卫高庙塑像有法名的达一百二十多尊，原为民间宣倡的"三教合一""三教同源"场所，在庙宇建筑史上独树一帜。

高庙塑像栩栩如生，是游人必到的观赏之地。登楼远眺，沙海湖影，芳草如泽；黄河如带，青翠欲滴；田园农舍，风光无限，无不尽在眼底。诗云：

> 钟灵毓秀六百载，层楼叠阁接云天。
> 三教荟萃壮斯地，我登高处飘欲仙。

南华松风

（推荐单位：中卫市委宣传部）

南华山自然保护区是集黄土高原森林、草原、溪水、湿地、奇峰的复合生态系统，素有"母亲山""雪山""莲花山"之称。有植物616种，动物173种，昆虫530种，白桦林、松柏林、灌丛万顷，林茂草丰，被称为"旱塬上的绿色明珠""华山叠翠""黄土高原的翡翠"。南华山景色宜人，树木郁郁葱葱，微风起时，涛声阵阵，不绝于耳。绿色如茵的草甸草原如毯，自然景观和田园风光之美是旅游、观光、休闲的好去处。

梨花盈雪

（推荐单位：中卫市委宣传部）

南北长滩地处中卫黄河黑山峡谷，两岸滩地均有古村落。因环境所限，南北长滩村落仍保持着原生态，是农耕文明的活标本。南北长滩人守着河滩地，在滩地栽植了不少枣树、梨树，晨躬暮息，农耕渔猎。如今，这些几百年的古树，仍然果实丰盈，造福子孙。届逢清明，梨花盛开，满滩遍野，似雪似棉，如云如烟，亦梦亦幻；村舍掩映在梨花中，暗香浮动，沁人心脾。观之，一派田园牧歌，幽静古朴，风光旖旎，让人流连忘返。诗云：

春和景明三月天，峰回路转走长滩。
千树万树梨花开，疑是玉龙降此间。

香岩晴雪

（推荐单位：中卫市委宣传部）

香山主峰海拔2361米，峰之巅旧建佛寺，相传始于唐代。山与寺之名见之于清雍正十二年（1734年），宁夏候补知府李景春撰写的《重修香烟寺碑记》："山以香名何？盖既无茂林修竹，复鲜瑶草琦花，而馨香时至，究不知其所自，故名曰香山。山之寺即名香烟，名于实信不诬也。"由此知香岩寺始名曰香烟寺。香岩寺历经修葺，其规模蔚为壮观，绕寺环顾，群山皆俯，大有"一览众山小"之慨。面北远眺，沙漠浩瀚，城堡星罗，黄河如带，足令游人心旷神怡。香山峰峦巍耸，系中卫境域最高之山巅。春秋时节，偶有雨雪，平原一派本色，香山上却白雪皑皑，如玉龙逶迤，形成截然不同之景色，煞是奇丽。诗云：

香岩巍耸揽众山，起伏迤逦偎河边。
谁言此山无胜景，皑皑白雪笑大川。

丝路驼铃

（推荐单位：中卫市委宣传部）

丝绸之路已有两千多年历史。历史上被誉为"沙漠之舟"的骆驼，曾是丝绸之路上的主要交通运输工具。

公元前3世纪，中国即以盛产丝绸而闻名于世界，被称之丝国。汉初，匈奴控制了河西走廊、西域。汉武帝时北逐匈奴，收复河西走廊，建立河西四镇，并派张骞两次出使西域。此后西亚各国与汉朝使节商人往来不绝于道。汉朝当时修筑道路，设置亭驿，便利商旅。为保护通道，修筑了光禄塞和居延塞长城，丝绸之路正式开通。

丝绸之路一般划为三段，即东段，关陇河西道；中段，西域道；西段，中国境外道。东段又分为南、中、北三道，宁夏的南部正处在东段北道的交通要道上。

1038年开始，与宋、金"三足鼎立"一百九十余年的西夏，在深居内陆的亚洲腹地创造了盛极一时的西夏文化。李元昊亲率数万大军，一举扫平吐蕃、回鹘部族武装势力，控制河西走廊之后，一度中断的丝绸之路又重新开通，西域各国的使节、商贾、僧侣等与宋、金间进行贸易和交流，"往来必由夏界"。从西域经西夏至中原各地的丝绸之路，沙坡头是重要的交通孔道和水陆驿站。现遗存于宁夏丝绸之路上的须弥山石窟、石空寺石窟以及北周李贤墓出土的波斯银币、玻璃碗、波斯萨珊朝鎏金银壶等，就是中西文化交流的见证，就是宁夏丝绸之路的见证。

从历史上看，沙坡头"两山壁立，黄河中流……为邑西要口也"(《道光续修中卫县志》)。《明一统志》载：沙坡头"在县西五十里，因沙所积，故名"，"为西通兰凉驿路"。因此，沙坡头是古丝绸之路上的一个重要驿站。丝绸之路的开拓者张骞、班超，意大利旅行家马可·波罗和民族英雄林则徐等流芳百世的人物，在这里留下了他们的足迹和可歌可泣的故事。综观历史风云变迁，可以看到，从汉唐至近代，无论是天下一统还是纷争割据，这条古"丝绸之路"的北线分支大道，千百年来，用岁月掩不住的遗迹，述说着一个世界级别的文明。

如今，在国家ＡＡＡＡＡ级风景区沙坡头，驼队依然是一道亮丽的风景，使两千多年前古丝绸之路上的那一幕栩栩如生。聆听清脆的驼铃，看驼队在大漠穿越，历史文明，又在我们眼前闪现。诗云：

丝路漫漫通西域，戈壁浩浩有遗迹。
千年岁月何处寻，且听大漠驼铃声。

石空灯火

（推荐单位：中卫市委宣传部）

石空大佛寺位于中宁县余丁金湾村北的双龙山南麓，石窟坐北向南，开凿在断崖峭壁的山腰上，自西向东绵延约一公里，气势宏伟，十分壮观，是宁夏境内第二大石窟。据史书记载:"石空寺,以窟得名,就山形凿石窟,窟内造像皆唐制……"石窟开凿于唐代。20世纪80年代初考古发掘,在一座石窟内发现了几尊北魏造像,证明有部分洞窟是北魏时期开凿的,其历史就更加悠久了。

石空地处丝绸之路要津。洞窟的门前都依山建有殿宇,高低错落,鳞次栉比,巍峨高耸,悬于半空,气势恢宏,稀有罕见,是丝绸之路上著名的寺院之一。

石空寺洞窟多,殿宇也多。僧人每天暮鼓晨钟,按时礼佛诵经,佛殿内灯盏齐焰,大放光明,灯光透过门窗射向夜空,十分壮观。这景观《宁夏府志》将其作为名胜记载:"石空寺佛寺石壁峭立,梵宇皆依山结构,每夜僧人燃灯,远望如星悬天际。"石空寺的灯光在半山大发光明,通宵不熄,丝绸之路上赶路夜行的驼队商贾,遥见石空山上灯火点点,如星悬天际,似指路明灯,顿感慰藉,精神倍增。

杞乡圣果

(推荐单位:中卫市委宣传部)

中宁枸杞栽培历史悠久,早在1501年(明弘治十四年),中宁枸杞就被列为贡品上贡朝廷。

中宁枸杞素称"红宝",以其悠久的栽培历史,优良的产品品质,独特的药用价值,名压群芳,一枝独秀,位居宁夏"三宝"之首。其入药首见《神农本草经》,《中华药典》明确规定:"药用枸杞子为宁夏中宁枸杞的干燥成熟果实。"从孙思邈到李时珍,从《神农本草经》《千金翼方》到《本草纲目》《中山药典》都有过药理论述。中宁枸杞根、叶、花、果实全身是宝,《本草纲目》中记述春采枸杞叶为天精草,夏采花名长生草,秋采子为枸杞子,冬采根为地骨皮。

中宁枸杞以其药用、食用、保健美容价值高,抗癌、益智、养颜、滋补功效强而驰名中外,素有"天下枸杞出宁夏,中宁枸杞甲天下"之美誉,为历代宫廷贡品。现在成为人民群众治病强身,保健美容,佐餐品茗,馈赠亲友的珍品圣果。

中宁是世界枸杞种植的发源地和正宗产地,已有600多年的人工栽培历史。父受子嗣,几十代栽培者锲而不舍地探索积累了宝贵的经验,多年的自然杂交和人工选育,造就了枸杞品质的超群,为全国最优良的枸杞品种。中宁枸杞经清华大学、中国医科大学等权威部门的多次化验证明:在全国同类产品中,中宁枸杞中铁、锌、锂、硒等微量元素含量第一。枸杞多糖含量第一,除含有丰富的无机盐、蛋白质、维生素等人体必需的物质外,人体所需的18种氨基酸含量第一,尤其是天冬氨酸、苏氨酸等5种氨基酸含量最高。

历史以来,文人墨客为中宁枸杞留下了不少墨迹。唐代诗人刘禹锡有诗赞曰:"上品功能甘露味,还知一勺可延年。"宋代诗人陆游赞:"枸杞宁安堡产者最佳。"清乾隆年间,中卫知县黄恩锡作诗曰:"六月杞园树树红,宁安药果擅寰中。"

须弥之光

（推荐单位：固原市须弥山文物管理所）

须弥山石窟位于宁夏固原市原州区境内，是国家重点文物保护单位，国家级风景名胜区。须弥山石窟是宁夏境内最大的石窟群，石窟始创于北魏晚期，历经西魏、北周、隋、唐四代的连续营建，迄今已有1500余年历史，是西北地区历时最悠久的石窟群之一。

须弥山石窟是世界现存伟大的石雕艺术宝库之一，现存大小窟龛162座，各类造像1000余尊。须弥山石窟艺术的突出特点，就是所有造像都是石雕造像，题材丰富，技艺高超。两魏时期的造像以清俊秀美、娇小玲珑而见长，是北魏孝文帝推行汉化改革以来，其国家意志和传统社会习俗在造像艺术上的具体反映。北周时期的造像以健壮敦厚、珠圆玉润而闻名，体现北方少数民族的体格特点，与北魏以来推行的鲜卑化政策有关。须弥山石窟北周第51窟建筑规模宏大，装饰华丽，造像精美，中国社科院著名学者丁明夷先生称其为"中国北周石窟的杰出代表"，我国文博界泰斗宿白先生美誉其为"须弥之光"。须弥山石窟唐代的造像，经过北魏、西魏、北周、隋各个时期的演变和发展，呈现出丰满圆润、生动健美的艺术风格。须弥山第5窟唐代弥勒大佛，雕凿规模宏大，造像精美，是唐代须弥山石窟的代表作，对原州的政治经济文化产生过重大影响。须弥山大佛体现了我国封建社会鼎盛时期佛教文化艺术的最高成就，在我国的雕塑史上占有独特的地位，从而成为须弥山石窟的象征。

须弥山石窟自然景观奇特，历史文化底蕴丰厚。须弥山属典型的丹霞地貌，状若蜂房的石窟群错落有致地分布在迂回曲折呈扇形分布的八座山峰的崖面上，山上苍松挺拔，山下流水潺潺，苍松翠柏与亭台楼阁相映成趣，自然景观和人文景观和谐共存，唐代原州六关之首"石门关"雄踞于此，清代原州八景之一"须弥松涛"流传至今。在灿若星河的丝绸之路石窟带上，须弥山石窟犹如一颗镶嵌在这条锦带上的明珠，随着全球丝绸之路经济带的建设和发展，必将迸发出更加耀眼的光芒。

夏陵夕照

（推荐单位：宁夏文史研究馆）

西夏王陵是中国四星级旅游景点，隶属于宁夏银川市，是中国现存规模最大、地面遗址最完整的帝王陵园之一，蕴藏着深厚的边塞文化，被国务院确定为国家重点文物保护单位、国家重点风景名胜区，被世人誉为"神秘的奇迹""东方金字塔"。

古峡新韵

（推荐单位：宁夏文史研究馆）

青铜峡沿线景区是中国A级旅游景点，隶属于宁夏吴忠市，位于宁夏平原中南部，有着被誉为"塞上明珠"的青铜峡拦河大坝，有着"塞上江南"的田园风光，还有着历史悠久的黄河、边塞文化。

回乡古镇

（推荐单位：宁夏文史研究馆）

纳家户景区是中国四星级旅游景点，隶属于宁夏银川市，是宁夏历史较久、规模较大的清真寺之一，被列入自治区一类文物保护单位，有着悠久的回族历史文化。

沙湖翔鸥

（推荐单位：宁夏文史研究馆）

沙湖是中国五星级旅游景点，隶属于宁夏石嘴山市，是一处融江南水乡与大漠风光为一体的生态旅游胜地，这里不仅有着悠久的黄河大漠文化，更蕴藏着丰富的生态资源。

古堡影城

（推荐单位：宁夏文史研究馆）

西部影城是中国五星级旅游景点，隶属于宁夏银川市，被誉为"东方好莱坞"的中国电影拍摄基地之一，因拍摄《红高粱》等多部著名电影而享有"中国电影从这里走向世界"的美称。这里原来是明朝驻军之地,属边塞文化范畴。

水洞燧迹

（推荐单位：宁夏文史研究馆）

水洞沟、藏兵洞是中国四星级旅游景点,隶属于宁夏银川市,是迄今为止我国在黄河地区唯一经过正式发掘的旧石器时代遗址,它不仅记录了远古人类繁衍生息,同大自然搏斗的历史见证,还蕴藏着丰富而珍贵的史前资料。

六盘风云

（推荐单位：宁夏文史研究馆）

六盘山景区是中国四星级旅游景点,隶属于宁夏固原市,是1935年毛泽东主席率领中国工农红军长征时翻越的最后一座大山,它以磅礴的雄姿,横贯陕甘宁三省区,既是关中平原的天然屏障,又是北方重要的分水岭,更是红色文化圣地。

兰山天书

（推荐单位：宁夏文史研究馆）

贺兰山岩画景区是中国四星级旅游景点,隶属于宁夏银川市,属国家重点文物保护单位,是中国游牧民族的艺术画廊，是研究中国人类文化史、宗教史、原始艺术史的文化宝库。

贺兰石语

（推荐单位：贺兰山岩画管理处）

岁月失语，唯石能言。在景色幽雅、奇峰叠嶂的贺兰山山口不仅有潺潺泉水从沟内流出，而且在沟谷两侧绵延600多米的山岩石壁上，留有数以万计的古代岩画。既有个体图像，也有组合画面；既有人物像、人面像，又有动物、天体、植物符号和不明含义的符号；还有描绘游牧、械斗、舞蹈、杂技等场景的画面，共计2319组5685幅。尤其是人面像岩画，在全世界范围内数量最多，分布最为集中，表现形式最为丰富。分布密集的古岩画记录了远古人类在3000年前至1万年前放牧、狩猎、祭祀、争战、娱舞、交媾等生活场景，以及羊、牛、马、驼、虎、豹等多种动物图案和抽象符号，揭示了原始氏族部落自然崇拜、生殖崇拜、图腾崇拜、祖先崇拜的文化内涵，是研究中国人类文化史、宗教史、原始艺术史的文化宝库。

灵光佑塔

（推荐单位：贺兰山岩画管理处）

贺兰山东麓，遗存拜寺双塔古刹。经考古明证，为雄踞神州西北两百载之西夏国,举国力建皇家寺院,供皇族及肱骨大臣礼佛祈福,足证其昌崇佛教之实。因之西夏国被蒙元消灭,其辉煌历史也像"纱笼双塔"古寺遗址一样变得扑朔迷离,喜有此刹塔信息为揭其神秘面纱增一力也。

感念宁夏先圣选此"风水宝地"为佛法道场,今至古刹扶栏追昔,虽先圣身影不在,然其营造之"灵光佑塔""塔觅佛缘"等妙景佛境,跨越千载依然厚馈后辈,即证"生佛一体"之真心,亦可谓"四处觅春不见春,回转自家花已开"。令踏足者顿觉心定气顺,烦恼立亡,增元气也,枝生福禄寿也!

贺兰岢然

(推荐单位:贺兰山岩画管理处)

山川秀丽的宁夏,既有塞外边陲的雄浑壮丽,又有南国水乡的灵秀旖旎。唐代诗人韦蟾的"贺兰山下果园成,塞北江南旧有名",使"塞北江南"响彻中华大地。贺兰山山口景色幽雅,奇峰叠嶂,潺潺泉水从沟内流出。作为国家AAAA级风景区的宁夏贺兰山岩画遗址公园,就位于贺兰山东麓黄金旅游带,依托贺兰山巍峨壮美之貌,逶迤延绵之姿,不仅拥有古岩画、拜寺口双塔等历史遗迹,还有"贺兰晴雪""灵峰幽壑"等自然景观,为更多的人渴望来宁夏游览创造了得天独厚的条件。

拜寺净土

（推荐单位：贺兰山岩画管理处）

贺兰山拜寺古刹，时为西夏国之"五台山"佛法圣地，曾车马喧嚣，绫罗彩缎云集。时隔千载，古人影消，此地苍凉沉寂，如佛涅槃待时而感。

今逢盛世，拜寺古刹邂逅瑞雪，洗净沉积垢污，一夜春风来，万树梨花开，净土顿显也。竞争不息者拜谒，踏足此情此景，仿佛灵魂洗澡，诸烦恼即遁，故心安气顺，谋事发愿求必遂。

雄关漫道

（推荐单位：宁夏兵沟文化旅游有限公司）

进门见山，面前是巍巍壁垒，漫道之外，荒草萋萋。在这里曾金戈铁马，兵戎相见，似乎听见马厩里声声嘶鸣，将士拔剑卫我家园，黄土纷飞擂鼓鸣，黄沙漫漫没马蹄。秦时筑长城，蒙恬将军曾在此设亭障以御匈奴。青山有幸埋忠骨，何须马革裹尸还？你看那寸草倔强，在沙漠里，在戈壁上，留恋黄沙，不弃忠骨。守着这不惧风雨的孤城，不畏烈日的大漠，任由风沙坦荡疾走。

枯鸦断桥

（推荐单位：宁夏兵沟文化旅游有限公司）

一抹黄，遍野绿，这就是黄土高原的豪迈气节，不矫揉造作，不婉转扭捏，就这样直勾勾地让历史沉淀。沉于历史，淀于厚重。哪怕他把伤痕展现得无所顾忌，哪怕他把残垣拼接得淋漓尽致，安然于此，又何须添花秀锦，路过奢靡。

雁追余晖

（推荐单位：宁夏兵沟文化旅游有限公司）

问大雁是不舍一线天处的余晖而群起盘飞，还是在遥望昭君离时路，为她惆怅念赋？

辗转思服，客愁无数，无释怀新愁又注。犬马声色，花街柳巷，几多寂寞凄楚。芍花凋零，知多少？清明时雨。孤苦，话佳人荒芜，几近迟暮！怅离恨殷勤负，别时淋漓双眸，掩袖泪语。秦山长路，天遥人远，知她今夜何处？纵读破万卷书，作得千诗万赋，怎及那屈指轻抚！时常思量，只有梦中相诉！晓镜妆台，秀发为谁梳？淡妆浓抹，翩翩为谁舞？丹唇一抹，可问我眉黛稀疏？！

千古浑怀

（推荐单位：宁夏兵沟文化旅游有限公司）

依山摇旌垒军城，屯兵扼塞守边关。秦将戎威挥金戈，胡骑难犯踏中原。沙漫汉冢千古谜，墓道地宫晓凄寒。历经沧桑风和雨，多少记忆失与憾。秦汉浑怀障，蒙恬戍边将。千年兵沟地，万世忠魂芳。历史沉重而久远，沉到再没有一丝波澜，久到来不及浏览。你会许以蒙恬将军怎样的崇敬？许以将士怎样的赞颂？千年古城迎东风，巍巍城楼战旗红。屯兵戍边浑怀障，长城书写中华魂。站在这玉门雄关前，是否剩下的最深刻的感叹亦只能同邹韬奋对抗战的开场白那般感慨"这期间的悲欢离合，波谲云诡，令人在冷静沉默中回想起来，抚今追昔，实不胜其感慨系之"。

天堑通途

（推荐单位：宁夏兵沟文化旅游有限公司）

我踏过长桥，铁链摇晃，木板怀旧，像是要翻开历史陈旧的扉页，我在细致地吹开上面细细的落尘，小心翼翼，不敢松开手中的锁链，一步一步走进兵沟见证历史悠久、金戈铁马、铁骨柔情。时光肆虐，豪放而不知收敛，而祭奠那些故事那些情那些人的，除了纸上的墨笔文章，就只有这青冢黄沙，沟壑索桥。

兵沟神韵

（推荐单位：宁夏兵沟文化旅游有限公司）

黄河异境美壮哉，兵沟缠卧现奇观。
西领塞上田园醉，东略大漠风情酣。

那松软的黄土，重叠了多少岁月的脚印！那开阔幽深的谷底，那叮咚作响的溪流，那崖壁上盘旋的风，都回旋着一曲远古的歌！

几千年的电闪雷鸣叫响了这片苍茫大地，九万里程光一腔苦血，震颤这泱泱东土。几千年的洪水就像喝了千年的猛酒，撕碎丘壑，一卷一扑，操起浩天大势的神韵，决然在这块土地上雄气如潮，凌厉激越，冲出气势磅礴、撼人心魄的大峡谷。

而如今，这里静悄悄的，那滚滚红尘，早已尘埃落定，沉淀进了时间的深处、历史的深处。放眼望去，从峡谷一路蜿蜒向西流进黄河的峡谷溪流，宛如江南的小家碧玉，犹如撑着油纸伞的丁香一样的姑娘，说着吴越的软语，用纤纤手指玩弄着那香帕，再也没有了大江东去的豪迈和粗放。

沙燕村落

（推荐单位：宁夏兵沟文化旅游有限公司）

兵沟大峡谷的峭壁上，镶嵌着一个个小洞，那是沙燕巢穴。二十几米的黄土峭壁，垂直挺立，黑黑的小洞密密麻麻，错落有致，排列成行，上下修理的平平整整，不见一丝毛茬。精雕细刻，美轮美奂，妙不可言！难以置信，这小小的沙燕竟然能创造出如此精美的杰作！

艳丽的朝霞缓缓升空，深深的峡谷一片殷红，燕子在悬崖作窝，山雀在谷中啼鸣，峡谷苍凉雄浑，蜿蜒曲折似巨龙，峡谷气势磅礴，峭壁森严，一声呼唤，三山回音，独特的古原地貌，大自然的鬼斧神工。

晚霞收，淡天一片琉璃，仲秋月，来自河底，皓色万里澄碧。洁无尘，嫦娥闲伫，祥指点，宿鸟参差。水月廖天，鸟翱翔，双飞双栖。长河落日，雄浑壮美，令人震撼。

大漠驼铃

（推荐单位：宁夏兵沟文化旅游有限公司）

羌笛一声，原野千载，脚踏平沙漫漫。

聆听驼铃声声，伴宇宙弦转。

天上，白云朵朵，自由散漫；地上，芳草萋萋，丛丛凝碧。

天地间一片温馨、祥和，一片恬静、滋润。

黄尘古道，驼铃悠悠，驼队载着沉重的夕阳缓缓走来，一峰峰健壮的骆驼，从头到脚都显得孔武有力，慈祥善良。秦关汉月，古道沧桑，骆驼一直是边塞大漠的主要交通工具，听到"叮咚""叮咚"的驼铃声由远而近，就好像那悠悠驼铃在诉说着远古的故事。那出塞的王昭君，归汉的蔡文姬都在骆驼身上留下倩影佳话。成吉思汗远征欧亚,康熙大帝大破噶尔丹驼阵,古老的丝绸之路上都留下过骆驼的身影。它们是茫茫大漠的灵魂,浩如烟海的智者,沙漠的主人。

祭坛祈福

(推荐单位:宁夏兵沟文化旅游有限公司)

> 巍巍祭坛百尺台,登高远望眼界宽。
> 大漠戈壁烟云阔,长河峡谷碧翠连。
> 浑怀障城烽烟去,汉墓古冢指顾间。
> 思古幽情挥难去,追昔抚今多慨感。

秦汉以来,浑怀障边塞守将和出使官吏都堆土筑坛,以此祭祀天地及阵亡将士。几度兴弱盛衰,几度沧海桑田,穿越了历史时空,午阳当天,换了人间。

如今,站在祭坛上,透过千年古韵,对昔年开拓边疆的英雄们致以崇高的敬仰,寄托着深深的怀念……

如今,站在古祭坛上,对着天地,人们默默祈祷:天下和平,五谷丰登,百业兴旺……

镇河铁牛

(推荐单位:宁夏金岸明珠文化旅游产业发展有限公司)

蒲津度遗址发掘出土的唐开元十二年(724年)铸造的

铁牛将冶金、铸造、雕塑工艺融为一体，而黄河楼采用的就是国家级重点保护文物——唐开元镇河铁牛。

黄河铁牛以它憨厚、朴实的性格，以它不变的姿态，以它不变的形象来证明自己，证明自己的伟大，证明自己的实力，证明自己不求回报地守护我们的家园。铁牛啊，铁牛，经过风吹雨打，经过千重磨难，仍然屹立在黄河岸边，守护黄河，保护百姓。

我们将铁牛放置于此，其一，唐开元铁牛属于国家级重点保护文物，级别最高；其二，从它的姿态来说唐开元铁牛为站牛；其三，黄河楼不仅仅是宁夏的，而是我们中华儿女的。

铁牛、铁人形态壮硕，栩栩如生，铁人身穿不同名族的服饰，一男一女，体现出黄河文明中的农耕文明，男耕女织，做牵引状，而铁牛后的横铁轴是用来栓桥锁用的。铁牛、铁人、横铁轴都锈迹斑斑，证明它们都历经风吹雨打，历经朝代更替，历经自然变化，唯一不变的是他们的职责，保护黄河，保护中华儿女，保护中华民族。

回韵伊情

（推荐单位：宁夏回乡文化实业有限公司）

中华回乡文化园是国内目前唯一一处集中展示回族文化、民俗、历史等为一体的国家ＡＡＡＡ级旅游景区，坐落于银川市永宁县纳家户村，与距今五百多年的纳家户清真大寺毗邻。在坐西面东的中轴线上建有大团结广场、主体大门、圣洁广场、回族博物馆、回族民俗村，轴线南北两侧建有景观湖、金色礼仪大殿、演艺大厅、曼苏尔宫清真餐厅、中华回族第一街、纳家大院。这些建筑，映衬在绿地水系之间，回族文化特色突出，被国家民委评为"中国民族优秀建筑"，成为宁夏发展回乡风情旅游的"名片"。

回乡拾醉

（推荐单位：宁夏回乡文化实业有限公司）

中华回乡文化园已被国家有关部门评定为"国家级文化产业示范基地""全国ＡＡＡＡ级旅游景区""全国十大优秀民族特色地标建筑"，以及宁夏回族自治区级爱国主义教育基地、穆斯林人口文化教育宣传基地、穆斯林爱国主义教育学习基地、回族非物质文化遗产保护基地等。2009年被国务院表彰命名为"全国民族团结进步先进集体"，已在全国乃至国外产生了广泛深远的影响。

回味满园

（推荐单位：宁夏回乡文化实业有限公司）

中华回乡文化园以"他"雄伟的身姿坐落于银川市永宁县纳家户村。白色的建筑群在蓝天白云的映衬下显得格外耀眼，玉白色的墙体、金色的穹顶永远是那么气势恢宏！中华回乡文化园为展示回族饮食文化,兴建了穆斯林清真餐饮中心——回族盛宴,特聘名厨主理,发掘、整理、研制出若干道回族穆斯林清真菜谱,可供中外游客选择品尝。

回乡风韵

(推荐单位:宁夏回乡文化实业有限公司)

中华回乡文化园总体设计规划用地1000亩,目前已完成的一期占地300亩。自2005年9月部分项目开园接待游客至今,中华回乡文化园已接待了多位党和国家领导人和省部级官员、驻华外交使节、国内外著名企业家、著名专家学者到园视察、考察。中华回乡文化园的宏大设计、精巧布局、特色文化、建筑风格和优美环境,受到旅游参观者们的交口称赞。中华回乡文化园是以宣传、弘扬、研究、交流回族及伊斯兰优秀文化为建园目标的文化旅游综合景区。

回乡圣殿

(推荐单位:宁夏回乡文化实业有限公司)

中华回乡文化园内的金色礼仪大殿占地7800平方米,建筑面积7123平方米。礼仪大殿的建筑设计参考吸收了土耳其伊斯坦布尔色兰清真寺的建筑布局和风格,中央圆形穹顶距地面38米,与四个高度45米的邦克楼相互呼应,金碧辉煌,气势宏大,雄伟壮观。礼仪大殿陈列展示伊斯兰教著名清真

中华回乡文化园　徐胜凯/摄

大寺的图片、匾额和楹联，以及伊斯兰教的源流和教派门宦承袭关系的图画、文字。这座大殿可同时容纳3000名穆斯林演示伊斯兰教的宗教礼仪，帮助来园旅游观光者加深对伊斯兰教的认识和理解。

金殿霞晖

（推荐单位：宁夏回乡文化实业有限公司）

夕阳西下，坐落在中华回乡文化园西侧的金色礼仪大殿在夕阳余晖的照映下异常璀璨。为了使金殿内的壁砖以及殿外的金色穹顶颜色更加艳丽，特意在烧制的过程中掺有一定比例的金粉。殿内西壁正中建有马蹄形壁龛，壁面与殿柱镶满彩色壁砖、穹顶彩绘，布满伊斯兰花卉与阿文图案装饰，彰显了伊斯兰艺术风韵，给人以心灵的震撼！

个人推荐景观

水绕金沙

（推荐人：曾养民）

宁夏天赋旅游地，沙湖美名数第一。沙湖之有名，在自然天成。沙海连绵，地静天远；林茂水广，鱼翔鸟唱。水绕金沙兮天下独绝，鸟盖翠苇兮人间稀罕。沙湖之有名，在毓秀钟灵。良田万顷，五谷丰登；生生不息，人丁兴旺。聚氤氲之气兮，人杰地灵；得日月光华兮，神州扬名。沙湖之有名，在物阜民丰。青山绿水出名士，宝地洞天藏琼浆。名人挥毫，贤士留踪。骚客徐来，游者忘返。挚友小憩，去却物我之累；高朋饱览，更臻忘我之境。水谷净，精气盛。天地净，人长生。

柳岸红云

（推荐人：岳亚东）

　　自黄河金岸滨河大道北行进入惠农境内，侧目东望，河岸沙滩上郁郁葱葱的一带林莽。林带顺流延伸，一眼望不到头。其实那不是人工栽培的林区，是自然生成的红柳林。林带延绵35公里，直到石嘴山，占地面积5万余亩。这里以红柳、草甸、沙丘、水网等天然资源为依托，百鸟翔集，狐兔穿行。最美不过红柳开花时节，盛开的红柳花将黄河沿岸渲染成一片粉红，恰似天上飘落的红云。这里保持了良好的原生态环境，是难得的胜地美景。近年来，当地政府不断开发红柳林旅游区，修路建桥，美食餐饮，滨河大道的修通为观光与游览提供了十分便利的条件。举办红柳观光节，吸引了宁蒙游客。将景区沿河岸延伸，开发石嘴子公园、黄河古渡、矿山地质博物馆及七彩园，一直到石嘴子地标——山石突出如嘴纪念碑。现在，已形成一处集自然风光、人文景观为一体的综合旅游景区。

　　红柳园林莽茂密，但穿行其间，随处可行的是土路幽径。在红柳林中心地带，有多处宽阔的草地，绿草如茵，野花点缀其间，沁人心脾，是游人小憩的好去处。登上旅游观光塔远眺，东面滔滔奔涌的黄河，似一条玉带漂流，北面是黄河大桥，像一道长虹卧波。石嘴子公园沿河而建，河风水气滋润肌肤；七彩园废矿坑里造园，七彩美景陶冶心智。

　　有诗赞曰：

采煤坑深百尺盈，遮天蔽日扬飞尘。
治理旧貌绘宏图，开辟林园展新容。
万木葱茏铺地色，七彩缤纷映天云。
亭台楼阁添灵秀，万绿丛中一点红。

玉皇高阁

（推荐人：岳昌鸿）

平罗玉皇阁景区是国家ＡＡＡ级景区、自治区文明风景旅游区。平罗玉皇阁始建于明代永乐年间，至今已有580多年的历史。占地面积3.6万平方米，建筑面积4200平方米，后经多次续扩建形成了宁夏最大的道观，内有城隍殿、三清殿、无量殿、玉皇殿等十六个殿宇楼阁，供奉着72尊职司不同、形态各异的道家仙宗。是西北不可多得的古建筑群，其形制独特，规模恢宏，主体突出，所有建筑珠联璧合，充分展现了民族精神和中华民族传统文化，是璀璨的建筑艺术瑰宝。2013年，玉皇阁被国务院公布为国家级重点文物保护单位。

天河霞韵

（推荐人：岳昌鸿）

平罗县塞上江南文化旅游产业园又名"天河湾黄河湿

地公园"，总占地面积10万余亩，核心区域规划面积9300余亩，按照"一轴两带四区"（一轴：文化景观发展轴；两带：滨河景观休闲带、黄河文化旅游带；四区：塞上江南文博区、沙枣林休闲度假运动区、黄河湿地休闲体验区、黄河生态林观光体验区）整体规划布局，现已开挖湖泊湿地310亩、绿化650亩，完成标志性建筑塞上江南博物馆建设、布展任务和两侧附属用房、游客接待中心、旅游卫生间等工程建设项目，修建了牌楼、照壁、停车场等旅游基础设施。2014年3月试运营以来，已经免费接待国内外游客数万人次，取得了良好的社会效益。现已成功创建为国家AA级景区，并通过国家AAA级景区初评验收。陶乐影视城位于平罗县陶乐镇境内，地处黄河和毛乌素沙漠之间，紧靠黄河而建，是游牧文化和农耕文化、黄河文化与大漠文化交融的结晶，影视城依沙傍水，旅游资源丰厚、独特，是平罗独具特色的新兴文化旅游资源。影视城内部基础设施完善，功能齐全，高大的城墙、宏阔的城门、林立的商铺、威严的府衙，再现了宁夏旧时的风貌特征，古色古香，新颖独特，文化内涵深厚，具有很强的观赏性。2010年以来，先后有电视连续剧《金羊毛》、电影《三边红日》等四家剧组在此取景拍摄。该影视城融合了平罗人文地域特点，具有浓郁的西北地方特色，集影视剧拍摄、地方戏曲表演、角色体验、大众文化娱乐、旅游观光功能于一体，是平罗沿黄河金岸旅游线路上的重要文化旅游景点之一。

庙湖净沙

（推荐人：岳昌鸿）

庙湖位于平罗县陶乐镇以北15公里，紧邻内蒙古鄂托克旗，南北临沙，该地区因有天然泉水围堰成湖，湖旁蒙古族牧民所筑敖包和尼姑修炼诵经的庙宇，故取名"庙庙湖"，具有"沙海圣湖"的美誉，是新型的生态旅游区。2009年以来，宁夏天源復藏农业开发有限公司先后投资2.5亿元，分三期开发建设庙庙湖景区，现已完成道路维修、生态绿化、节水灌溉等基础设施，并建设灵泉寺、三文轩、九龙亭、荷花池、旅游宾馆等，栽植牡丹、芍药、松柏、常青树及各类花灌树木100多万株。该景区环境优美，有沙有水有草地，站在高处极目远眺，"大漠横万里，萧条绝人烟"，苍凉雄浑的沙漠自然景观尽收眼底，极具独特魅力。2014年该景区成功创建为国家AA级旅游景区。

五谷（鼓）丰登

（推荐人：陈勇）

这里是石嘴山人民的精神家园，也是安放心灵的地方。这里名为"五馆一中心"，即文化馆、图书馆、档案馆、博物馆、科技馆、文化艺术中心。建筑造型是大大小小五个鼓。楼房五鼓造型，标新立异，全国独有。鼓，寓意深刻，鼓舞、鼓励、鼓动等滋养饱满精神的词汇，都出自于一个

"鼓"。在这个造型独特、环境优美的地方，文化馆内的大型歌舞厅，闻鼓起舞，演奏种种微妙之声；图书馆的近百万册藏书，如"随风潜入夜"的春雨，滋润着成百上千读者的心田；档案馆应有尽有，整齐码放的册册卷宗，忠实地记录着石嘴山人民栉风沐雨走过的坚实脚印；博物馆陈列的诸多珍贵文物，把参观者的目光引入悠久的历史殿堂，前去领略刀光剑影、春花秋月的岁月；科技馆宽大展厅的块块展板上，飘散着重大科技成果的芳香；更有书画院多彩的壁面上，绽放着美术、书法、摄影艺术五彩缤纷的花朵。

这里是五谷（鼓）丰登，鼓舞凤登，凤登舞鼓，荣华盛世，歌舞升平。

王沟甘泉

（推荐人：岳亚东）

王泉沟是贺兰山内一条出名的山沟。这里山高沟深，地势险要。沟中一股清泉终年川流不息，水质甘甜。山崖险胜处，多有瀑布，飞花溅玉，蔚为壮观。山民引水植园，世代定居，培育罗家园子，园中有杏、桃、李、枣、苹果、核桃等十余种树，有些树龄已逾百年。山民饲羊育鸡自种山野蔬菜，为最佳绿色食品。园中树美果美手抓羊肉更美，吸引游人上山观光旅游。

2003年，王泉沟开发成为旅游区，新修进山柏油大道，夹路栽植防护林带。山下开发了万亩葡萄园，建设酒庄，可供尝果、品酒、观光。正觉寺依山而建，精雕细刻，气势恢宏，香火旺盛。大雄宝殿面积660平方米，铜佛像高6米，堪称西北第一佛殿。这处美丽的自然景区，已建设成为集观光、登山、休闲、美食为一体的旅游胜地。

王泉沟有十景，处处引人入胜。夏国遗踪——西夏文化遗址，苍龙卧坡——造林文化胜景，果园集萃——园林文化大观，烽燧狼烟——边塞文化遗存，红顶问天——山石文化奇观，泉流镜泊——山水文化奇景，佛地灵光——佛教文化名胜，山野妙馔——饮食文化美食，匪梦惊魂——剿匪文化寻踪，古墓探幽——考古文化揭秘。

有诗赞曰：

一泓清泉出深山，蜿蜒漫步下平川。
溪水潺潺亲润石，瀑流漾漾落山间。
长渠似脉浇绿树，平湖如镜照青天。
掬捧畅饮无穷乐，清冽甘醇沁心尖。

西夏离宫

（推荐人：岳昌鸿）

平罗县西夏离宫生态旅游开发建设项目位于宁夏平罗县崇岗镇常青村大水沟处，总占地面积约20平方公里，分为山内、山外两个区域。山内岩层颜色多样，褶皱地貌，形态优美，沟内宽阔，有泉水和山水自然流下，水量充沛，夏秋季气候宜人，适宜避暑纳凉。沟内留有明代题刻多处，贺兰山岩画近百幅，上庙遗址、明长城遗址保存完好，沟外有西夏时期昊王渠及离宫遗址等。

2004年至今，由爱卿石油集团总公司董事长王爱卿投资5600万元在距明长城约2公里处的沟谷南岸——上庙，开发建设了贺兰山大佛寺。目前，已完成地下离宫遗址、西夏离宫休闲游憩园、自然地质修复等工程。

大水沟西夏离宫旅游区的开发建设，为打造贺兰山东麓西夏历史文化长廊，推动旅游业发展奠定了坚实的基础。

田州塔影

（推荐人：岳昌鸿）

田州塔位于平罗县姚伏镇东0.5公里处，又称姚伏塔，建在高4米、南北长70米、东西宽40米的原"皇祇寺"台基上，塔高38米，为平罗县最高古建筑。田州塔始建于西夏时期，距今已有近千年的历史。2005年被自治区人民政府命名为区级重点文物保护单位，2013年被国务院公布为国家级重点文物保护单位。古塔青砖砌就，结构严谨，造型挺拔素雅，尤其是在底层檐下，雕刻仿木结构的瓦垄、椽头、横额、斗拱和下垂荷花头，间杂花卉、佛像等，雕刻细腻，工艺精湛，具有很高的历史文化价值和研究价值。2013年，平罗县委、政府按照文物保护方针，对田州塔实施了周边环境综合整治工程，先后完成了山门、三星级旅游卫生间、办公用房和抄手游廊、厢房五个单体建筑和殿宇彩绘和塔基包砌、青砖铺墁、围墙砌筑和停车场建设等工程，景区建设初具形制。

哈达绕山

（推荐人：赵晓宁）

凛冽的西风送来白雪，贺兰山霜华满头；大雪初霁，冰雪消融，站在山巅，唯见贺兰晴雪，山谷条条白练逶迤绵延，静静盘卧，酷似仙女舞动时撒落的哈达和飘落的腰带，洁白轻盈，晶莹耀目，护佑着归德神沟的吉祥安宁。

蟾蜍望月

（推荐人：赵晓宁）

那匹巨大的蟾蜍精，日夜昂首痴望着月宫里的嫦娥，蹲坐山崖，任时光流逝，初心不变；通体吸收了日月之精华，浸润着风霜雨雪，感动了天地人间，幻化成今天坚不可摧的模样；它身旁的苍绿老山榆感念蟾蜍的孤寂清冷，破石而出，陪伴它已千载，诠释了生命力的顽强神奇和忠贞的情意。

生灵繁盛

（推荐人：赵晓宁）

国家级重点保护类濒危动物岩羊、鹞鹰、野鹤和山鸡等在这里徜徉，欣欣然回巧献技；那些美丽的传说故事，描画了生活的丰盈和美好；雁鸣声声撒落成行，清冽可口的山泉水日夜冲刷着顽石，延续了大山充沛的气脉永不干涸。

岩画牧歌

（推荐人：赵晓宁）

曲径通幽处，归德神沟的宝藏——岩画，有先人们刚劲粗犷的笔触，隐隐传出戎狄牧歌，鲜活地呈现了人类童年的生活。东山梁的山石上分布着古老的动物、人物岩画，简单明了的线条、朴素率真的画面，记述了远古祥和朴素而生机勃勃的日子。今天，浸透了千年山风，吸收了日月精华的岩画依然充满生机地俯视着我们。

烽燧兴域

（推荐人：赵晓宁）

归德沟山中秦明长城烽燧逶迤岿然静卧，黄土与石子混合，羊毛白草夯就的长城，箭射不进，水泼不湿，固若金汤。在夕阳下，一种残破的美、遗迹的美、古旧沧桑的美震撼人心；烽燧狼烟苍茫，述说着金戈铁马、烽火连天的历史；胯下的山峦像奔腾的骏马，历经岁月荣衰迁变，固守着祥和富饶的山川，始终不渝地护卫着家园。

狮子守山

（推荐人：赵晓宁）

归德沟峡谷入口的左山巅上，岿然蹲踞着一匹石狮子，日夜俯视着山谷；它是鬼斧神工天造而成，形象逼真，惟妙惟肖，仿佛看到它目光炯炯地察视着过往的生灵，威慑着恶行恶道，忠诚威严地守护着归德神沟的大门，它是大峡谷的"门神"——守山神兽石狮子。

古镇宝丰

（推荐人：岳亚东）

清雍正四年（1726年），开惠农昌润二渠。渠成之时在两渠之间修城设县，定名"宝丰县"，取地宝物丰之意。城墙周长四里三分，高二丈六尺。城中心建鼓楼一座，设东、西、南、北四个鼓楼洞，东曰"捧日"，南曰"观润"，西曰"揽霞"，北曰"笼翠"。清乾隆三年（1738年），银北发生大地震，宝丰城于一夜间灰飞烟灭。如此繁华的一座城，竟然被一场大地震毁于一旦，且城毁县撤，过早夭折。宝丰是一个回民聚居的地方，回民自古以来善经商，遗风不辍。每逢集日，乡民从四面八方拥入县城，人来车往，熙熙攘攘。牲口市上牛羊成群，小吃街上美味飘香，交易场上人声鼎沸，一派繁荣祥和景象。宝丰古城已有近300年的历史。改革开放以来，在党的富民政策和民族政策的鼓舞下，宝丰古城重新焕发了青春，成为银北地区不可替代的商品集散和流通重镇。

省嵬遗址

（推荐人：岳亚东）

省嵬城在今惠农区庙台乡省悟村。这是一座古城遗址，城为正方形，每边长600米。城墙为土筑，夯实，夯层15厘米。残存之城墙墙基宽13米，高度依颓废程度不等，最高处有4.7米。城墙每隔50米有一座15米见方的土台，应该是烽火台。西城墙相对完整，尚有城门拱洞之遗存。省嵬城建于北宋年间，距今已有近千年的历史。清乾隆三年（1738年）宁夏发生大地震，省嵬城被毁，遂为一座废城。关于省嵬城民间流传着许多传说，有很多版本，几百年来口口相传，经久不衰。这些传说也给省嵬城增添了不少神秘的色彩。20世纪60年代，文物单位曾经对省嵬城进行考古发掘，挖出古币、门钉、兽骨、瓷器、人头骨和铁器等文物。1988年，宁夏回族自治区人民政府将省嵬城列为自治区重点文物保护对象。

震城遗风

（推荐人：岳亚东）

清乾隆三年（1738年），宁夏发生大地震。据史料记载："十一月二十四日，地忽震裂，河水上泛，灌注两邑。而地中涌泉直立丈余者，不计其数。四散溢水深七八尺以至丈余不等。而地土低陷数尺，城堡、房屋倒塌，户民被压溺而死者甚多。县城南门下陷数尺，北城门洞仅如月牙，而县属商贾民房及仓廒亦俱陷于地中，粮石俱在水沙之内，令人刨挖，米粮热如汤泡，味若酸酒，已不堪食用。越宝丰而至石嘴子，东连黄河，西达贺兰山，周围一二百里竟成一片冰海。宝丰县城郭、仓廒亦半入地中，户民无栖息之所，大半仍回原籍，尚有依栖高阜，聊图苟活者……"由此可见，地震的强度、地陷城摧的程度、地热和天寒反差之大的温度、灾民劫后余生的难度，世所罕见。地震对省嵬城和宝丰城的破坏是毁灭性的。时至今日，省嵬城遗址犹存，诉说着西夏的历史；宝丰古镇依旧，焕发着时代的青春。有诗云：

遥想当年省嵬城，灰飞烟灭地覆平。
破碎勃勃西夏梦，扯断赳赳昊王情。
残垣依稀遗迹在，孤碑独立史证存。
临风凭吊前朝事，犹闻金戈铁马鸣。

西桥考古

（推荐人：岳亚东）

西河桥古生物化石群位于西河桥。占地面积600平方米，发现于1985年。哺乳动物化石群距今约1.5万年，化石群分布集中，保存完好，埋藏丰富，国内罕见，具有较高的科学研究价值。经中国科学院古脊椎动物与古人类研究所专家的发掘研究，西河桥古生物化石形成于15万年前，现已出土的有犀牛、盘羊、大角鹿、老虎、猎豹、三趾马等古动物化石，是研究古地壳变迁、气候变化、古动植物灭绝最好的物证。古生物化石群周边已经植了树，开挖了湖，所以，到西河桥古生物化石群游玩，春、夏、秋、冬景色各有魅力，只有身临其境才能欣赏到山水如画的美。

高峡飞瀑

（推荐人：岳亚东）

红果子瀑布位于惠农区境内的红果子景区。红果子瀑布以她独特的奇景和雄伟的气势，展示了大西北的风韵，塑造了大西北的奇特景观。红果子景区由红果子峡谷和红果子瀑布组成。峡谷长数公里，蜿蜒曲折，涓涓小溪自谷底缓缓流向沟口。峡谷两边山石嶙峋，气势巍峨。自峡谷往里走几公里，就能看到从刀劈斧削般的扇形崖顶上倾泻而下的落差60多米的瀑布。到了冬季，随着气温的不断下降，在瀑布的下面，瀑布飞溅的水珠逐渐凝结成晶莹剔透的冰柱，冰柱与崖壁之间形成的冰帘洞，更增添了红果子瀑布的迷人色彩。在冰消时节，瀑布凌空飞泻水帘悬挂，雨蒙蒙，雾蒙蒙，彩虹横空，拍石击水，声若雷鸣，野性十足，极其壮观。

马营探秘

（推荐人：岳亚东）

哨马营是明永乐年间建造的一座兵营，它西倚贺兰山，东面黄河水，北向石嘴子，是一座重要的军事要塞。清康熙年间，康熙皇帝亲征噶尔丹途经宁夏，曾驻跸哨马营。历史上的哨马营一带树木葱茏，景色宜人。徐保宇任平罗知县时选定的"平罗八景"里就有"马营远树"。清人蒋延禄作《马营远树》一首："深林掩映北山崖，一面河流一面沙。绝好荆关图卷在，绿云天外白云家。"在我们面前展现出贺兰山森林茂密，绿树如云的景致。哨马营尚有遗址存在，城墙为黄土夯筑，墙基宽12米，残存之废墙最高处为4.4米。遗址呈长方形，东西长205米，南北宽198米。1984年文物普查，在遗址上找到许多古钱币、农具以及砖瓦残片。

镇远雄关

（推荐人：岳亚东）

镇远关是明代九边之一的宁夏最北端的一处咽喉要塞，

背靠贺兰大山，锁扼镇远关沟口，面黄河而雄视强虏。之所以取名"镇远"，就是镇守边远的意思。镇远关修筑于明洪武九年（1376年），距今已有六百多年的历史，其地理位置十分重要。镇远关故址在今惠农区西北，原市四中东，紧靠北长城处，大山头为其关口，山河相望，110国道从关河中间通过。镇远关遗址有两个大土墩，一个称大墩，一个称小墩，是镇远关唯一的遗存。土墩虽然废弃，但规模宏大，两墩踞于长城之侧，足见当年守备之威严，是了解历史的重要史料。

断墙奇垣

（推荐人：岳亚东）

旧北长城因为地处红果子沟口附近，也称红果子长城，民间称之为边墙。作为长城的配套工程，偏沟沟口有烽火台一座。旧北长城最著名处为其中段，有一处由于地震造成的错位痕迹，上下错位1.05米，水平错位1.25米，错位如此之大，世所罕见。长城错位引来了许多国内外的专家学者参观和研究，是研究地质、地震和地壳运动的珍贵资料。据说，1972年美国总统尼克松访华，曾告知中方，美国从卫星上发现了长城错位，并请求带领有关专家到实地考察，我方以此地为非开放地区为由予以婉拒。1975年，宁夏地震局筹备在此地建设地震观测台，并于翌年建成。

断城雄关

（推荐人：岳亚东）

出大武口沿110国道北行约40公里，到达红果子沟附近。这里山高沟深，地势险要，历代以来为兵营守备之关隘要塞。因此，这里留下了许多宝贵的长城、兵营等武备遗迹。贺兰山雄奇险绝，有许多著名的自然景观与人文景观，长城错位奇观，更为世所罕见。清代选定的"平罗八景"，此地就以"边墙晚照""马营远树""虎洞归云"而荣中三元。今美景依旧，遗迹尚存，交通便利，是旅游观光的绝佳去处。诗云：

旧北长城出贺兰，断垣残墙一线连。
当年地震留遗迹，今朝天镜拍图片。
断层水平两相去，错痕垂直一目然。
古今中外真奇迹，地力无穷示眼前。

石嘴寻根

（推荐人：岳亚东）

石嘴子位于宁夏最北端，石嘴子遗址位于惠农区黄河大桥北。贺兰山岩层延伸至黄河岸边，有一块巨石硕大无比，伸向河面，其势突出如嘴。此地俗称石嘴子，石嘴山地名由此而来。石嘴山是黄河古渡口，曾为商贾云集、物资中转重镇，是宁夏工业的发祥地。在石嘴子遗址保护区建亭立碑撰文，修建风帆造型景观雕塑，竖起了一排羊皮筏子，成为一处文物与地标建筑，途经此地的人们就能目睹石嘴子遗址。它傲然屹立，雄风依然，犹如一位历经沧桑的老人在诉说着"咽喉""锁钥"之地的历史和传说。

古渡帆影

（推荐人：岳亚东）

古之水旱码头"石嘴子"是兰州包头之间货物流通的必经之路，是有名的黄河古渡。为了恢复这一历史名景，以古渡遗迹为中心，建成总面积达到1.5平方公里的集防汛、生态、旅游、休闲、爱国主义教育等多种功能于一体的石嘴子公园。将石嘴子文化和黄河古渡金羊毛文化作为设计的主线，以彰显公园深厚的历史文化底蕴。共有三个广场、三个船型码头、六处水面、六个出口，有星月湖、星泽湖、月牙湖、映月湖、荷花池及水道水域，面积16万平方米水道水域。公园内还设了吊桥、曲桥、亭阁等功能性设施。石嘴子公园的建设不仅为居民提供了一处舒适的休闲娱乐活动场所，而且成为游人光顾的最佳景点。

七彩映虹

（推荐人：岳亚东）

2007—2009年，惠农区开展了生态大会战，将采煤沉陷区15900户5万人搬迁到滨河新区，综合治理废弃沉陷矿坑。累计完成造林面积10.8万亩，植树2440万株，建成了有城市氧吧之称的七彩园。七彩园因栽植紫叶李、紫穗槐、丁香、山桃、火炬、侧柏、沙枣树等树种，一年四季呈现七种颜色而得名。"赤橙黄绿青蓝紫，谁持彩练当空舞。"这是生态建设的经典之作，综合治理的妙笔华章，勾勒出了一幅三季有花、四季透绿、山水相依，美妙绝伦的城市生态画卷。如今，一个集生态、休闲、沉陷区地质地貌为一体的国家煤炭生态地质公园已经闻名于世，成为旅游观光、休闲漫步的好去处。

草阔山空

（推荐人：岳亚东）

进王泉沟行10里许，可见一平坦草甸，此处地平草茂，石退山空，形成盆地，是山野中难得的景观。因为这里地势平整，故取名曰"大川"。大川面积约50平方公里，自古就有人进山开发耕种，民国年间，石嘴子工商巨子郑万福曾开发大川，收益颇丰，至今依稀可见田埂地垄。大川群山环抱，防风御沙；地势平坦，视野开阔；地力肥沃，草密花香，堪称贺兰山中的世外桃源，常有游人不辞辛劳跋涉进山，一饱眼福。

匪梦惊魂

（推荐人：岳亚东）

郭拴子，大名郭永胜，燕子墩米家沙窝人，早年在贺兰山放羊。1931年开始为匪，马鸿逵曾多次发兵围剿，皆因郭匪熟悉山形地理，且传说其长着一双飞毛腿，枪法百发百中，武艺高强而未能剿灭。宁夏解放后，解放军收编了郭拴子部，但郭后来叛乱为匪，曾在王泉沟伏击解放军194师教导队。1950年10月6日，活捉郭拴子于大喜峰沟。11月19日，郭拴子在银川东教场被处决。1960年，罗家园子罗治业、罗守业曾于罗家园子密谋起事，进行反革命叛乱。经过4个月零13天的艰苦追剿，于小黑沟半山腰的一个山洞里活捉二罗，随后执行枪决。由于郭、罗分别在王泉沟和罗家园从事过叛乱活动，此地便成为剿匪之重点部位，至今留下许多历史遗迹，成为西北剿匪文化的珍贵物证。

山野妙馔

（推荐人：岳亚东）

罗家园子地处山口，是山内与山坡之结合部，有山里山外之丰盛牧草，有山沟之内的甘美山泉，牛羊自然膘肥体壮，肉食鲜美。当地山民们用一种独特的方式烹制肉食，其味鲜美，堪称一绝。他们砍山中柴，填山泉水，煮山羊肉，一把调料一把盐，看似简单，尽显山野之气，但肉质肉味与山下之珍馐名馔大相径庭。这肉大件装盘，不用筷子，手撕牙啃，大快朵颐，全然一派山野吃相，故称"手抓肉"。手抓肉鲜而不膻，肥而不腻，食之赞不绝口，食后回味无穷。山民家家养鸡，这些鸡终年寻食于果园之中，其间多有草虫蜢蚱之类，是鸡的极佳美食。吃了草虫的鸡，其肉十分鲜美，是市面难得的佳品。鸡肉经山民们的特殊烹制，其味更加不同凡响。罗家园子及周边山坡山地生长着不少山野菜，就地采挖，就地烹制上桌，是极佳的绿色食品。从庄稼地里现采的玉米、毛豆、花生等，都是餐桌上的佳品。罗家园子之所以游客多人气旺，与这里的纯天然美食有着很大的关系。

佛地灵光

（推荐人：岳亚东）

明清至民国，有僧人在山前修寺庙礼佛，山下善男信女趋之若鹜，香火旺盛。后因时代变迁，佛寺年久失修然无人修复，遂自然坍塌，只留遗迹。2004年，新建之佛寺名"正觉寺"。正觉寺建有大雄宝殿、三世佛殿、天王殿、观音殿、地藏殿、念佛堂、祖师堂、山门、钟楼、鼓楼、斋坛、僧房、香房及生活用房，规模宏大。殿宇既有飞檐斗天的雄伟，又有精雕细刻的灵秀。大雄宝殿高20余米，占地660平方米，殿内中空，无墙无隔，堪称西北第一大殿。殿内铜像高6米，雄伟端庄，实为罕见。正觉寺背山面川，地势高峻，云走水照，气势非凡。据当地人讲，每每于日暮之时可见寺顶放射灵光。正觉寺建成之后，常有香客进寺上香，更有信佛之人虔诚礼佛，香火十分旺盛。每年举办两次法会，车来人往，热闹非凡。因此，佛寺已成为景区一大景观。

泉流镜泊
（推荐人：岳亚东）

王泉沟内的山泉自山中流出，潺潺清永汩汩滔滔，蜿蜒而行，流经数里，达于崖前。泉流自高崖跌下，形成瀑布，瀑流下泻，飞花溅玉，其景美不胜收。过瀑布下行数里，为一巨石，泉流至此漫石而下，经年累月，将巨石冲刷得光滑润泽，形同润玉。再向下便是沙沟，泉水逢石明行，遇沙暗流，忽明忽暗，神妙万千。不知何年何月，先民在此做简易截流工程，截流止潜，修明渠将泉水导入人居之地灌地浇园。新中国成立后，当地政府对王泉沟的水利工程曾多次修建，一度将水引至山下农田。20世纪90年代，惠农区为了充分开发利用王泉沟的水资源，投巨额资金在此地实施配套的截潜蓄水工程，工程除了在沙沟里修筑巨大的截流坝之外，还在罗家园子和王泉沟下游修建了两处大型的蓄水池。2009年，又修建大型蓄水池一座。水池兼蓄水与景观于一体，注重了蓄水之功能，展示山下明湖之风光。新湖因水质清澈甘冽，取名"镜湖"。湖水映照蓝天白云，绿树掩映湖光山色，游鱼戏嬉于浅底之下，游人荡舟于清波之上，怡然自得，如入仙境。

红顶问天

（推荐人：岳亚东）

亿万年前的造山运动，使王泉沟口的地理地貌发生了巨大变化，出现了奇特的地质景观。沟南一侧山势比较平缓，山头绵延起伏，似万马奔腾。沟北一侧山势险峻，群峰突立，高耸入云。群峰之中，尤以沟口处红石峰最为奇特。一特为高，独立群峰之首，峰顶直指青天；二特为奇，山石为斜形断层，峰岩壁立，似刀劈斧剁一般；三特为色，周围群山皆青色，唯此山红石，似自天外飞来；四特为形，红峰山形酷似珠穆朗玛峰，号称"小珠峰"；五特为神，指红石峰有许多神奇的传说。红峰之上有一洞窟，内有人居之痕迹，不知何人所为，成一悬疑。有了传说和洞窟，世人将此视为福地，常有人不辞辛劳前来登临。据说，仕者登临可以加官，商者登临可以发财，学子登临可以及第，耕者登临可以盈仓。

烽燧狼烟

（推荐人：岳亚东）

王泉沟古称王全口，入沟可通山后蒙地，是防虏的重要关隘，因此自明清以来就有驻军把守。沟口有长城，为明嘉靖年间所修，古称"边防西关门边墙"，也称"西边墙"。清嘉庆之后，对原有边墙逐年进行修葺，且有增筑。王泉沟门的边墙则利用自然之地作为屏障，就地取土石筑之，现边墙遗迹尚存。在边墙之处，设有烽火台，专司传递信息之用。现存的两处烽火台遗迹即为当时所修。今天，当我们驻足古长城之上，古烽燧前，似乎看到当年的烽火狼烟，似乎听到金戈铁马的喧嚣。

古园集萃

（推荐人：岳亚东）

罗家园背倚大山，南北有两条山脉似两支臂膀伸出，护蔽着这块风水宝地，成双臂揽翠之势，蔚为壮观。罗家园子不算大，但它有自己独特之魅力，以"三绝"著称于世，吸引着游人。何谓三绝？一绝甜，二绝全，三绝古树逾百年。罗家园独得好土好水，又有充足的日照，孕育出了优质的果品。这里的果实无论是梨枣还是果杏，味道均甘甜，且口感极佳韵味无穷。吃惯了川地果品的人初到罗家园，尝一口这山园里的水果，无不为其甘甜折服而赞不绝口。当年先民在此地垦荒植园，选来各色树种遍植园中。园中有了枣、杏、桑、果、梨、李、桃、杞、核桃等十几个果树品种，加上柳、槐、椿、榆等树种共二十余种。在一个面积有限的果园里同时容纳了如此之多的树种，不可谓不全，堪称世之奇观。罗家园子内，树龄超过百年的古树不下10株。这些古树有古桑、古槐、古杏、古榆以及古核桃树。古树树干粗壮，虬枝盘绕，树皮粗糙，镌刻着岁月的沧桑。如今，能在一个地方发现一个树种繁多的古树群，既是历史的见证，也是珍贵的文物资料，为一大奇迹。

苍龙卧坡

（推荐人：岳亚东）

2004年，罗家园景区实施公路工程和绿化工程，自110国道王家庄路口至王泉沟沟口修建了一条长5公里的山坡公路。路基两侧各植林带一条，宽50米，植臭椿、刺槐、国槐等树种。10年过去，两条林带茁壮成长，一路葱茏。公路铺上了沥青，整条道路路林一体，互为依存，互为衬托，成为一道亮丽的风景。走在110国道上，每到路口处，人们都禁不住侧目西望，两条林带像两条绿色的长龙卧于山坡，气势恢宏。伫立于王泉沟的山峰上眺望，两条林带与中间的柏油路组成一条巨龙，似从浩渺的烟云中游出，顺坡而上，直向大山走来，那气势又比山下看时雄伟了许多。走在柏油路上，山风瑟瑟，树叶沙沙，像是热情的主人，夹道而立，拍手欢迎来自四方的朋友。行车于林莽之中，车像奔驰在树海绿波中的一艘快艇，舒适而惬意。秋冬季节树叶凋落，林带又是一番别样景致，树干刷白之后，绵延十里两条白色，林带似两条白龙夹一条黑龙，似静卧沉睡，似并驾而行。从山头鸟瞰，三龙合一，便是静卧于山坡的一条巨大的苍龙。

夏国遗踪

（推荐人：岳亚东）

夏国遗踪指的是靖虏渠遗迹，在今惠农区燕子墩乡王家庄小学处。靖虏渠为西夏时期李元昊所筑。李元昊为了解决军队的粮食供给，决定大力发展农业，遂动工修建一项大型水利工程，时称李王渠，也叫昊王渠。昊王渠渠口在青铜峡唐坝，沿贺兰山麓一直向北，绵延150多公里，一直到达古黑山营。元蒙灭夏之后，昊王渠废。至明弘治十三年（1500年），在昊王渠旧址上续修大渠，取名为"靖虏渠"。山地修渠艰辛异常，终因"沙深不可浚，石坚不可凿"而又一次停止修建。但是，靖虏渠渠深堤高，起到很好的防务作用。随后，又在高大的渠堤上修筑了22处坚固墩台，用以战事防御工事。据说康熙皇帝亲征噶尔丹曾途经靖虏渠，他伫立渠上墩台，感叹不已。在今王家庄小学处留有废渠遗迹，是研究西夏历史的珍贵史料。

敖包护坡

（推荐人：高玉虎）

北武当庙山门近前，有一平阔地，形似龟头出探。护坡之上，有一大型敖包，彩旗飘扬惹目，近看风情别样，远观壮丽多彩，多失感慨，读四处秀色壮景，让人心得怡然，顺护坡宽长石阶领略，鲜花绿树满眼，坡下广场整洁，有花树装点，不管起步何往，都有美丽景致呈现。

碧水曲桥

（推荐人：高玉虎）

上有曲桥通湖，近水的汉白玉曲桥，与绿水倒影形成景观，十分秀美，湖池显处护坡自然，池坝又宽平，立有大型奇石，灌木花草迎步，举步景而不同，绿树清风和碧水互为成景，看游人无数，听欢声笑语，任时光欢度。

玉桥丹枫

（推荐人：高玉虎）

在北开当庙之南数百米处，有一宽沟，通往地质公园，峰沟之上，有一吊桥，桥柱设计极为精美，将两峰相连，桥下有枫树成林，十分壮观。枫树起绿生红成片成片，呼涌于桥，桥高通透，旋挂枫林其上，可观地址遗迹，可读地貌景观、地史遗迹、水文景观等丰富姿色，既有幽情景致，又有地质地貌之怪异的姿颜，是引人入胜的大美景。

古寺红月

（推荐人：高玉虎）

晴天落霞溢红之后，皓月登空，万星互拥，寺庙之上多有天象，峰峦迷茫，月或明或暗，展现奇丽壮景，给人以清明与安静，加上古树听风，天上人间，统归仙境，自然的咏叹，抬眼入胸。

峻峰寿佛

（推荐人：高玉虎）

紧挨北武当寺庙有一宽大高峰，峰腰有一巨大金佛字，散放金光，距数公里之远就能观望，字旁绿树，高低呈现，更显"佛"字宏伟，视线角度不同，"佛"字随移变化，可谓"佛"形多样，可谓百"佛"争辉，如书法变幻多样，如遇烟雾虹彩袭来，更托神秘吉祥。"佛"抱武当，在云霞之上，雨雾缭绕，散发其祥，红月升空，峰峦苍茫，一"佛"字留心，喜得怀中，日月共享。此景天成而生变化，是游人祈福纳祥的胜景，又是阅读奇观的好地方。

空中飞骏

（推荐人：高玉虎）

石嘴山森林公园中有一纪念高碑，十分雄伟，基上石阶，鲜花浓荫，周边开阔，路宽弯平，自成一景。碑上腾飞骏马雕塑，形象逼真，似欲腾跃贺兰山上之峻，目向其朝望，可观贺兰山苍峻与雄浑。

读俊观雄

（推荐人：高玉虎）

置身石嘴山森林公园不管何处，不分哪一点，因树木不同，而景色纷繁，接连呼应，空气清新，花香扑鼻，枫林火炬，红霞落丹，建筑独特，适意赏观，抬眼望贺兰，形胜壮美而难言，山形似佛，或躺或卧，雄浑展现，其上烽燧长城巍峨，让人读史眼前。

湖池柳色

（推荐人：高玉虎）

在石嘴山森林公园西侧，有一大型蓄水池，池坝高宽，弯曲自然，垂柳耸天，遮道似屏，路景通凉，风情归然。湖池中设有一亭，与清丽池水自成景观。池坝以石护坡，藤蔓花草于其上，池旁一处，文博馆建筑典雅，布道石凳护栏傍，花草生茂，灌木花品开在身边，烟雨冬雪之时，景色更是丰满而别样，给人的感受焕然多变，实是好去处，真是好景点，近看绿色不尽，仰望峻峰雄山。

穹中南国

（推荐人：高玉虎）

绿荫宽道，动物雕塑傍间，有一热带植物园，外形如巨大的透墙顶，顶穹庐立于森林公园中区。园内曲径，玉石桥通接，桥栏典雅，亚热带植物有数十种，曲桥流水，林叶拂面，成形自然，植物高低相配，成景自然。身入园中尽览南国风情，园中居中地面有阴阳图，引人神入八极，给人以悠远之思，动现代生活之遐想，是难得的好去处。

湖荷柳堤

（推荐人：高玉虎）

此景位于石嘴山森林公园中域，有一大型荷花池，有密集连片的碧莲荷花，池中可垂钓，池边有奇石和假山，池岸蜿蜒，布道曲平，两旁有鹅卵石道随往，路旁树木蓊郁，绿草遮地。更有池上过水立柱曲桥，桥上风雨亭巧奇地势，兀立池中，池中莲荷伸手可及，花开闻芳，满眼入新，置身亭中，观荷听风，谈说读景，好景致生发好心情，令人欢笑动容。

八方亭台

（推荐人：高玉虎）

此景是由四面八方台因天气的变化而形成的奇特景观，是中华奇石山的最高点。登临其上，不光奇石山上的景色让人清晰阅览，城市风光、贺兰山姿、星海湖奇丽和湖水的碧绿浩瀚各处景观尽入眼中，细读赏略亭边的雕塑园，各类奇石、湖中荷花、曲桥等景观近在眼前，绿树花草浓香馥郁，高低不同，层次感分明，色彩丰富，习惯称四面八方台，是取天圆地方之意，寓意深刻，给人以开放的情怀。此处瞻望的景观也开阔而丰广，日出月落之时，霞光袭来，有红染的美感和奇特；星光灿烂明月之时，月在亭上，给人以遐想，其静美与城市的灯火形成对比，远观其景，令人生发静思与幽情。

奇石掌天

（推荐人：高玉虎）

此景是中华奇石山的突出主题，30多种500余块景观奇石组成28个奇石园。这部分奇石石质高贵，硅化玉质成度极高，形态各异。石面图案清晰如画，生动出奇，加之奇石形态的神奇，实在是神工鬼造。鱼虫花鸟怪兽人物及自然形态显于石上，有于石形高大，摆布自然。28个园各成景观，组合在一起，各种名石尽得观览。红阳霞光，流淌石间生岫，观望直立擎天，白云蓝天其上飘游，入境生情，尽叹天下奇石奇观。草绿花香，树木摇天。每组奇石，形成大观，独看一石，图形不同，视线的移动，石形彩图纷现，集天下之绝，奇绝生辉无限，感念天下，追求自然，令神情愉悦，叫心感恩天地，心生美好宏愿。此景随天气四季之变化，气象深远，广阔天边，景色奇丽斑斓，雄浑壮观。

碑林览胜

（推荐人：高玉虎）

此系中华奇石山重点景地之一，有雕塑园9个，每个园内容鲜明独特，汉白玉石雕像林立，角度变幻无穷，人物形象生动，文字简介置于像下，56个民族人物表现各有不同，形象纷呈生动，动态感强烈，尽显艺术深工。每立雕像之前如和真人交语，妥帖入心。九园各成景观，身入其中，让人尽得无限内容，如古今中外史册籍典集来，叫人思绪高宽，回味不尽，感人文大海浩瀚，明圣贤举世大功，因各园体现内容集中，又各有明鲜彰昭，可随心瞻阅。九园碑册又浑然一体，又独特成为奇景，寻访古今人物，浩然之气入胸。即有古今英模，又涵民族精神，体现科学向上，表现团结，有巨力产生。启蒙幼怀，又感成人心胸；集天下英才之表，令后人生发无限豪情。雕塑之间，花草树木遮地，天空白云彩虹，又有鸥鸟歌吟，叫人无不称颂。感天地之悠悠，念前人明明大功，怀生为祖国大家努力奋争，实是壮丽宽阔艺术天地，又是激人们心志的地方，是一片独特绝美的丽景。

玉桥湖莲

（推荐人：高玉虎）

汉白玉石桥跨于湖上，将人工湖分一为二，形成景观，上桥观湖，垂莲片片，时逢花开，绿叶丽水，在花的衬托之下，甚是好看，湖岸曲折自然，形态多变，湖岸曲道旁，树绿花艳，赏莲之余，转身高楼林立，目穿又观雄山，花香鸟语，令人神情怡然。

蝴蝶桥柳

（推荐人：高玉虎）

此景位于中华奇石山西北端，桥跨人工河上，河岸垂柳依依，在星海大道旁，花木葱郁，绿茵盖地，汉白玉石桥如月映于人工河水，桥栏风格异样精巧，桥与入山之道通连，草木花开，清风吹拂，坡道宽平，道旁绿色广布深延，引胜登临奇石山上，周围景色无限，桥边湖水如碧，夜间高楼灯火明于水中，入目之辉煌，灿烂耀眼，河湖相连，踏桥光顾，四处景色深远。

读星海湖

（推荐人：高玉虎）

游走于星海湖，所处位置和角度不同，入目景观显然不等，伴随湖上设置和天气的变化，景观更是变化无限。白天与夜晚，曲桥与游船，奇石与草林，都有奇特景点。呼叫名称可随动而显，景点丰富，令人称叫不完。景致名称，可随时随地按赞，四时不同景致不同，一天气象变化景致生变，怎样称叫，凭心而谈，只要称出，都很贴切自然，游时不同，感受获得皆可归于词言。

沙岛烽墩

（推荐人：高玉虎）

此景位于南沙海之中，四周沙岛湖水，广布分散，金沙碧水相间，互生奇特景观，水草涌动，波生漪涟，观望明代烽墩，思绪奔远，幽深景致，有明有暗，岛上蒲中飞鸟，湖中鸭鸥游玩，阳光普照，绿柳异木，岸出浪漫。远看顾烽墩矗立，游人多有感慨，思古之情悠然而生，读明丽景致也多有感叹，使人更为流连忘返。

柳岸金沙

（推荐人：高玉虎）

此景位于南沙海景区，金沙来袭，由远及近，连接草地与柳岸，金沙碧眼，碧水清澈浩瀚，湖中沙岛，姿态显失，将湖水分而相站，幽阔同存，水鸟野鸭起飞争鸣，游行于湖岸，景色变化万千，湖中浴场，笑声翻天，伴随游人行动，入目景色有变幻，清空高远，地显宽展，身近贺兰雄伟，又踏江南水边，水草起茂，岸柳摇天，漫漫金沙，由近布远，给人的感受丰富自然。

虹桥卧波

（推荐人：高玉虎）

追月桥横跨于湖上，遏风生水起，宽浪涌长，桥与湖面，形成景观，日出月升，都有生动，人处位置不同，入目景观有异，时逢夜袭，路灯星光起灿，与四周灯火呼应明亮，亮丽雄浑，十分迷人，年灯如流，明于桥上，好似流星游行。

柳岸观潮

（推荐人：高玉虎）

此景观各湖景区均有，唯有星海湖中域的金西域或白鹭洲最为显著和鲜明，每当清风稍烈，便有宽浪涌起，水草起浪欢舞，观湖面如海，逢风雨逍遥之时，大浪滚滚，似无际涯，水天相近，蒙蒙水起，十分壮观，加之丛丛苇蒲展动，给人以壮怀激烈之情。

鹤翔湖空

（推荐人：高玉虎）

其景观源于鹤翔谷景区，其他景区也同生此景象。因鹤翔谷蒲苇葱茂而幽深适静，更易于鹤禽栖翔，鸥鸭飞鸟聚散而生名，观百鸟翔天，览青翠摇荡，阅湖水涟漪，闻鸟互歌，引望远空晴云，又可瞻读贺兰山峻岭。

沙盘美景

（推荐人：陈勇）

石嘴山市规划展示馆一楼大厅所展示的是全市市域总体规划。这个总体规划，在一个700平方米的沙盘上全盘托出。走进展厅，我们可目睹星海湖23平方公里的美丽水面，聆听森林公园群鸟的声声鸣叫，全观大武口区、惠农区、平罗县的整体风貌。一盘金沙，全现石嘴山市美景，真可谓：两区一县好风光，片刻之间一眼观。

硕果盈枝

（推荐人：陈勇）

石嘴山市科技馆展厅面积约8500平方米，展区分两层六大展区：一层由自然、临时展区、儿童科技乐园三个展区组成；二层由产业科技、基础科学、和谐家园三个展区组成。展出展品185件，几乎全部是互动体验型展品。走进科技馆，就走进了天地自然中，在大自然中享受科学技术成果带给我们的欢乐和幸福。

博古通今

（推荐人：陈勇）

石嘴山市博物馆布展面积8252平方米，分序厅、三个基本陈列厅和三个专题陈列厅。古生物化石展厅运用声、光、电灯现代化手段，展示了石嘴山的远古生命进化和原始环境风貌；岩画展厅以大量岩画实物、景观和拓片等，展示了石嘴山从新石器时代至今的历史文明；民俗展厅通过复原民国时期平罗古城南北大街的景象，展示了石嘴山建筑、节庆、礼仪、宗教、民间艺术等民俗风情；工业展厅以大量文史资料和展品实物，集中展示了石嘴山工业从煤炭采掘业发端到新型工业城市的沧海巨变；农耕厅以各种农具、图片、景观灯，展示了石嘴山从传统农业逐步向现代化农业迈进的发展历程。走进博物馆，就走进了石嘴山的历史中，也走进了石嘴山的现代中，让你博古通今，大开眼界，开阔胸心。

墨迹飘香

（推荐人：陈勇）

石嘴山市书画院占据五鼓中的腰鼓，建筑面积3700平方米，内设大小两个展厅和诸多画廊，展厅面积约800平方米。书画院内辖"中国山水画创作院石嘴山分院""中国三峡画院创作基地"两个组织机构。现有市外聘请艺术顾问、名誉院长14名，市内聘请院士60余名，其中，国家级会员4名，自治区级会员34名。走进书画院，就走进了一个名家荟萃、墨迹飘香、五彩缤纷的艺术世界。美术、书法、摄影、剪纸四大类型的艺术作品大放异彩，美不胜收。

真情实录

（推荐人：陈勇）

石嘴山市档案馆和图书馆共为一鼓。档案馆是石嘴山历史的记忆库。它跟随时代发展的步伐，真实地记录全市的历史与变迁。新中国成立以来所形成的289个全宗，近12万卷（件）档案资料，涵盖了全市政治、经济、科技、文化、教育、卫生等各项建设事业发展的历史和成就。它也是社会各界进行科学研究利用档案史料的信息中心。真实实录，实录真情，体现着永久的保持价值。

润物无声

（推荐人：陈勇）

石嘴山市图书馆为五鼓中的第一鼓，高26.6米，面积20480平方米，和档案馆共用。馆内藏书30余万册，持证读书者6000余人，阅览席位1000座。图书馆依据本市市情，注重收藏煤炭、建筑、教育、卫生、农业及地方文献类丛书、多卷书。这些图书，如"随风潜入夜，润物细无声"的春雨，滋润着读者的心田。

串铃声声

（推荐人：陈勇）

石嘴山市文化馆独占五鼓中的三鼓，三鼓相连，独为一体。建筑面积1.9万平方米，内设大剧院、音乐厅、排练厅、化妆间、文化艺术培训学校。石嘴山市文化馆是全市文化的中心，曾成功地举办了2012中国、宁夏石嘴山"荷花风韵"全国中老年回族舞蹈展演，全国"黄河大合唱"邀请赛等重大赛事。先后举办"大地之春"俄罗斯交响音乐会、奥地利莫里森三重奏音乐会等国际性音乐会。馆内自创的回族舞蹈

"串铃声声"获第十届中国艺术节"群星奖",回族舞蹈"红舞鞋"获2012中国·宁夏石嘴山"荷花风韵"全国中老年回族舞蹈展演表演一等奖。串铃声声,铃声串串,引领我们进入一个全新的艺术世界。

长虹卧波
（推荐人：张新喜）

星海湖追月桥,桥似长虹,倒映在星海碧波中,如长虹卧波,故名。

黄河落日
（推荐人：岳昌鸿）

宁夏黄河过境八百里,滋养了塞上,造就了天下黄河富宁夏的美名。

祖宗历练过的河谷,多少代的朝晖与落日此起彼伏。岸上的景物在四季中走样,一代代的人择水而居,以河承载梦想。长河落日瞬间辉煌,熔金的河面,光辉而且耀眼。多少咏叹的诗句犹如落霞于空飞舞。

沧海横流,流过明月汉时关;大河飘曳,飘在唐诗宋词元曲词。河谷多少往事在山水之间流转传递,多少耕耘与收获都被沧桑之河阅读。每个晨钟暮鼓,阳光会把河水用金箔镀一遍。大河之德,润泽万物,使四季呈现不同的韵致，舒缓的流脉，育着宁夏的个性，也以呈瑞的方式揭示未来的美好。

西夏离宫

（推荐人：岳昌鸿）

远逝了的记忆，湮没在历史尘埃中的往事。贺兰山大水沟畔的一处西夏离宫，那些散落的残砖断瓦，那些凄凄的白草秋风，无法还原出西夏国曾在此的奢靡与洒脱；一部宫廷之内的争风吃醋史，在此离宫演绎得血肉横飞，悲欢与离合，宁令哥与元昊之间，是子与父的较量，阴谋与权势，皆以离宫为舞台展开。千年之后，这里的一切复归于宁静，强者与弱势都被一捧黄土掩埋，被一把白草遮盖，供今天的人凭吊于此，不见了那王朝豪杰的墓，但看无花无酒锄作田的生活图景徐徐展开，阳光千年之后依然不舍这片土地，不舍这里的秋风白草，让这里生出诸多感悟的花朵。

镇朔水乡

（推荐人：岳昌鸿）

塞上的水乡并不多得，唯有镇朔湖怀拥一处静水，任时光在此徜徉，留下诸多云飞雾散的痕迹。自贺兰山泉涌流而下，或是电闪雷鸣之后，所有温顺的粗暴的狂野的天赐之水均被镇朔所收容，安静了下来，于一湖之中。苇丛蒲香相继落户于此，摆弄春花秋月，鱼跃游于镇朔湖色中，飞鸟过境驻足流连，水于两岸行远，泽被着万顷稻香，一个明代的镇朔堡，曾用兵戈相见的方式，守护家园，现如今沧桑巨变，演绎成一处天然的水乡美景，构织着安详和谐的生命图画，从历史的背景中走来，更换的内容由刚到柔，让水乡成为这块土地上最柔软动情的组成部分。

星海明月

（推荐人：岳昌鸿）

多少个夜晚，明月都在高悬，多少次梦境，星海都在荡漾。星海的潋滟在秋在夏的慵懒里，在微雨的晨，在柳的轻柔，荷的清雅里，也在如烟如梦的实景里，我们一次次地与星海邂逅，一次次地赞叹其烟波浩淼，气象万千，赞美她有处子般的肌肤，孩童一样的明眸。美好的词辞已盛满星海，无数圣洁的愿望，升空而起，犹如明月皓皓，照空万里。让干净无尘的精神，成为我们生活的另一种追慕。星海原本就是一个丑小鸭，在臭泥塘中脏兮兮了几十载，如今出落得如此出众的模样。五湖四海的人，用自强不息的精神，打扮出一个城市的地标和这个城市的自豪；怀拥星海宛如美人做伴，在山水的韵致声中尽享风流。

贺兰雄关

（推荐人：岳昌鸿）

当马放南山，刀枪入库，还要那雄关又有何用，雄关只成了一具摆设。供人凭吊英雄的气概，追忆往昔战场上的功勋。在唐朝曾经有诗"万民齐保贺兰山"。一道贺兰山梁，架设于天朝与游牧部落之间，草原的狂野和贺兰山下的农耕，两种文明冲突，不断地燃起战火。明王朝穿山越壑的一道道长墙，把家园围起来，阻止了入侵和劫掠。贺兰山峰，雄浑而苍劲，立于大漠绿洲间，庇护着河的子孙，一个家园一旦有了坚不可摧的自然依靠，那么它的子孙的精神犹如雄关，如巍峨的贺兰山一样，长河不息，贺兰山岿然，贺兰山本就是一道道雄关屹立神州几万年，看着时间一片片地碎去。

五七干校

（推荐人：岳昌鸿）

一段苦难的历程在这里浓缩成一个片断，供人们去反思、回顾甚至去追忆。那些苦乐年华，那些青春的困难，在这盐碱地扎下根，生出别样的花朵。记住这段历史是为让过去的蒙昧不再重演，珍惜今天的拥有和幸福，以历史为鉴的例证，在蛮荒之地树起精神的高地，他们不屈服于恶劣的环境，不向命运低头，在苦难之中寻找生命开花的可能。当年他们在这里淌过苦难之河,因为有梦,今日他们已在自己的行业与领域建树起自己的高度。

中华奇石山

(推荐人:岳昌鸿)

精美的石头在这里说话。一座矿渣与灰土堆垒而起的城市恶疾,久治不愈的城市之痛。石嘴山人用智慧之手,给它重新着装进行改造,让这座山的前生和今世有了迥然不同的内涵;从灰头土脸到奇石珍异,天下奇石汇聚于此。仁者见仁,智者见智,每一个造型都有独特的含义,一块石头和另一块石头,外形各呈个性,包含的寓意也不尽相同。一片石林、一处生动的人文雅园,绿树环绕簇拥,回廊巧设,曲径通幽,每块石头都在唤着你内心的某种感触;叫人浮想或面石而悟。奇石用另一种语言打开另一种境界。

武当重阳

(推荐人:岳昌鸿)

佛寺清泉已流淌多年,佛立于壁侧,惯看山下风云变幻。一座庙宇多少钟磬声已滤去无数的嘈杂和繁华;几处殿堂端坐于山侧,默默将吉祥与祝福向山下传递。如今已是相当规模的武当,接纳着香火,默许着登高者的探访。

兰山秋色霜染,万千红叶包裹着神定气闲的武当;一个重阳的节气，让数万民众登临，成为相互祝福的托举；有神灵庇护的家园就是一个有福的地方，有爱的地方就是好地方。那种友善的大众氛围，那种相互信任的人际交往，在这块地方，在贺兰山东麓的武当，铺展得浩浩荡荡。

黄河善谷

（推荐人：岳昌鸿）

金岸河谷飘着荡荡的风，风从远古传来，携带着善良的愿望，一条母亲河成了载体，接纳着时尚之风的荡涤。稻香铺开的季节降临，一条黄金织就的长巾在河谷飘起来，谷里丰衣足食，岸上花团锦簇，河的子民们用朴素和善良传递着精神，用坚毅和刚强让梦想成为现实，耕耘着收获着传承着善的企愿，河的子孙让一条河更有内涵更具魅力，让这上善若水，永不断流。

千里锦绣

（推荐人：岳昌鸿）

石嘴子以上，河谷水流平缓；村庄立于两岸，季节各呈姿色，自然之美如飘飞的絮，扭动的柳，苏醒的眼睛，跳跃的孩童，在大地之上，山水之间，一一展露，星罗棋布的湖泊湿地，连缀起一件多彩的霞衣，在村庄间灿然生姿。城市的节奏和生活步伐让这里充满生机和活力。山的庇护，水的滋养，时时刻刻保佑着我们，林网水系、阡陌纵横的塞上，艳极四方，苇美蒲香，在水一方，如锦如绣的朔方，八百里粮仓，在天地间辉煌。

沙湖鸟翔
（推荐人：岳昌鸿）

鸟衔着山的影，鱼在啄破湖的波纹，锦绣般的霞光与氤氲的岚气，沙湖这一塞上奇葩盛开着。仰视沙湖之鸟翔于蓝天之上，万宇澄澈如镜，潇洒之踪恣肆，欢翔之舞飘逸；一水成欢，沙湖中千影拂掠，水碧云显，湖色悠远。万鸟起飞时分，朔方腾舞之时，景象那么深蓝，云淡天高。湖与沙五色风韵，驼铃唤醒幽梦，雁飞翔于天幕，凭空作势，湖光识得古今风流，不枉这片江山如画。

北岔边墙
（推荐人：常刚）

朱元璋建立明朝政权后，元顺帝北走。元朝残余势力在西北方向先后建立了瓦剌、鞑靼政权。蒙古骑兵经常入侵边境，明政府为巩固边防，防御瓦剌、鞑靼等元朝残余势力的侵扰而筑长城：一段是城西南墙，从双山（今玉泉营西）南起，到广武界止，全长50多公里，是成化年间（1465—1487年）修筑；另一段叫边防西关门墙，北自贺兰山三关口，南到大坝堡，长40公里，是嘉靖十年（1531年）修筑。

湿地 张炳生/摄

从广武到邵刚的贺兰山脚下，残存边墙遗迹，有的还存留比较完好，特别是北岔口边墙。北岔位于小坝西北40多公里的营子山上，地属邵刚镇。北岔边墙是"边防西关门墙"的一部分，是石砌和土筑边墙，烽墩纵横交错，形势复杂，皆依山势修筑，气势十分壮观，被专家誉为"宁夏八达岭""宁夏长城博物馆"。

庙山神水

（推荐人：覃春娟）

庙山湖，位于贺兰山东麓，四周沙丘断崖环绕，属贺兰山山脉延伸的丘陵盆地地形，由西向东呈缓坡状，地势比较平坦。在北起鸽子山，南到红崖子，长达十多公里的地段，有大小泉眼25处。其中两个大泉眼，从寺庙东面喷出，日出水量达4000立方米。1991年，自治区地矿局等单位对此处水质进行研究分析测试，经卫生部专家评审通过，11月正式获得国家级鉴定，确认该处泉水含氯化物及硫酸盐、钠、镁、钙、钾等矿物质和锶、溴、碘等微量元素，矿泉水达到规定标准。长期饮用可以调节人体渗透压，缓解肠痉挛，有助于胃酸分泌，对于消化道疾病及胆囊炎、胆结石、便秘、肥胖症、动脉硬化、酸中毒、尿酸过多、糖尿病、风湿症等有一定疗效。镁、碘、钾等还是防癌元素，对人体保健也有重要作用。

庙山神水，它"神"在不仅是从寺庙前后涌出；过去它也"神"在荒漠中"不请自出"，流程不长就神秘消失了；又"神"在夏日水凉沁人脾，冬天热气弥漫大地。现在它既是温泉，也是矿泉，可以沐浴健身，可以作为饮品。

古塔风光

（推荐人：谢卫同）

在宁夏青铜峡水库西岸一个陡峭的山坡上，坐落着排列有序的古塔群，它是由108座塔组成的一个等腰三角形的大型塔群，因塔数而得名。该塔群以众多数目和独特的建筑风格、布局雄立于中国古塔之林，国内乃至世界独此一例，举世罕见，具有重要的历史文化价值，为宁夏青铜峡黄河大峡谷一颗璀璨的明珠。

石刻天书

（推荐人：谢艳）

在青铜峡市广武乡三趟墩村七队西40公里的广武口子门沟有着丰富的岩画资源。此处岩画分布广泛，面积约30平方公里，岩画刻在平整的石面上，多以牧羊图、动物图、人舞图、人面图为主，内容丰富。广武口子门沟摩崖岩画主要分为砂石梁子岩画和芦沟湖岩画。岩画线条清晰，属阴刻与凿刻法，均作画于平整石面上。

鸟岛夕照

（推荐人：张艳玲）

青铜峡鸟岛位于青铜峡库区南端。九曲黄河环流而过，佛教圣地牛首山寺庙群与之隔河相望，相映生辉，总面积53.3平方公里，其中水域面积20多平方公里，是宁夏最大的黄河湿地保护区。在高耸入云的牛首山群峰映衬下，鸟岛更显苍翠妩媚。登上游艇遨游于碧波粼粼的宽阔湖面，徜徉在山光水色之间，游嬉于绿树水鸟之中，仿佛置身于如梦如幻的仙境，蔚成奇观。这里自然景观，层叠分明，有林、有鸟、有山、有水，山水相映，山在水中，水在林中，环境优雅，可在水上泛舟遨游，娱情于乐；可静坐垂钓，清心养性；可小憩于密林之中，陶冶情操；可乘车绕湖一游，置身于水天之间。

青铜峡鸟岛原生态景致令人心旷神怡，每逢春夏时节，几十万只候鸟栖息于此，鸟的种类达180多种。其中，有属国家一类保护的黑鹳、中华沙秋鸭、冠麻鸡等，有属国家二类保护的天鹅、白琵鹭、蓑羽鹤、灰鹳、棕头鸥等，是宁夏最大的候鸟栖息地之一。

黄河晓渡

（推荐人：张玉琴）

曾几何时在崔嵬"九曲黄河万里沙，浪淘风簸白天涯。

黄河怒浪连天来，大响硔硔如殷雷。龙伯驱风不敢上，百川喷雪高崔嵬"的古诗里，我想象着黄河那无与伦比的雄浑壮美。我们也漂一下吧，同伴的声音，把我从遥远的古代接回来，再看，穿上橘红色的救生衣围成一圈坐在羊皮筏子上，在黄河怒涛里颠簸着，像一片橘红色的树叶随水漂流，似乎此刻把一切烦恼和忧伤都交给了黄河水，有一种自我端坐任他风浪的释然。

我们的筏子驶向河心位置，此刻羊皮筏子开始上下颠簸摇摆着，激起的水花溅到我的脸上，打湿了我的脚和裤角，我感觉到快要失去平衡了，心一下提到了嗓子眼，还好我们的羊皮筏子渐渐平稳了，激动的心情渐趋平息，快到码头了，真的有些不舍，想再来一次惊心动魄。

陈俊古枣

（推荐人：王俭）

陈俊古枣树群位于青铜峡市大坝镇陈俊村二组，该群落有枣树1765株，面积20亩，枣树平均高7米，平均胸径1.5米，树龄都在100年以上。整个群落保护完好，生长旺盛，枝叶繁茂，在宁夏古树群落保存中尚属罕见。相传该古树群最早为三家主人栽植的园子，分别是蔡家园子、刘家园子和詹家园子，枣树虽历经百年，但今天结出的枣口感仍极甜且远近闻名。此古树群的发现对开展林业科研和旅游开发具有重要价值。

甘城葡韵

（推荐人：王俭）

　　青铜峡市甘城子葡萄基地，位于贺兰山东麓国家葡萄酒地理标志产品保护区的核心地带。属于典型的大陆性气候。气候干旱，年降雨量小，昼夜温差大。平均海拔在1100米，由于有贺兰山的天然屏障保护，为生产优质的酿酒葡萄提供了得天独厚的条件。

　　一是土壤条件优良。甘城子园区系洪积扇三级阶梯，成土母岩以冲积物为主，土壤为淡灰钙土和风沙土，土壤含有砾石。土质疏松，透气性好，有利于植物根系的生长发育。二是气温条件适宜。昼夜温差大，有利于葡萄糖分的积累和总酸度的下降，糖、酸、酚类物质平衡。三是光照条件充足。有利于葡萄浆果果皮色素的形成和总挥发酯的积累，提高葡萄的香味成分，葡萄着色良好，主要综合指标高于优质标准。四是降水少。年平均降水仅为193.4毫米，葡萄树体不易感染病虫害，大大减少了农药使用次数，有利于生产出绿色无公害葡萄产品，酿造出的葡萄酒更受市场青睐。

　　截至目前，全市葡萄基地面积12.6万亩，其中，酿酒葡萄10.1万亩，鲜食葡萄2.5万亩。年产量3.5万吨，其中，酿酒葡萄产量1.5万吨，鲜食葡萄产量2万吨。葡萄基地面积和产量均占全区的三分之一。规划"十二五"至"十三五"期间，以甘城子片区、广武片区和牛首山北麓片区为主，辐射带动引黄灌区，以10.6万亩葡萄基地为基础，新建葡萄基地

10万亩，每年1万亩，到2020年达到20万亩，其中，酿酒葡萄15万亩，鲜食葡萄5万亩。建设葡萄小镇2个，建设各类葡萄酒厂、酒庄、酒堡30家，葡萄产业产值超过200亿元。逐步形成中国最具发展潜力的优质葡萄种植、葡萄酒酿造、葡萄酒文化旅游集群经济带。

渠首览胜

（推荐人：王俭）

青铜峡渠首唐徕水闸，位于宁夏九大干渠之首。这里沟渠纵横，沃野平畴，民风淳朴。夕阳下垂柳依依，流水潺潺，古树参天，古老的水车，独特的环境，悠久的历史，丰厚的黄河文化。有2200多年的古老渠道，唐代"镇河牛"、清代通智碑、明代石狮、清朝龙王庙、清代大坝营寨、接水厅、百年古柳等古老的农耕文化、水文化长廊、宁夏水系及水工程沙盘、石碾青龙雕塑、古老水车等。唐徕闸水利风景区是2004年10月被水利部水利风景区评审委员会正式批准为国家级水利风景区，位于青铜峡市大坝镇，占地面积1400余亩，是宁夏引黄灌区的一幅微缩景观。

青秀国色

（推荐人：王俭）

青秀园位于青铜峡市小坝城区东北角，西邻汉延渠，北接109国道，占地面积60公顷。园区建有牡丹园、芍药园、荷花苑、紫藤园等16个生态观赏园。全年三季有花，四季常绿。2003年引进的紫斑牡丹，是牡丹品种中极为宝贵的资源。也是我国特有的濒危物种。在宁夏引种成功尚属首次。每逢牡丹花期，吸引众多游客前来观赏。深受群众青睐。形成了集休闲游览、健身娱乐、科普教育为一体的综合性城市公园。

树新秋月

（推荐人：王俭）

宁夏青铜峡树新林场，位于包（头）兰（州）铁路大坝火车站东，青铜峡市区（小坝）以西10公里处，1963年建场，迄今已走过四十余年的光辉历程。四十年来，几代树新人艰苦奋斗，不懈努力，用心血和汗水把林场建设成由弱变强、由单纯造林防沙发展为"林、农、工、商一体化，种、养、加、销一条龙"的新型国有林场。全场经营面积21.8万亩，林地面积10.5万亩。

每到秋季，有金黄色的杨树，一望无际的葡萄园，红通通的苹果挂满枝头，挺拔的冬枣，火红的火炬树层林尽染，像举起红色的旗帜，迎风飘扬。游客处处可领略秋景和秋味。

河楼锁雾

（推荐人：王俭）

每到夏季，有时滨河大道两侧被浓雾笼罩。黄河楼的雾变幻莫测。你进它退，你退它进，伸手总抓不住它，这时，感觉雾是多么淘气，有一种撩人的美，惹人爱怜。雾遮住了天，铺满了黄河，围绕着树，盖住了水，一切都是一片灰蒙蒙的景象。

举目远望，滨河大道两侧湖泊、湿地、房屋、树木都沉浸在厚厚的雾中，特别是黄河楼若隐若现，它们的全身仿佛披着一层薄薄的纱，浓浓的雾，绵延在天边，又好像和天相接，形成一道漫无边际的白色的幕墙，让人感觉进入仙境一般。

金岸春晓

（推荐人：王俭）

黄河金岸最动人心的，莫过于寒冬一过，晨曦初露，夕阳西下时，微风徐徐吹来，柳丝舒卷飘忽，置身堤上，仿佛世外桃源。周围有黄河楼、黄河大桥、生态公园。特别是到了春天，各种花卉盛开，树发新叶，一派生机盎然的景象，加之春风和煦，令人心旷神怡。

滨河彩练

（推荐人：彦妮）

阅海湾、滨河新区，凤凰再绽雍容。暖风一度惠湖城，满城桃杏满城春。雨霁初晴，看塞上，瑞气连接贺兰云。遥望新烟凝碧，芳草连天，雀鹊亦为邻。

银川有滨河，上海有浦东。塞上新区生态美，宜居宜业最宜行。滩涂地，木栈道，百万飞鸟恋湖城。黄河泛舟，峰回路转，麦浪滚滚稻香浓。千亩薰衣草，万亩葵花林，婚纱照，拍不停。神秘西夏，回乡风情，黄河楼上观长城。两千年秦汉墓，三万年水洞沟，穿越石器时代触摸先祖遗物，叹服古人智慧，探索兵洞秘境！兵沟飞雪，峡谷风硬，自驾车横扫大漠黄尘滚。曲径通幽，呼儿唤女，古横城遍挂冰灯喜盈门。未曾见二月冰河解，却喜逢银川战舰展雄风。过黄河大桥，望夕照如金，云想衣裳花想容，鸟恋湿地鱼水亲。裁绿意，剪红情，东风且伴江南景。倚阑干，西北望，条条彩练舞当空。城市即景区，天蓝似刷新。展示馆、医疗城，客人主人画中行。古老水车，日月沧桑转不尽回汉柔情；滨河大道，柳陌杏香掩不住梨花如云。

且追梦！带动西北"核动力"，打造生态文化旅游城。万年太久争朝夕，顺山顺水人为本。豪情万丈，燕约莺期，出景观林带，放眼量，大步行。

海宝塔影

（推荐人：彦妮）

海宝塔，居大雄宝殿与韦陀殿间，肃穆参天。自古老景点，"古塔凌霄"千年。历经天崩地裂，坐镇朔方，惠及银川。香烟缭绕，梵铃声缓，不知匈奴首领，几度修缮？方形基座，木梁隔板，四面通风视线远，水波涟漪杨柳岸。塔顶琉璃塔刹，似与云天相连，望巍巍贺兰南归雁，听芳菲世界几声叹。俯瞰黄河，八百里绕城一路欢；远眺郊外，几万顷平原赛江南。湖面氤氲，万千倒影成奇幻；翠深红隙，影影绰绰迷人眼。幽亭长廊，情侣双双，芦苇深处，鸥鹭翩翩。最喜七月庙会，热闹非凡。善男信女如云集，海宝塔高霞光染。说书耍猴拉洋片，诵经念佛布斋饭。秦腔乱弹，诉不完人情冷暖；晨钟暮鼓，敲不尽凡夫俗念。一帘烟雨，阻不住环湖长跑者身影；满湖碎月，嗅不够花之君子香青莲。云淡水自静，风轻世太平。人文考量，拒绝喧哗于千里之外；佛门圣地，传播向善于万众心间。遥对西塔，石级数千，九层十一级，层层有景观。噫吁戏！海宝塔影深如许，教人敬畏几万年。

贺兰晴雪

（推荐人：李正果）

日出笔架蒸蒸上，月光淡淡别钟铃。屋檐冰凌，幽谷山涧潺潺。苍松翠柏披银饰，古刹寒鸦炊烟袅。层峦石嶂，群

阅海捕鱼 吴衡/摄

山逶迤；牧野西风，枯叶苍树。兰山雪柳拥古塔，玉树青山映岩画。踏雪登高，心平气爽。恍若仙人，乘风追逐。鸟穿白云，雪慰晴空。峰起斑斓，谷润松涛。苍天孤雁难离去，晴雪流连牧人归。傲雪压松枝，木亭栈道迎宾客。

黄河故道，一舸争流

（推荐人：吟泠）

  黄河军事文化博览园位于滨河新区，以黄河故道为天然载体，依托塞北边关的军事色彩，借助银川舰的爱国主题，为宁夏乃至西北，精心打造出了一个"西北独有，国内一流"的集军事博览、主题纪念、国防教育、拓展训练、互动体验、度假休闲于一体的ＡＡＡＡＡ级文化旅游景区。在这块大野苍茫、深情广袤的土地上，古老的边塞文化底蕴，与现代的军事精髓巧妙融合，相依相偎，大巧大拙。宛如璞玉，浑然天成。银川舰，银川见！聚四方之雅意，散爱国之情怀，蕴无形之大象，有无言之大美。视之欣然，思之慨然。黄河故道，逝水汤汤；滨河新区，一舸争流；长河不息，永以为念。

岩画天书

（推荐人：韩银梅）

  天苍苍，野茫茫，风吹草低见牛羊。这首古老的敕勒民歌生动地勾画出古代西北大草原壮丽的美景。从春秋战国到西夏王朝，匈奴、鲜卑、吐蕃和党项等游牧民族逐水草而居。在辽阔、天蓝地沃的贺兰山下，智慧的古代少数民族不仅生息繁衍，并将当时的社会习俗、生活情趣等内容自然拙朴地凿刻在岩壁上。曲径通幽的200多公里、27个大小山口的石壁上镌刻着千余幅岩画珍品，有人面像、禽兽、日月星辰、山川气象等，画风独特，内涵深邃，构图拙朴简练，粗犷浑厚，它是我国北方游牧民族的图腾崇拜、神话传说、原始宗教信仰及民俗的真实记录。对现代人，对中国乃至世界，它是一座丰富的天然文化艺术宝库，它是探究我国北方社会历史、经济、文化艺术、宗教民俗弥足珍贵的形象资料，也是一部博大精深隐藏着无数秘密的岁月天书。

阅海明珠

（推荐人：王文平）

宁夏银川，金凤之缘，有一湿地——阅海横贯南北，媲美杭州西溪、江苏溱湖，荣膺全国前三、西北第一湿地公园之盛名。东起览山公园，与阅海公园、阅海欢乐岛隔湖相望，南至艾依莎河，途经西湖，北通阅海，方圆占地千余顷。水系两侧依次建有天鹅湖生态园、阅海公园滑雪场、阅海生态观赏园、阅海国家湿地公园、阅海北钓场等游览景点。更有阅海万家高楼林立，灯火通明。中阿之轴，活力四射，乃中国通往阿拉伯世界之桥头堡，前程似锦。

适逢佳期，水波如镜，百鸟翔集，苇荡如切，郁郁葱葱，静立水中。其间鸟鸣啁啾，水息浸润，绿色盈盈，胸生层云，风物变幻，气象万千。景色秀美，风光旖旎，不负"银川之肾""城市绿肺"之美誉。"梦里寻海千百度，不如驻足在西湖"！风起处，绝无波怒之汹涌，浪崩之乖戾，但见湖水悠悠，光晕潋滟，云天倒映，如梦如幻，名曰阅海，乃"阅尽此处水，天下再无海"之意。美哉，阅海！

影城华章

（推荐人：苏炳鹏）

风雨古堡，经千年沧桑，成就西部影视城；翰墨大家，历一朝彩绘，惊现东方好莱坞。镇北堡地处雄浑的贺兰山东麓，距银川市35公里，被誉为"中国一绝"，乃"化腐朽为神奇"之地，原址分别为明清两个边防城堡。烟云弥散，残垣断壁，粗犷古朴，苍凉神秘，受到许多电影艺术家的青睐，先后拍摄了《红高粱》等上百部影片，轰动中外影坛，成就了无可估量的艺术价值。西部影城是天地之杰作，奇特、荒凉、悲壮；也是造型艺术家智慧之结晶，留下了"月魂夕照""北城幻影""西游绝对"等数十个著名景点，特别是"老银川一条街"，以复制原"宁夏省国民政府"即俗称"马鸿逵官邸"的建筑物为中轴，以新中国成立前银川最繁华的"柳树巷"为蓝本，再现了当年的老商铺、老街巷，游客可立体地观赏银川旧貌。西部影城堪为"中国古代西北小城镇"的缩影,再现了已经消失的生活场景,是穿越岁月的时空隧道,让游人的记忆和梦幻交织,展现了高超的艺术水平和独特文化魅力。

影视城夜景　詹安稳/摄

湖城胜景

（推荐人：王文华）

银川城内外昔有"七十二连湖"之美誉，今有"城在湖中，湖在城中"之赞叹。登城远眺，美景赏心悦目：湖泊相连散明镜星辉，三渠润沛布沟渠纵横。千里平畴卷稻麦金浪，河环水聚览塞上湖城。滚钟口避暑胜地笔架峰，苏峪口

神秘水洞沟　牟华/摄

森林公园照天青。景观大道飘彩带，塞上西湖霞霭中。鹤泉湖内千舟竞，鸣翠湖中万鸟鸣。远古悠悠石留岩画，金塔夕照西夏王陵。拜寺口外峥嵘双塔，三关隘口明筑长城。古人繁衍洞沟遗址，鼓楼皇阁史迹文明。灵州恐龙白垩纪现，横城古渡波卧长虹。西北并立海宝承天双塔，马鞍山下甘露寺隐晨钟。滨河彩练古今百景，阅海明珠中外四通。南关清真大寺巍峨雄伟，纳家户清真寺遐迩闻名。中华回乡文化园，华夏西部影视城。四十条航线，空连五洲四海；十二条大道，通衢南北西东。五十里长街华灯初放，三千年丝路更展鹏程。六大生态景区璀璨悦目，八大休闲公园游乐融融。回汉蒙夏多重文化，黄河大漠互济包容。湖城胜景多多，回乡风情浓浓。流连忘返，迎送宾朋！

水洞通幽

（推荐人：王文平）

北眺银川，南接灵武，西邻青银高速东侧，有一去处名曰水洞沟。它用原始的荒凉记录了古人类繁衍生息的历史，乃目前中国在黄河地区唯一最早发现发掘的旧石器时代晚期遗址，被誉为"中国史前考古的发祥地"。遗址区发掘现场获取了大量打制石器和少量动物化石，揭开了距今四万年之久的古人类生存画卷，堪与欧洲旧石器文化媲美，科研价值可见一斑。"平湖如镜水清涵，山翠天光荡蔚蓝"，天然风光与湖光山色相映成趣。"芦花谷"内芦花摇曳，"鸳鸯湖"上亭桥别致,"红山湖"中绿波荡漾,"沙枣湖"畔沙枣丛生。"甲士拥矛驰战垒,将军拔剑逐胡兵",立体军事防御区令人叫绝,"藏兵洞"蜿蜒神秘,"大峡谷"怪壁突兀。长城巍巍,城堡耸立,沟堑幽深。历经风雨剥蚀、岁月雕琢,魔鬼城、卧驼岭、摩天崖、断云谷、怪柳沟等二十多处奇绝景观望而生奇,不禁生旷古玄远之叹。

五百年荣辱续荒凉,不忘铮铮铁骨背水一战为家国,饱受酸甜苦辣开创传奇地道战;几万载沧桑复追忆,彻念悠悠古人穷其智慧求生存,历经风霜雨雪成就绝版水洞沟!

恐龙化石

(推荐人:杨贵峰)

塞上江南,神奇宁夏,这里曾是恐龙的故乡。如果你来到宁夏银川,灵武恐龙博物馆定会令你心驰神往。它位于灵武市宁东镇西南,距银川市50公里。灵武恐龙化石发现于2004年,后经文物部门多次发掘,共挖掘出包括恐龙头骨、肩胛骨等10只恐龙化石个体。现在,灵武恐龙博物馆是宁夏灵武国家地质公园的重要组成部分。这是一个由多种地质遗迹组成的自然资源良好、人文历史厚重的科普园地。恐龙化石是有生命的石头。在这里,会看到距今约1.6亿年的中生代侏罗纪大型蜥脚类恐龙化石群,可以探秘远古时代地球气候变化、地理变迁与物种繁衍的自然密码,会感触恐龙一亿多年的睡眠也只是沧海一粟。经专家学者鉴定,此处恐龙化石是目前亚洲发现的最大个体恐龙化石之一,堪称国宝恐龙化石。由此推测,这里曾是恐龙的世界,地下埋藏的恐龙化石数量将是惊人的。每一个到这里的人都会体验到那种时空转换带来的心灵震撼。

横城古渡

（推荐人：高耀山）

这里曾是黄河上游的边塞要津,距银川25公里。西夏称顺化渡,为重要驿站。明正德二年（1507年）筑城堡。清朝有驻兵。此处有"大漠孤烟直,长河落日圆"之胜状,此处集滔滔黄河,莽莽长城,浩瀚沙海,美丽田园风光之精粹,此处与明清宁夏八景之一——"黄沙古渡"遥相呼应,珠联璧合。观之,则会怀古思远——明雅士王逊赋诗《黄沙古渡》赞叹:"神河疏九曲,古渡限为沙。棹舣横波急,人临两岸嗟。"康熙帝第三次御驾西征噶尔丹分裂祖国叛乱,于1697年三月自京城西行,二十五日至此,触景生情,遂吟《横城堡渡黄河》:"历尽边山再渡河,沙平岸阔水无波。汤汤南去劳疏筑,唯此分渠利赖多。"俱往矣,三百余年已去,古渡换新颜。昔日摆渡惊险不再,人喊马嘶消失,古渡上下游三座黄河,大桥连西东,往来行人车辆川流不息。银川首府与滨河新区,各领风骚,流光溢彩；四周自然人文景观点缀,蓬勃生机,相映成趣。古渡两岸好风光,满目锦绣胜江南。唯黄河一如既往地奔流,涛声依旧,给古老的名胜注入青春活力。蓦然,天籁里传来孔子喟叹:"逝者如斯夫,不舍昼夜。"

回乡风情

(推荐人:苏小桃)

银川市永宁县城西的中华回乡文化园,是中国最大的回族风情园。以回族博物馆为中心的现代化建筑群,展现着浓郁的伊斯兰教建筑风格,该馆民族特色更加鲜明,五大展厅内容丰富,是中国唯一的回族历史文化专题博物馆。以闻名遐迩的回庄——纳家户村及西北著名的纳家户清真寺为基础打造的"中国民俗文化村",历史悠久,古色古香,展现着传统的中古式(汉式)建筑风格,是研究宁夏回族起源的重要线索之一。整个回乡园区布局构思精妙,建筑恢宏气派,文化氛围浓重,风景绮丽秀美,浓缩了中国回族历史文化、建筑艺术、工艺美术、装饰艺术、民俗风情等,是一个富有浓郁民族特色和伊斯兰文化特色的园区,是宁夏乃至中国的一道亮丽风景。

这里不仅可以旅游观光、娱乐购物,还可以去曼苏尔宫品尝穆斯林风味餐饮,阿依沙宫观赏《月上贺兰》舞剧演出,让你在身心愉悦的享受中了解宁夏回族经济文化建设的跨越式发展与变化,探究回族历史的渊远流长和回族文化的博大精深。欢迎五湖四海的宾朋,做客宁夏回乡,领略民族风情。

西夏神鸟

（推荐人：韩银梅）

诸君听说过西夏古国吧？在它近两百年的凄美故事里，有一只鸟儿默默地隐身其中。是的，它就是我，梵名迦陵频伽，佛名妙音鸟。我本是五方佛前的乐舞供养，一生变换七种模样，每一种都是人鸟结合，美丽超凡。我头戴宝冠，项挂璎珞，腕束珠镯，额头点着一颗朱砂痣。我能歌善舞，反弹琵琶，口中藏有七音孔。当七音孔同时发声，那便是世上最完美的音乐。我寿命一千岁，在终极时刻最为绚烂，也如凤凰涅槃在大火中重生。在一本名为《西夏》的小说里，我妙音鸟贯穿始终，成为历史的见证者。所以，你要听到最最美丽动人的西夏故事，那便请你即刻动身，穿越沙漠，我纵然化为石雕，也等你，为你讲述。

舰卧黄河

（推荐人：韩银梅）

如果你是旅者，落日黄河、大漠孤烟会勾起你对历史的遐想，也许激活你快要忘却了的古诗意韵，或许牵引起你对"舰卧黄河"的浮想联翩。没错，服役36年战功卓著的北海舰队107舰——银川舰，此刻正静静地端卧于黄河边上。它一边身处在塞外古韵中，一边回忆着蓝色的大海。他是一位退役军人，又是一位讲故事的老人。清晨，万道霞彩托出它恢宏的过往。黄昏，一场秋雨或一场冬雪都会映出它别样的风貌。旅者的脚步从来就是为了追寻奇迹而匆匆不停，大海里的军舰为何静卧黄河？你若来，它便讲。

沙洲翡翠
（推荐人：韩银梅）

叮叮当当的驼铃声，穿越在古丝绸之路上。亢奋又略显疲惫的异域人正经历着长途跋涉。男人头缠黑布，或戴白帽，宽袍长衫只将深邃的蓝眼睛大胡子露在外面。女人披着绿色的盖头更将美颜深藏不露。他们一边迁徙一边经商，用带来的胡椒、胡萝卜、葡萄、西红柿，还有翡翠、珊瑚、钻石，换取丝绸和陶瓷。他们用古老的呜哇和口弦吹弹出最神秘动听的乐曲。在太阳升起前或落下后，他们便虔诚地做礼拜，庄严的诵经声訇訇而响。在他们的节日来临时，便用胡麻籽所榨的油，炸出香飘四方的麦面油香，并舍散给邻居和流浪的人。古丝绸之路的奇迹和繁华早已消失在时间的"海市蜃楼"中。但是，你想要揭开那神秘的面纱，探究那奇特的故事，中华回乡文化园里便聚集着他们的后裔，保存着最古老的回族风情。

百鸟天堂

（推荐人：韩银梅）

这里是一片湖泊，从春至秋，波光潋滟。不仅倒映着浩浩荡荡的芦苇丛、竞相绽放的大片荷花，也倒映着四季丰富的颜色和天空的净美。由于水和植物特有的清冽，引得成千上万只飞禽鸟类以此为家，野生鸟的种类近百种。其中包括国家一级保护鸟大鸨、中华秋沙鸭、白尾海鹏、黑鹳。二级保护鸟大天鹅、小天鹅、鸳鸯、白琵鹭等。它们是最嗅敏的飞禽，懂得为自己找到最天然的栖息地。它们在这里自由歌唱、恋爱，生生不息。给原本已然妙美的水上风光，更添上了生命的动感，使得一切都在翩翩起舞，安宁祥和。这里不仅仅是鸟儿们的天堂，也绝对是被钢筋水泥和雾霾烟尘快湮没了的现代人的向往，它还是思想家梭罗笔下的另一处《瓦尔登湖》。

康熙渡河

（推荐人：韩银梅）

在人们的印象中，死海般的沙漠常常是露竭泉枯，即便有人穿漠而过，也少不了九死一生。然而，这里却河水汤汤，黄沙漫漫，日落红光替光辉。在这宏阔画面上的点睛之笔是一个著名的古渡口。相传秦蒙恬、汉卫青守边时就选此地驻扎。王昭君出塞和亲也是从这个渡口渡过黄河。明朝朱元璋第十六子朱栴被封靖庆王镇守宁夏巡边时到此渡口,并留诗《黄沙古渡》描述这里的塞外景色。为保护这个渡口还修筑了戍台。到了清代,康熙皇帝亲征噶尔丹时也是由此渡河。(有多艘木船为证)人们也许亲历过各种时尚的现代渡口,但沙漠黄河古韵风致造就的古渡口,历代名人帝王驻足经留之地,君若莅临,三生无憾。

王陵余晖

(推荐人:彦妮)

王朝陵墓,冠称天下,西夏自古繁华。斜阳射云,雪映贺兰,九陵十万余霞。闻号角声声,看荒冢恢宏,谁喂石马?奇特碑文,雕塑佛塔,尽显文化。历经风刀冰霜,存文物万千,铜牛频伽。声光弄影,原始印刷,堪东方金字塔。豪奢滚红尘,刀剑馆中藏,碑林无花。艳后黄昏弹指,元昊高墙挂。

注:"频伽"是指陶塑,即"迦陵频伽"。

兰山石书

(推荐人:彦妮)

峰峦起,崖谷烟波静立。望夕辉,几度曾减,溪水千年澈如许?岩腹看云平,松涛声声相继。先民移,古村巷口,唯有岩羊伴鸟啼。灵山现岩画,六千石不空,天书谁遗?九州经年闻石语。睹贺兰山阙,岁月无语,岳将不存古情系。万草露湿衣。风劲,游人织。太阳神窥视,塔寺岑寂,斜阳点点蓝空里。旷世休闲地,涧处闻笛。鸥鹭飞过,观四海,天下奇。

万鸟鸣翠

（推荐人：彦妮）

　　大美湿地,适群鸟翔集,和春亲昵。新柳满湖倒影,泛舟旖旎。渔歌唱晚江南景,塞北风,平添古意。芦笛荷伴,迷宫戏声,钓友眼眯。唤家小,栏杆遍拍。叹白鹭天鹅,未摄万一。水车悠悠,转长岁月荣辱。冲关更见娇媚女,怪岛鬼宅亦稀奇。最美情侣,和着鸟鸣,难分难离。

舰撼雄威

（推荐人：彦妮）

　　银川战舰,谱水韵,今古几人曾见？西北独有,迎劲风,昂然黄河东线。浴血雄风,举国震撼,威武经千年。一轴双带,景观美了人间。观吾中华儿女,阴柔有余,阳刚稍有减。国防观念,磨砺间,豪情随风生遍。鹰过云空,白雪压塞上,旗语铿然。洗礼回望,春水已绿两岸！

　　注："一轴双带"是指中心景观轴、世界军事文化景观带、湖滨特色游赏带。

回乡新月

（推荐人：彦妮）

古街大寺，砖石高洁，穆民清真气息。谱写回乡长卷，字字圣迹。游子倦客靠栏，心寄之，邦克声齐！月亮船，民俗馆，凝聚中阿友谊。

血脉丝绸传递，回汉情，如今有谁贬低？文明礼仪，犹如鱼水难离。菊花遍开净土，映新月，清辉沾衣。这次第，怎一个和字了得！

影城绝恋

（推荐人：彦妮）

镇北堡，雄浑古朴，苍凉独立难复。鸿片巨制影城拍，涌现明星无数。留不住！罕民俗、皮影剪纸铁匠铺。旧景不语。叹中国一绝，逛明清街，再现"文革"路。古小镇，娱乐餐饮购物，吸引游客相堵。千金纵买月亮门，高粱此情谁诉？绝恋者，天不负，巨星陨落止寒暑。土牢最苦。休看牧马人，斜阳东面，酒旗绿化树。

注："土牢"和"绿化树"是指张贤亮的小说《土牢情话》和《绿化树》。

洞沟秘境

（推荐人：彦妮）

穿越远古路，望时空，万年石器，流落此地。水岸峡谷芳草绿，几多子民传世？看大漠雄浑悲壮！丰茂水草掩何处？叹野驴羚羊徒留迹。大迁徙，神奇地。藏兵洞蜿蜒崖壁。相连通，玄机遍布，古今防御。万里长城今犹在？金戈暗中乱舞。险峻貌，适拍影视。探秘洞沟荒凉景，湖光芦苇映霞蔽日。声电光，倾盆雨。

注："声电光，倾盆雨"是指博物馆结合声光电等高科技手段，重现3万年前水洞沟人的生活场景。

峪口观海

（推荐人：彦妮）

晨曦森林，云海飘荡，亦真亦幻。拍遍花海，蜂蝶嘤嘤，樱桃扁桃灿。山屏晚翠，松涛阵阵，疑似浪涌石岸。重回头：岩羊悠闲，峰峦雾海齐肩。丛林穿梭，峡谷吊桥，难及金顶俯瞰。步履迟缓，贺兰山阙，蜿蜒登一半。峪口仰首，夜空如洗，一片星海耀眼！屈指算：海海相连，看了几海？

渡口泛舟

（推荐人：彦妮）

黄河古渡口，乘皮筏，康熙伴君游。大漠孤烟瘦，水车有声，灰鹭无忧。昭君犹抱琵琶，月牙湖消愁。滑索载飞人，水上龙舟。野营骑马冲浪，胜明清八景，花棒娇柔。最喜秋雨浓，撑杆泛轻舟。芦苇齐，烽火连台，片片霞光映照神州。轻撒网，择友休假，酒正上头。

轴心华灯

（推荐人：彦妮）

中阿轴心园林，图腾千万龙雕尽。景观水系，月灯瑰丽，祥和灵动。神秘广场，遍摆文物，真假难分，游人蒲扇摇，赏灯望月，疑奇幻，问穆民。休言繁华一瞬，叩华鼎，孰知轻重？友邦互助，肝胆相照，水乳交融！丝绸始交，风雨包容，赤城经营。火炬碑，祝福人间大同，民安国盛。

雪地长舰

（推荐人：马静）

天地苍茫，融为一色。一艘舰船，静静伫立。莫不是到了南极？莫不是站在雪龙号上？莫不是穿越到了唐朝，站在幽州台上慷慨悲壮引吭高歌？莫不是梦回洪荒，站在诺亚方舟之上，抬头寻找着鸽子和橄榄枝？还有，怎么耳边是席琳·迪翁在唱着《我心永恒》？这里究竟是什么地方？你在不停地追问我。我告诉你，这里是黄河军事文化博览园，这里是"银川舰"。

安详古渡

（推荐人：马静）

横城古渡，古渡横城。东望黄沙，西眺绿野。滔滔黄水，奔腾向北。更有长城，东南延伸。古自有之，边塞要津。烽火台上，守将今安在？浊流拍岸，人喊马嘶。塞外风光多娇，引帝王诗人竞相来。今虽停摆，旧址依在。河水静流，一派安详。

水车奇幻

（推荐人：马静）

一部水车吱呀呀地转，两个轮子手牵着手，从远古款款走来。历史已将它的灌溉重任卸下，但它依然伫立在黄河边，依然在静静地转。转出了诗情，转出了画意，转出了人和自然的和谐。水车静静地转，水珠飞来，雾珠幻彩；水帘潺潺，雾帐蒙蒙。置身于水帘之下，莫不是到了水帘洞？此情此景，若不亲身感受，又怎能体会得出"黄河之水天上来"的妙！

银川记忆

（推荐人：马静）

记忆的闸门被打开了，"冰棍"，"牛奶雪糕，一毛一根"。眼前出现了一位梳着齐耳短发、个子不太高的老太太，推着一辆小车，车上放着一个冰棍箱，冰棍箱上盖着白色的棉被，穿梭在银川市的大街小巷。每次听到这甜甜的软软的叫卖声，我就会飞奔出院子，将手里的一毛钱变成两根冰棍或者一根雪糕。但是，家在哪儿呢？我在寻找。蓦然回首，看到了缩小版的老"银川汽车站"。于是按照缩小的距离，走到了汽车站的左边，站住，说："我家在这里。"

张家小院

（推荐人：马静）

一座西北常见的黄泥土坯屋，一座普通的农家小院。院里摆放着农具，墙上挂着收获物。橘色的灯光将一个年轻媳妇的剪影映在窗纸上。院子里有一棵大柳树，枝繁叶茂。一弯月牙斜挂在天边，满天的星星在眨眼。耳边似乎还能听到远处的蛙鸣，近处的狗吠。院里有三个人在说话，声音是那样的轻。然而，他们却在说着一件震惊世界的秘密，一个穿越了三万年前的人类历史从这里开启了。这三个人，就是现在人尽皆知的张三、德日进、桑志华。

栈道漫步

（推荐人：马静）

喜欢登上山顶，"一览众山小"，却又受到体能的限制，便有了叶公好龙的意味。好在终于有了上山的天梯——崖壁栈道。上过一段稍陡的台阶，便是平缓的栈道。信步在上面，看远山层峦叠嶂，看近处峡谷幽涧，茂密的森林在

神秘的西夏王陵　孙国/摄

脚下铺展开来。山山有奇峰，石石皆嶙峋。只闻鸟鸣声，不见鸟飞来。置身于此，心旷神怡，万虑皆捐。人在大自然面前，既渺小又伟大。如果没有这崖壁栈道的帮助，怎能上得山来，又怎能体会得到登上山顶的美妙？

月下王陵
（推荐人：马静）

  幽蓝的天空中，一轮明月高悬。大大小小的黄土陵台，静静地伫立着。它们在无声地向人们讲述着那金戈铁马的岁月，讲述着陵台里的人或辉煌或传奇的一生。纵然在正史中没有一席之地，也不肯将自己湮没在历史中。那一个神秘的朝代的全部，都浓缩在了这远远近近的陵台里。虽然时间的轨道前行了近千年，但天还是那样幽蓝，月还是那样的明亮。隐隐的，听到了陵台里的人在讲着"天语"，写着"天书"。若非亲自站在这里，又怎能感知世界的神奇与伟大？

横城落日
（推荐人：马静）

  河水静静地稳稳地流着，几只水鸭凫在水中，提醒着人们，春天来了。一轮红得摄人心魄的落日，悬在水面的上方。水中，有一个饱满的柿子，一不小心，被挤破了皮，汁液泼洒开来。四周阒寂无声，远处有几缕炊烟升起。落日渐沉，暮色渐浓，水中的柿子的汁液渐渐收拢成一条金色的长波。金波和落日一同隐没的时候，归家的心情漫漫涣涣地涌了上来。此情此景，只有目睹，才能感受得到横城落日的壮美和温馨。

岩画冰瀑

（推荐人：马静）

你本是山间的一股溪流，一路上哗哗啦啦地唱着歌，就来到了山顶。谁也不知道，你爬过了多少座山峰，绕过了多少片森林。当你百转千回蜿蜒至山顶时，才发现你到了一处悬崖边。稍作停留，你便纵身一跃。顷刻间，生命得到了升华。严寒将你喷珠泻玉的姿态定格在了天地间。那褐色的山石，幻化成了温婉圆润的玉雕。那冰清玉洁的水晶柱哟，让人不忍触碰。这样一个美丽奇幻的童话世界，怎能不让人心驰神往？

山屏晚翠

（推荐人：陈莉莉）

古老的贺兰山松林苍翠，青峰碧峦绵延起伏，形如屏风。清晨，山间云雾蒙蒙，鸟鸣啾啾；晴好的傍晚，夕阳返照，落日余晖映衬得环抱如屏的山体愈加苍翠欲滴，风光迷人。清代王永祐有诗名为《山屏晚翠》："万里风烟落照长，贺兰西峙色苍苍。天从紫塞飞霞气，人在高楼望夕阳。远树连村迷晚翠，片云孤鸟荡山光。于喁樵唱归沙径，柏叶松花一市香。"如今，在贺兰山上打柴的樵夫们已经离去，诗意而充满情趣的风光依然在我们眼前，亘古不变。沐浴着夕阳，登上贺兰山极目远眺，"新月半临峰色丽，夕阳斜照岫容鲜"。观赏了山屏晚翠的迷人风景，当我们（游人）意犹未尽地告别贺兰山时，我们（大家）的身上，也会像多年前的樵夫们一样，带着柏树叶和松花的香味；我们（游人）也会带着陶醉的心情，前后相应和，欣欣然吟唱一首晚归曲。

贺兰飞瀑

（推荐人：陈莉莉）

在贺兰山岩画群不远处的贺兰口，平均宽度不足百米的峡谷深处，犹如银河倒泻落凡尘一般，飞流而下一挂晶莹清澈的瀑布。这突然间奔涌而出的山水，予坚硬岩石以柔情，赋野谷深山以春意，使炎夏变得清凉，使寒冬添了灵秀，被爱水的宁夏人誉为"宁夏第一飞瀑"。春夏秋时淙淙奔流的飞溅银珠，冬日因寒冷而凝结成冰瀑，高70多米，宽20多米。为这一奇迹胜景做呼应的是从主峰敖包疙瘩一路丁零流出的山泉，全线封冻后蜿蜒30多千米。晶莹剔透的冰瀑和冰泉犹如一串串珍珠，镶嵌在群山之中，给冬日的贺兰山增添了几分灵动。一年四季，这难得一见的北方山间飞瀑，吸引着一批又一批爱美的人们前去观赏和游玩。

峡谷兵城

（推荐人：李壮萍）

你，就在脚下深深的土里，可我必须对你仰视。与你对望的白云，也会跌入你的怀中，融化为泥。

远古的风在无言的沟壑里踌躇徘徊，是母亲颤抖的手，是父亲老泪纵横后的容颜。三万年的沉淀，层层叠叠，难以翻动的一页。

是谁运筹帷幄，将自己的弱势，转移到地下，变成了强势。洞洞相连，暗道相通，机关布满。这些聪明的睿智，走进了军事教科书。

捡起一支锈迹斑斑的长枪，这定是一支百战不败的长枪……

藏兵洞里保存着往昔的神秘，依旧是锋利一片。

中阿恋歌

（推荐人：唐军）

是从阿拉丁神灯里飞来的端庄，是从财富迪拜移植的繁华，是来自古老的穆斯林精粹的凝聚，是宁夏银川与阿拉伯国家联袂谱写的新时代绝美华章！

一头是中华民族传统的富贵雍容，一头是阿拉伯风味的星月华亭。中阿之轴，在清风细雨的伊斯兰音乐里优雅地成为银川城最时尚的妩媚，在月朗星灿的霓虹喷泉里演绎着新宁夏的大气豪迈。

银川因你而凤舞中东，宁夏因你而名传世界！

双陵岿然

（推荐人：唐军）

多少人，喜欢漫步在帝王陵园，抚摸历史的辉煌与沧桑，感触岁月的轮回与无常。

多少人，喜欢穿梭在残缺遗存的历史狭缝中，捡拾丝丝缕缕流传的霸气与奢华，体味古冢人逝的凄凉与虚妄。

在宁夏，在银川，在贺兰山脚下，"中国金字塔"——西夏帝王陵园"头枕青山，脚蹬黄河"，弥漫在千年佛光里，吟诵着经久不变的经文，令人怀古抚今，流连忘返！

"双陵"披裹着千年的风霜，依偎而立，巍然端坐于绝壁千仞松林如海的贺兰山东南麓，像两位洞察史事的长者，谈尽"大白高国"的传奇跌宕富丽辉煌，看透"天骄灭夏"的雄浑悲壮神秘沧桑，笑守"塞上江南"的富庶壮美沃土芬芳。

鸣翠天地

（推荐人：王文平）

银川掌政，有一湿地，地域条件，得天独厚，东临黄河，西眺市区。盛夏时节，尤为喜人，碧波浩荡，芦苇丛生，蓝天白云，倒映其中，秋水长天，落霞孤鹜，水汽氤氲，翠色欲流，百鸟啁啾，追逐嬉戏，声色天赐，谓之鸣翠。水道迷宫，形似八卦，道家艺术，天人合一，曲径通幽，幻化无穷，鸟之乐园，人间仙境。

兵洞战激

（推荐人：王文平）

兵洞深深深几许，蜿蜒曲折，危机伏四处。高原沙尘埋不住，枯洞深处硝烟漫。

风狂雨烈此路静，生死一悬，奈何桥边恨。苍天藏笑笑不言，一曲战史百年现。

舰驰塞上

（推荐人：王文平）

湖城风光，贺兰岿然，黄河不息。喜忠良凯旋，军姿巍巍，载誉回来，呼声攘攘。雪映风采，风传佳绩，依旧可见当年狂。雄心在，念悠悠经年，几多铿锵。而今荣归故土，携万里见闻惠家乡。曾研练演习，编队护航，远涉南洋，劈波斩浪，奥运安保，铜墙铁壁，忠诚卫士续辉煌。莫相忘，赞天下奇观，舰驰塞上。

河岸鸣沙

（推荐人：张鹏飞）

黄沙古渡国家湿地公园地处沙漠边缘，由黄河河沙、泛洪平原、农林沙地三类地貌组成，这里有芦苇、沙蒿、沙枣树、柠条、新疆扬等抗旱性强，适于沙地生长的植物，也有大天鹅、沙燕等依水栖息的珍惜鸟类。这里一年四季景色宜人，特别是河畔黄沙，无论是借风扬起，由高滑下，还是人为滑沙，都会擦出一种细细的声响，与涛涛河声相伴，美妙动听。

双日映城

（推荐人：张鹏飞）

黄河横城旅游度假区，距银川市13公里，以黄河文化为主题，以西夏文化为特色，打造集主题公园、西夏古城、湿地公园、水上游乐以及旅游地产多功能一体化现代复合型度假区。古城南依黄河，北靠机场，交通便利，适宜家庭休闲，朋友聚会。每当夕阳西下的时候，就会有两轮金日辉映古城，一个在西天，一个在河中，令人无不心驰神往。

金顶繁星

（推荐人：张鹏飞）

在海拔3000米的贺兰山苏峪口金顶看星空，感觉到这里离天最近，感觉到这里的星星最多，在这里看到的银河系也最清楚。蓝色苍穹中，点点繁星，如同洒下了一片碎钻。

王陵秋月

（推荐人：张鹏飞）

西夏王陵中外驰名，但人们只在白天目睹过王陵的伟岸，却不曾见证过它在夜色中的挺立。特别是到了秋天，月圆映照，宁静的旷野里，王陵又是另一种壮观和美观。

荷塘轻舟

（推荐人：张鹏飞）

鸣翠湖是我国继江苏溱湖和杭州西溪国家湿地公园后第三家被国家林业局命名的国家湿地公园，也是黄河流域、西部地区第一家国家湿地公园。鸣翠湖三百亩的荷花塘，可称之银川荷花之最。荷花盛开时，驾起一叶轻舟从千万朵荷花中穿过，被花香包围，被鱼儿追逐，如入世外仙境。

峡谷地宫

（推荐人：张鹏飞）

大峡谷藏兵洞位于陶乐县南部，距首府银川40公里，是一条东西走向的天然泄洪沟，蜿蜒曲折十几公里。据史书记载是秦汉时期屯兵之地,也称为"兵沟"。藏兵洞目前已经发掘开放的有十个部分。藏兵洞蜿蜒曲折于悬壁之中,上下相通,左右相连,洞中分叉颇多,左盘右旋,久久不见尽头,确如迷宫,一般对洞内情况不熟的,很难走出去。洞中除洞道外,左右辟有土屋,可以住人。洞内还设有粮食储藏室,有水井、灶房等。因藏兵洞高出沟底10多米,不怕水淹,所以多年来,即便发山洪,藏兵洞都完好无损。

西部影城

(推荐人:李正果)

塞上古堡,古代屯兵之地。现为享誉世界之影城,苍凉古韵,西部美景。

西夏王陵

(推荐人:李正果)

帝王之陵,威严肃穆,西夏王朝之遗存。

须弥石窟

(推荐人:李正果)

帛带袈裟,仪态威严,面部圆润,慈祥和蔼,高大精美。明珠璀璨,遗韵丰厚。

六盘风月

（推荐人：李正果）

朝雾夕岚，云海茫茫，风激云涌。群峰之巅浮航于云海之上，日出云开，鸟瞰六盘。群峰叠连，绵绵不断展向天边。襟怀空阔，自有一番情趣。

青铜古峡

（推荐人：李正果）

黄河古峡，塔林耸立，山翠河殇。两岸山峦叠嶂。

龙潭飞瀑

（推荐人：李正果）

天然水塔，突兀高耸。翠绿染黛，竹林潇潇。流水潺潺，清泉石上流，高峡出平湖。两岸高山对峙，峭壁倒影。蓝天白云相衬，钟灵独秀之景。

火石丹霞

（推荐人：李正果）

山高峰俊，深洞危桥，重峦叠翠，曲而幽深，每遇山雨欲来，必先油然作云。即晴亦多烟岚，啼鸣钟声，隐约其中，花香扑鼻。足堪娱目。

沙湖泛舟

（推荐人：李正果）

湖光山色，鸟影渔歌，塞上江南之美景。沙海堆岸，雁去南归。芦苇浩荡，水阔鱼跃。

水洞遗址

（推荐人：李正果）

史前遗址，屯兵之地。藏兵之洞，古长城遗址，宁蒙之界，隔岸观沟，兵临操戈。烽火连连，岁月沧桑。水波荡漾，鱼翔浅底，石器犹存，水斛苍茫。

六盘山云海　李东海/摄

回乡古寺

（推荐人：李正果）

回乡风情，心至回乡，心随梦行，望而留恋。古街古巷，店铺林立。新老清真寺隔街相望，虔诚信徒，诵经作拜，回乡绝景。

王陵夕照

（推荐人：高耀山）

"贺兰山下古冢稠，高下有如浮水沤。道逢古老向我告，云是昔年王与侯。"明安塞王朱秩炅的诗句乃指银川市西郊贺兰山麓50平方公里缓丘上分布的9座西夏帝王陵和140多座王公大臣陪葬墓。王陵是立国190年，传位十代西夏国的缩影。进入陵园，便走进了西夏国的历史——夕阳西下，给一座座威严肃穆、雄浑苍凉的黄土冢披上了神秘的金纱。驻足凝神，仿佛听到它们在讲述金戈铁马的岁月，讲述主人辉煌传奇的故事。不禁感叹历史的悲壮与无情，帝王的枭雄与虚妄。"不见了，那旌旗的舞动；暗哑了，那战马的嘶鸣；腐朽了，那宫殿的雕梁；熄灭了，那美人的眼睛"，往事如烟，西夏帝国已化作残砖碎瓦。几代霸业成过去，王侯白骨埋荒丘。功乎？罪乎？褒贬自有春秋。西夏王陵作为宁夏银川的古迹名胜，已博得"中国金字塔"之美誉。未来，它们仍将赫然屹立，闻名遐迩，招邀海内外宾朋纷至沓来。

黄沙古城

（推荐人：刘占林）

黄沙古城（洪广营生态园）——这里西靠艾依河，东靠历史古城洪广营，北靠沙湖，南靠暖泉工业园区；这里风光旖旎，空气新鲜，景色迷人；河畔两岸，亭台楼阁，庙台轩宇，焚香袅袅，稻谷飘香，水草丰茂，牛羊成群，绿树成荫，河水澄清，碧波荡漾，鱼儿嬉戏！海鸥飞翔，沙坡集鸟，天空如海……艾依河两岸垂钓者络绎不绝。好一个塞上江南的好去处！

金岸览胜

（推荐人：束蓉）

黄河、长城旅游资源聚集，生态地域特色显著，完善配套设施，滨河新区正如一位呱呱坠地的婴儿，具有不可估量的旅游发展优势。水洞沟、兵沟等历史人文积淀和自然元素形成了形式多样、层次分明、各具特色的旅游景点。在这里可以一站式领略历史、生态建设、奇绝的生态等多业态共存的旅游点，旅游体验丰富，是不可不来的全域ＡＡＡＡＡ级旅游景区。

冰原龙腾

（推荐人：束蓉）

中华民族世代兴，龙的传人显峥嵘。银川舰，一条昂首向上的铁龙，冬季卧于冰雪之上，奇景实为天下难得！

翠屏晚钟

（推荐人：束蓉）

五月的贺兰山，绿色层层叠叠，开得极为热闹。在桑拿天式的城市夏季待烦了，来贺兰山走走，必会感受到不一样的清凉和透爽。在滚钟口，还有天下难见的三教合一奇观，伊斯兰教、佛教和道教建筑和谐统一，傍晚上山，闻钟声渐近，赏翠绿满眼，那份人生静怡，在哪里还能寻得？

陌上春迟

（推荐人：束蓉）

塞上江南春来迟，姗姗晚到一月余。如若他乡秀团簇，这里却道绿意俏。四五月的银川平原，还蔓延着春耕的热闹，绿芽才冒尖，这个时候来银川，还能牵着春姑娘的手，继续吟咏着"春眠不觉晓，处处闻啼鸟"，再做一场春梦。微呷一口，在微醺中赏尽春花之娇艳，就在银川的春天！

丝路花雨

（推荐人：束蓉）

这里曾是历史上有名的丝绸之路必经地，如今成为中国和阿拉伯国家合作开发的西部桥头堡。这里曾是荒漠连片，如今却开出最美的花。在银川东线，黄沙古渡多个旅游景区内的沙生植物像顽强的骆驼刺，平凡中开启着惊人的美。

妙音寻踪

（推荐人：束蓉）

听！千年前的马嘶声，金戈铁马贺兰山，一代英雄成吉思汗长眠于贺兰山下，也终结了一个神秘古国的历史。妙音鸟，名迦陵频伽，正是西夏国的神物，其精妙的造型，神秘的身世，让人忍不住追踪她的倩影，寻访西夏国的过往。要了解妙音鸟的过去和未来，西夏王陵是不可错过的必由之地，也只有在这里，你才能了解，一代天骄成吉思汗在这里留下的恩怨情仇，走进那段近乎湮没的往事中。

驼铃悠扬

（推荐人：束蓉）

驼铃声声，维系着家那头的思念和这头远行游子的亏欠。驼铃，丁零丁零，悠扬了几个世纪，又让人魂牵入梦了多少春秋？跨骑上去吧，远方的旅人，请在颠簸中感受人生五味，在骆驼的忠诚随行中开启一段奇异的沙漠旅游体验。

沙海泛舟
（推荐人：束蓉）

沙漠，水？这，究竟是海市蜃楼还是上天造物的神奇？沙，迷恋着水的清冽；水，则温柔地环起沙的臂膀。掬一捧洁净的沙，阳光下，闪着七彩的光，这里的沙沉稳凝重，这里的水透明湛蓝，这里像梦，美丽的梦，但它就真真实实地在，哪儿也没去。褪去鞋袜，感受沙和水的依恋，那如丝般的流沙呀，多像姑娘的思念，缠绵不绝；又像柔美的丝线，温柔地轻啄你的脚面。这里，是美丽的塞上江南，湖城银川！

穆民新歌
（推荐人：束蓉）

中华回乡文化园、清真大寺，还有那回乡小院。邦克声声悠扬入耳，香甜的油香滚烫的盖碗茶，原生态回族青年婚礼正举行，快来看看咱穆民新生活，嘹咋了！听，阿伊莎已经为您唱起祝祷；看，回乡习俗真可耐；尝，穆民美食味道赞。

金凤腾飞

（推荐人：张启明）

银川"凤凰碑"壮景，坐落在银川解放西街十字街心，上顶为一只巍峨的凤凰雕塑，展翅腾飞，是银川"凤凰城"的形象和标志。

金桥龙飞

（推荐人：张启明）

黄河大桥，双向六车道通往市内，是银川至青岛高速公路上一座壮观大桥，视如巨龙腾飞一般。

大鹏张羽

（推荐人：张启明）

银川国际会展中心，坐落在人民广场西南侧，由五大展区组成，其势如鲲鹏展翅腾飞之状，分外奇观。

阅海明珠

（推荐人：张启明）

阅海公园胜境，她有"百媚千红""舟船扬帆阅海湾"之胜。如同一颗晶莹的明珠，可谓水上花园，人间乐园，游览观光休闲胜地。

百鸟天堂

（推荐人：张启明）

鸣翠湖景观，为银川市东郊最大的湿地保护区，有"百鸟天堂""万鸟啁啾"之誉。

贺兰岿然

（推荐人：张启明）

巍峨贺兰山脉，是银川平原的西天屏障，西夏时称神山，蒙古人称为骏马，传奇色彩甚多。

长河不息

（推荐人：张启明）

母亲河——黄河，在宁夏境内，南起中卫市大柳树段，北至石嘴山惠农区以北，全长500余公里的流程，功盖千秋，万世大恩。

金沙紫韵

（推荐人：李玉华）

金沙岛位于腾格里湖西侧，原为马场湖。湖中隆起一巨大沙丘，晴日下金光闪耀，岛名缘起而来。更为神奇的是金沙岛四周辽阔的沙地上茁壮生长着无数色彩缤纷的花草，尤其是无边的薰衣草花色紫艳秀媚，微风摇曳，绿紫相映，花香四溢，加之隐于花间的木屋栏轩飘逸古朴，更是韵致无穷。诗云：

  金沙九月漫芳芬，姹紫嫣红情意浓。
  游客欲醉薰衣草，携侣亲昵花袭人。

沙坡鸣钟

（推荐人：李玉华）

  滚滚而来的腾格里大沙漠被波涛汹涌的黄河所阻，隆起一百多米的高坡，笔陡如削，本就壮美神奇，而更神奇的是每到天晴，沙漠晒热时，人从沙坡滑下，会发出"嗡嗡"之声，恍若鸣钟，古时便成为"沙坡鸣钟"美景，与敦煌鸣沙山，内蒙古响沙湾一道被称为中国三大响沙奇观。诗云：

  南山横黛舒远目，北漠浩瀚听驼铃。
  最是神奇沙有声，拥沙疾滑钟自鸣。

寺口寻幽

（推荐人：李玉华）

  中卫寺口位于香山东脉，以丹霞地貌和喀斯特地貌而形成独特景观，以"险幽奇绝"著称。

寺口子，以山洪沟两岸寺庙而名。天景山和米钵山两山雄峙，仅通石径。青、黄二山横亘山野，逶迤起舞，峰峦叠翠，山势峻奇，苍翠可掬。

天景山，旋褶带迭起，幽谷蜿蜒，高低跌宕，巨石悬积，怪石挡道，两岸陡峭如削，天现一线。山积岩石深泉，风光迷人，故称天景山。

米钵山卧一米钵寺，红岩石大"光阴"，中华一绝的红岩丹霞攀岩场，鬼斧神工；"苏轼栖身石窟""苏轼断桥""米钵生金"展现人文神韵。

晨观东岭日出，晚见西峰岚烟，夜听天籁之音；清风明月，古刹名庵，悬崖峭壁，妙哉美哉！

寺口寻幽·天净沙重嶂叠黛山势，云汉索桥龙脊。

苏武牧羊遗址。寻幽探奇，仙洞石窟绝壁。

葡萄长廊

（推荐人：范长华）

为形成葡萄长廊与黄河金岸珠联璧合的区域发展新格局，自治区政府决定打造以"一廊（葡萄产业集聚长廊）、一心（葡萄文化发展中心）、三城（星海湖葡萄酒生态度假城、贺兰山葡萄产业新城、红寺堡葡萄酒文化城）、五群（大武口产业集群、农垦产业集群、永宁产业集群、青铜峡产业集群、红寺堡区产业集群）、十镇（十个以GTT模式为主导的葡萄主题小镇)、百庄(百大特色主题酒庄)"为内容的葡萄产业文化长廊。目前,涉及永宁县境内的各项建设初具雏形,成为游客必游之地。诗云:

贺兰山下风景异,昔日荒漠变果园。
东西商家齐开发,中外名流竟相来,
珍珠玛瑙挂枝头,金杯银奖出玉泉。
基地酒庄度假城,目不暇接竟忘还。

边关落霞

三关口明长城位于银川市西40余公里的贺兰山下,是宁夏与内蒙古阿拉善左旗的交界地,银(川)巴(彦浩特)公路穿关而过。这里的明长城初建于明嘉靖十年(1531年),修复于明嘉靖十九年(1540年),长80公里,墙体高约7米,基宽6.5米,顶宽3.5米。遗址保存完整,烽台清晰可见。

西望三关,山势蜿蜒曲折,地形雄奇险峻;东看戈壁,烟波浩渺,风电林立。日落之时,云霞四射,层峦叠嶂,景色瑰丽。

边关落霞
(推荐人:范长华)

长城烟墩赤木关,不教胡兵过兰山。
银巴高速车流急,宁夏风电铁臂欢。

东眺戈壁成果乡，西望瀚海变草滩。
峻岭最美落霞时，南北游客竞相拍。

注：边，指边墙，即明长城；关，指三关，古称赤木关；落霞，指霞光照射下的贺兰山是最美的。

青山紫藤

（推荐人：解怀福）

青山紫藤——贺兰山东麓葡萄产业。2010年，贺兰山东麓初步形成以青铜峡市、永宁县、农垦农场为主体，红寺堡区为补充的贺兰山东麓葡萄酒产业带。拥有贺兰山、西夏王、御马、鹤泉、类人首等葡萄酒加工企业及圣路易·丁、巴格斯、贺兰晴雪、银色高地等著名酒庄二十几家，贺兰山东麓葡萄酒日渐成为中国葡萄酒的新希望。诗云：

兰山高峻复连绵，葡萄长廊接天边。
青藤条条掀碧浪，玉珠串串升紫烟。
种植加工为一体，酒厂棋布竞发展。
色香何须夜光杯，佳酿美名四海传。

田园风光

（推荐人：解怀福）

田园风光——永宁县地处宁夏平原中部，西屏贺兰山，东依黄河水，汉渠、唐渠、惠农渠等主渠道千年流水绵延不绝，浇灌出一派富庶的"塞上江南，鱼米之乡"。这里稻麦翻浪，玉米荷枪，鱼鸭戏水牛羊壮；这里水系交通密集，沃野绿树屏蔽。近年来，现代设施农业发展迅速，温棚果蔬园艺鳞次栉比，供港菜、蟹田稻成区连片；城镇化建设阔步上档，乡镇中心村民居楼拔地而起，密集如林。千年"面朝黄土背朝天"的农民，好梦成真，过上了现代的幸福生活。诗云：

汉唐流水惠农渠，千秋清韵济世长。
平原绿野牛羊壮，鱼跃鸭鸣荷花塘。
海子湖边蟹田稻，四棵树下菜供港。
设施园艺乱四季，民居高楼赛天堂。

金塔祥光

（推荐人：解怀福）

金塔祥光——位于永宁县李俊镇的李俊塔，又称多宝塔或金塔。始建于明代万历二十四年（1596年），是一座八角形楼阁式的青砖重檐塔，共15层，总高31.52米，系佛教寿塔。塔内藏有一批珍贵的文物，被定为自治区级文物保护单位。登塔放眼，心旷神怡，尽享李俊街镇、四棵树、汉延渠、唐徕渠及灌区的田园风光。诗云：

金塔如剑逼九天，佛光泽民四百年。
文物丰盛蕴文化，登临远眸似成仙。

西摄兰山晴雪景，东得河水声韵欢。
既接李俊街道洁，又连田园风光妍。

长城古韵
（推荐人：解怀福）

长城古韵——三关口明长城位于永宁县西北边境的贺兰山东麓，是宁夏与内蒙古阿拉善左旗的交界地，银川至巴彦浩特公路穿关而过。明代蒙古鞑靼和瓦剌等部落经常从内蒙古阿拉善台地进入贺兰山赤木口（今三关口），直驱中原，明统治者为了边防安全，特于三关口修筑了长城，是西长城的一部分。其雄奇险峻，蜿蜒壮丽，与墩台、烽火台左右连属，实有西控大漠咽喉要道之险。登临之，你可想象到当年金戈铁马、烽火连天的战争场面。诗云：

鬼斧断山造三关，平川碧海朔漠连。
贺兰烽烟已散尽，明代长城古韵酣。
逶迤北眺夏王陵，静卧东观永宁变。
历经沧桑五百载，迎客来游兴盎然。

西水潋滟
（推荐人：解怀福）

西水潋滟——永宁县西部水资源综合利用工程（西部水

系），集水资源调蓄、生态观光、道路交通等功能为一体，全长29.08公里，主沟道22.7公里，道路南与青铜峡接壤，北至快速通道，38公里。共投资近8亿元，惠及沿线4个乡镇10个村3万余民众。这"绿色景观带、服务保障带、防洪排涝带、生态休闲带"为永宁系上了一条美丽的"银丝带""福音带"。诗云：

西水潋滟风光好，疑是银河落九霄。
排出碱涝祛贫困，蓄积清流引富饶。
碧水泼墨禾稼翠，油路助推工商潮。
林木吟唱田园乐，游人如织兴致高。

塞上明珠

（推荐人：任登全）

沙湖是国家35个王牌景点之一，是国家首批ＡＡＡＡＡ级景区、中国十大魅力休闲旅游湖泊之一，有"塞上明珠"之美誉。总面积82平方公里，南沙北湖，"金沙、碧水、翠苇、飞鸟、游鱼、远山、彩荷"构成独具特色的秀丽景观。万亩水域，栖居着白鹤、黑鹤、天鹅等十多种珍鸟奇禽。春秋时节，成千上万只鸟类在此繁衍栖息，百鸟翔集，鱼跃其间，蔚为壮观。

金岸黄楼

（推荐人：任登全）

黄河楼位于青铜峡市黄河岸边，是宁夏实施沿黄城市带，打造黄河金岸的战略部署，依托黄河丰富多彩的自然风光、独特的塞上风韵、多彩的黄河文化，着眼民族地区经济和文化发展，倾力打造的黄河金岸地标性景观工程之一。楼高9层108米，十分雄伟壮观。

兰岳滚钟

（推荐人：任登全）

滚钟口是贺兰山著名的避暑胜地，历史悠久，是自然景观和人文景观相融合的旅游观光风景区。须弥宝窟坐落在固原三营的须弥山石窟，是唐代开凿的著名石窟，石门关是丝绸之路上的重要驿站，现已成为宁夏著名的旅游风景区。

豫海红旗

（推荐人：任登全）

同心县清真大寺是豫海回民自治县政府所在地，历史悠久，是红军西征时于1936年在同心、豫旺堡地区建立的第一个回民自治县政权，是国务院重点文物保护单位。

六盘高峰

（推荐人：任登全）

六盘山是红军长征中翻过的最后一座高山，毛泽东词作《清平乐·六盘山》是唯一的一首写宁夏的诗词，值得我们永远怀念。山上的"长征纪念亭"是游览观光的好去处。

灵武恐龙

（推荐人：杨建锋）

宁夏灵武恐龙化石遗址位于灵武市宁东镇磁窑堡煤矿南1公里处，西北距银川市58公里。2005年4月至2006年11月，中国科学院古脊椎动物与古人类研究所与灵武市文物管理所先后联合进行了4次发掘，共清理出3个发掘坑，挖掘出包括恐龙头骨、牙齿、肩胛骨化石在内的8只恐龙个体。化石保存状况较为理想，其中一号坑内恐龙化石骨骼关联程度较好，占一只完整恐龙椎体骨骼的61%。

黄河明珠

（推荐人：杨建锋）

银川市滨河新区，以黄河银川段以东约125平方公里的区域为中心，东起宁东能源化工基地，西至兴庆区鸣翠湖、月牙湖，北至生态纺织园，南接鹤泉湖，围绕黄河自南向北贯通永宁、灵武、贺兰、兴庆区等连接区域，整个面积达1200多平方公里。

银川滨河新区规划以"产城一体""全域银川"、集聚现代产业、统筹城乡发展等这些全新城市建设理念为魂，以内陆开放试验区、"银榆鄂"能源金三角、沿黄经济区等战略实施为机遇，与银川实际紧密结合而启动的高能级战略。滨河新区空间跨度大。按规划，未来形成以核心区为中心，辐射机场组团、宁东组团、贺兰纺织园组团、永宁望远组团、红墩子工业园区、横山工业园的格局。便捷交通是聚集效应形成规模的关键。为此，规划建设部门拟定在滨河新区发展轨道交通，银川一直未实现的轨道交通梦，将在黄河东岸得以实现。滨河新区的核心区设计接纳人口20万，加之周边各组团和乡镇的人口，未来，将有20万以上人口在滨河新区工作生活。未来新区主要由三大功能区组成，分别是工业项目生产区、居住商业配套生活区、文化休闲旅游区。

塞上湖城

（推荐人：杨建锋）

从地理位置上看，银川这座城市的西、北、东部都是沙漠盘踞，年降水量仅200毫米，蒸发量却达1600毫米，应该是一座干燥之城。然而，银川却是一个被水包围的城市，所以历史上称银川为"水抱城"，现在银川又在竭力打造"中国湖城"，地处干旱区与半干旱区的银川，怎么会有如此丰富的水资源呢？

　　黄河与古渠造就了湖泊湿地。一方面，古黄河冲刷银川平原时，河床曾多次来回摆动，留下来的许多故道便形成了湖泊湿地；另一方面，引黄灌溉渠道沟沟岔岔、星罗棋布，由于古代的灌溉系统并不太完善，遇涨洪水时往往渠道泛滥成灾，导致渠道之间的低洼地带形成积水湖泊，不过近代新修了一些排水沟，渠与沟不但把湖泊湿地串联了起来，而且能为湖泊湿地及时补水、泄洪，有效地构成了网格状的流动水系，正是流动的水系借助于黄河水的连绵不息，将年蒸发量巨大却又降水稀少的银川滋育成了"中国的湖城"。

　　银川的湖泊湿地知多少？历史流传着银川周围有七十二连湖之说，有专家按照黄河摆动的距离和古渠道容易漫灌的情形推算，所形成的湖泊湿地总数应该远远超过72个，但有文字记录的湖泊也有40多个。现在的银川市区在新中国成立初期，有四分之一是被水覆盖着的，如现在的金凤区原来全是湖泊。银川湖泊变化最大的时期是20世纪六七十年代，因新中国成立初期的大量移民，60年代是围湖造田解决吃饭问题，70年代又是发展水产经济，很多湖泊被改成了渔场，到了90年代，城市建设的加快也失去了不少湖泊。银川的湖泊真正被引起重视的是20世纪末和21世纪初，1999年银川提出恢复湿地的规划，2002年又正式提出建设"塞上湖城"，随后，通过疏浚恢复的阅海、鸣翠湖国家湿地公园、宝湖湿地公园和艾依河景观水道等相继落成，如今银川的湿地资源非常丰富，有河床、河漫滩、沙洲在内的河流湿地，有湖泊、

宝湖　李万平/摄

沼泽湿地，还有稻田、鱼塘、沟渠、水库等人工湿地。根据土地详查数据，银川现有湿地4.7万公顷（这个数字还不包含稻田和鱼塘湿地），大约占银川平原土地面积的17%，排名全国第三、西部第一。

银川最著名的休闲胜地是阅海、鸣翠湖和艾依河。艾依河是市区的景观水道，长约20公里，南起第二排水沟，接引芦草洼等拦洪库，还通过扩整三一支沟，沿途连接了七子连湖、宝湖、化雁湖、小西湖、大西湖、北塔湖等湖泊，这条起着连通银川平原水脉、为湿地补水以及泄洪等功能的河流，如今已成为银川市民的垂钓胜地。阅海国家湿地公园曾经是银川平原烟波浩渺的"大西湖"，就水面而言，3个杭州西湖才勉强抵得上这个"大西湖"的面积。20世纪六七十年代围湖造田遭到严重破坏，如今通过扩整，将其与小西湖相互连通，又构成一个集湖泊、湿地、草甸于一体的新的"大西湖"，是银川最大的国家湿地公园。鸣翠湖原来叫道祖湖，后因围湖造田、改湖修塘，湖泊萎缩，更让人痛心的是修银古公路时，又把这个萎缩的湖分成南北两片，不过，2002年经过疏浚之后重新连通，生态系统也得到了完全恢复，如今穿梭其中，仿佛像行走在迷宫之中，芦苇丛中随时都会传出无数鸟儿的鸣叫。

兰山岩画

（推荐人：杨静明）

雄伟俊俏的贺兰山，好似"骏马"横亘宁夏西部，"贺兰之山五百里，极目长空高插天，断峰迤逦烟云阔，古塞微茫紫翠连"和"灏气接蓬瀛"，是明清时代贺兰山的壮观美景的真实写照，如今自南向北多个山口的陡壁上，发现数以万计的古代牧民岩画，如类人头像，牛马驴羊，飞禽走兽，佛教浮雕和文字碑刻等图案，一幅具有代表性的"太阳神"岩画，堪称中外岩画宝库中的精品之作。

黄河览胜

（推荐人：杨静明）

黄河是中华民族的"母亲河"，黄河文化是中华文明的重要篇章，中华黄河坛和黄河楼是黄河金岸的地理性标志，也是感恩黄河与体验中华文明的神圣之地；并彰显中华儿女坚韧不拔、吃苦耐劳、奋斗不止的黄河精神。"黄河大峡谷""黄河铁桥""拦河大坝""西夏塔林"便是黄河文化的组成部分！

古堡影星

（推荐人：杨静明）

华夏西部影视城，位于贺兰山东麓。明清时代的镇北堡，是已故著名作家张贤亮生前投资创办的特色影视城。根据小说《灵与肉》改变拍摄的电影《牧马人》荣获中国电影"百花奖"，由张艺谋执导的影片《红高粱》荣获"柏林金熊奖"，影片《黄河谣》荣获蒙特利国际金奖。中国电影从这里走向世界，影星巩俐和姜文也在"古堡影都"中走红；一应俱全的场景道具和影视服装，能让游客进入"明星梦"的电影世界。

人祖遗址

（推荐人：杨静明）

灵武城北数十公里的水洞沟，是中国最早发掘的旧石器遗址之一，是"中国史前考古发祥地""中西文化交流见证""最具中华文明百项考古发现地""人祖遗址"与"魔鬼城""摩天岭""大峡谷""藏兵洞"共同构筑宁静而幽然的世外天地。

金字塔陵

（推荐人：杨静明）

银川市以西的贺兰山东麓，是全国重点保护单位西夏王陵，在50平方公里的陵区内，排列着西夏王朝9座历代庞大帝陵和200多座陪葬墓，并有阙台、碑亭、门阙、献殿、灵塔、角阙、角台、神墙等建筑体。它以极其丰富的文化内涵和建筑艺术而闻名于世，它被中外考古界称为"中国金字塔"。

沙都奇观

（推荐人：杨静明）

号称"世界沙都"的腾格里，与中卫市以西的黄河北岸为邻，滔滔黄河与茫茫大漠的壮丽景观，引出唐代诗人"大漠孤烟直，长河落日圆"的千古绝唱；新华社记者拍下"落日倒影入黄河，大漠长河映彩霞"的一幅美景；"昔日腾格里，旧貌变新颜"——铁龙般的包兰铁路跨越浩瀚大漠，沙都腹地变成"沙漠壮观"的绿色长廊。

沙湖独秀

（推荐人：杨静明）

位于银川市和平罗县之间的沙湖。是全国ＡＡＡＡＡ级景区之一的旅游度假风景区，它具有"金沙、碧水、翠苇、鸟飞、鱼跃"秀色，并容纳"江南水乡"与"塞外大漠"之奇观，被国外游客誉为"宁夏沙湖，天下一绝"。

六盘红旗

（推荐人：杨静明）

宁夏固原市的六盘山，在中国百个红色经典景区之中，其"峰高太华三千尺,险居秦关二百年"的咽喉要地,是当年毛泽东率领中国工农红军万里长征中经过的最后一座大山。人文景观由长征纪念馆、纪念广场、纪念碑、纪念亭、吟诗台组成,自然景观有六盘山国家森林公园、老龙潭、野荷谷、凉天峡、火石寨地质公园、须弥山石窟等。

寺口天谷

（推荐人：杨静明）

"南与香山为邻,北接卫宁平原,东望古都银川,西靠世界沙都"的中卫市寺口风景区,自然景观"神仙脚印""米钵生金""寺口过关""云汉天度",以雄、险、奇、幽著称的"寺口天谷"和"寺口地缝"传说为盘古开天辟地留下的杰作;人文景观有"苏武断桥""苏武栖身石窟""苏武大型雕塑"等。

铁柱泉古城

（推荐人：刘石森）

铁柱泉古城位于盐池县城西南36公里的冯记沟乡暴记春村,古城呈矩形,南北长385米,东西宽360米。古城东墙辟门置瓮城,瓮城南北28米,东西宽18米,黄土夯筑,基宽10米,残高4~8米,顶部残宽1~3米,夯层厚约20厘米,原有砖石,早年已被拆除。古城内部分荒芜,部分现为农田,地表散布着大量明代瓷器残片和砖瓦等。属县级文物保护单位。嘉靖十五年（1536年），都察院左都御史兼兵部左侍郎（后为兵部尚书）刘天和奉命治理三边军务。他与中丞张文魁"同谋修铁柱泉城，周回四里许，高四寻有余，厚亦如之，城以卫泉，隍以卫城，工图永坚。设操守官领之，置兵一千五百名，马八十六匹，兼募土人守之"。城建成后，结束了170年来鞑靼部落和花马池民众为食盐和水草争战的历史。当年"水涌如柱，泉水甘洌，日饮数万骑弗涸"的局面今已不见，但泉水仍使百亩良田受益，居民饮水也依赖于此。

湖城碧波

（推荐人：刘向忠）

素有"塞上江南"美称的宁夏，其首府银川历来以湖泊众多而著称。目前，已经打造出一座名副其实的"塞上湖城"。银川市湿地面积4.7万余公顷，面积在1公顷以上的湿地共有430多块，其中，自然湖泊近200块，面积100公顷以上的湖泊有20多块。银川湖泊湿地分布密度大，在西部干旱半干旱地区少见，银川湿地有丰富的动植物资源，湿地植物190多种，湿地野生动物有150多种。形成湿地植被多、水禽种类繁多、分布广泛、数量较多的特点。有唐徕渠、艾依河、永家湖、七子连湖、华雁湖、西湖、阅海、北塔湖、沙湖、鸣翠湖、宝湖、阅海国家湿地公园等，成为银川市一颗颗璀璨的明珠。

西部影城

（推荐人：刘向忠）

镇北堡西部影城与其他影视城不同，他不是由仿古建筑师平地打造出的楼台馆阁、王府宫殿，而是由影视美工师设计的适合于剧情拍摄的一处处场景所组成。镇北堡西部影城充分利用景点特色开发了具有游客参与性强的娱乐项目"影视服务部"，游客朋友进入影城也可以过把明星瘾，体验表演带来的乐趣！被国务院和文化部评为"国家文化产业示范基地"和"国家级非物质文化遗产代表作名录项目保护性开发综合实验基地"，荣获"中国十大影视基地""亚洲金旅奖·最具特色魅力风景名胜区"，并被评为"中国品牌100强"和"亚洲品牌500强"，在全国绝无仅有，创造了中国旅游产业的奇迹，堪称"中国一绝"。被游客评为"中国最受欢迎旅游目的地"和"中国最佳旅游景区"，并被宁夏回汉乡亲誉为"宁夏之宝"。是中国最值得外国人去的50个地方之一。

沙湖情韵

（推荐人：刘向忠）

宁夏沙湖以江南水乡与沙漠风光为一体，以自然景观为主体，沙、水、苇、鸟、山五大景源有机结合，构成了独特秀丽景观，成为集风景旅游、观光娱乐、体育竞技、疗养避暑、休闲度假为一体的风景名胜区。宁夏沙湖的美，美在沙水相融；宁夏沙湖的秀，秀在湖苇相映；宁夏沙湖的奇，奇在鸟飞鱼跃。南沙北湖，沙抱翠湖，即突出了江南之灵秀，又突出了塞上之雄浑，是原始生态旅游的最佳结合点。湖水、沙漠、芦苇、荷花、候鸟、湖鱼把塞外与江南美妙地、珠联璧合地融合了起来，构成了一幅美轮美奂的江山风光图。宁夏沙湖是上天造物的奇迹，是人间的天堂。是国家旅游局确定的王牌景点和国家ＡＡＡＡＡ级生态旅游区。

金沙浩渺

（推荐人：刘向忠）

沙坡头，位于中卫市，腾格里沙漠东南缘，濒临黄河，属草原化荒漠地带，是草原与荒漠、亚洲中部与华北黄土高原植物区系交会地带。沙坡头是一个以亚洲中部北温带向荒漠过渡的生物世界。1984年建立的沙坡头保护区，面积1.3万余公顷，主要保护对象为腾格里沙漠景观、自然沙尘植被及其野生动物。该保护区是中国第一个具有沙漠生态特点，并取得良好治沙成果的自然保护区。沙坡头旅游区是国家首批5A级旅游景区，是第一个国家级沙漠生态自然保护区，是中国三大鸣沙之一的沙坡鸣钟所在地，丰硕的治沙成果于1994年被联合国授予"全球环保500佳单位"的光荣称号，同年被国务院授予"科技进步特别奖"，被世人称为"沙都"。2004年被国家体育总局授予"全民健身二十个著名景观"。

2007年5月8日，沙坡头旅游景区经国家旅游局正式批准为国家ＡＡＡＡＡ级旅游景区。游区集大漠、黄河、高山、绿洲为一处，既具西北风光之雄奇，又兼江南景色之秀美。自然景观独特，人文景观丰厚，被旅游界专家誉为世界垄断性旅游资源。

水洞神功

（推荐人：刘向忠）

水洞沟古人类文化遗址位于宁夏灵武市临河镇水洞沟村，南距灵武市30公里，西距银川市19公里，距离河东机场11公里，北与内蒙古鄂前旗相接，占地面积7.8平方公里。水洞沟地区是三万年前人类繁衍生息的圣地。1923年，法国古生物学家德日进、桑志华在这里发现了史前文化遗址，通过发掘，出土了大量石器和动物化石，水洞沟因此而成为我国最早发现旧石器时代的古人类文化遗址。1988年被国务院公布为"全国重点文物保护单位"，被誉为"中国史前考古的发祥地"。

高庙钟鸣

（推荐人：刘向忠）

位于中卫市中心的"高庙保安寺"被誉为"西部佛教圣地"。创建于明朝永乐年间。占地面积6895平方米，殿堂多达300余间。其中"五百罗汉"塑像形态各异,表情有别;"十八层地狱"中无所不有的"刑宫"是生动的教材,也是警钟长鸣的警示。

须弥佛语

（推荐人：刘向忠）

固原市原州区内,有百余里石窟,总称"须弥山石窟",名称来源于佛教传说中的须弥山。须弥山石窟为中国北魏至隋唐时期的石窟。现为全国重点文物保护单位。须弥山是丝绸之路沿线著名的佛教石窟之一,距今1500多年的历史,开创于北魏年间,在北周和唐朝尤为兴盛。至今保存有132个历代石窟,较完整的有20多个,其中70个石窟有雕造佛像。须弥山石窟宏伟瑰丽,刻工精绝。各类佛像千姿百态、栩栩如生。高达20.6米的造像庄严慈悲,令观者心生敬仰。也让人谨记"人间正道"的佛语。

六盘帝影

（推荐人：刘向忠）

红色六盘,绿色固原,避暑胜地。说的是历史文化浸染的六盘山,高原绿岛的六盘山。其云蒸霞蔚、森林蓊郁的景色令人留恋,红军长征途中的主要景观再现让人惊叹。且历史上有秦始皇、刘彻、刘秀、李世明、成吉思汗等帝王亲临六盘山，留下了彪炳史册的"史话"与"诗话"。毛泽东翻越六盘山，并写下《清平乐·六盘山》，更使其名扬天下。

龙潭天池

（推荐人：刘向忠）

老龙潭不仅以湍湍清澈之态、百泉汇流之势而闻名，也以其美妙神奇的传说著称于世。相传这里是《西游记》里魏征梦斩泾河老龙和唐代传奇故事柳毅传书的地方。乾隆皇帝曾对泾水清澈不污十分感兴趣，并派平凉知府胡纪谟亲往老龙潭考察，并撰写成《泾水真源记》。老龙潭背靠六盘山麓，由头潭、二潭、三潭、四潭组成。这里气候阴湿，降水充沛，潭区山高峡深，山清水秀，潭边松径幽雅，两侧悬崖怪石嶙峋，山、水、林、石景色秀丽，引人入胜。

回乡寻踪（邦克回响）

（推荐人：雷润泽）

宁夏是我国唯一的省级回族自治区，银川永宁纳家户是宁夏乃至全国最古老的回族社坊区，又是元代著名政治家、圣裔赛典赤·赡思丁家族后裔，迁徙定居、繁衍发展之地，是中国回族自元代以来，在中华大地上形成发展的缩影与历史见证。宁夏回乡文化实业有限公司在该村创建中华回乡文化园，借助该村纳氏户族数百年来，在宁夏银川地区健康发展壮大的厚重历史，全面系统透过整体建筑景观和众多陈列展示与展演及展销项目，展现和弘扬中国回族和宁夏回族优秀多彩的历史文化与民俗文化，展现和弘扬中国特色的伊斯兰文化，在国内搭建了一个全面感知和了解中国回族和伊斯兰文明史迹的平台，填补了宁夏人文景观和文化旅游的空白，在海内外有着巨大反响，成为建设丝绸之路经济带，发展与拓宽和伊斯兰世界友好交往的文化产业示范基地，具有广阔的开发前景和开发潜力，是宁夏面向海内外观众的一大窗口。

原州清韵（高平马肥或陇上烽烟）

（推荐人：雷润泽）

固原古称高平、原州，自古以来就是农耕民族与游牧民族的杂居之地，中华文明发祥地之一，草原之路和丝绸之路在此交会，是中西文化交融荟萃的场所，被中原王朝视为"关中咽喉""中原襟带"的战略要地，储备粮草和牧养马匹、开疆拓土的基地，黄土之下积淀着丰厚独特的地域文化——原州文化，发生过影响历史进程的诸多历史事件，涌现出众多历史人物，以固原博物馆和众多古遗址为中心的原州古文化，是代表宁夏南部山区历史文化的主要载体，是到宁夏访古探幽的最佳目的地之一。

贺兰长卷

（推荐人：雷润泽）

古代牧猎民族在贺兰山麓狩猎放牧时，在各向阳山口崖石上凿刻的图像，构筑了时代跨越数千年的岩画长卷，积淀着北方游牧民族迁徙繁衍的历史，映衬了宁夏贺兰山脉的优良生态环境。现辟为宁夏又一处草原民族文化的旅游景区，享誉中外。

沙湖春色

（推荐人：雷润泽）

银川平原本是黄河在发育的过程中，在鄂尔多斯古陆块与贺兰山、阴山隆起的断层中，将其夹带的山石泥沙冲积而成的河岔湖滩地。由于人工开渠筑坝，引水灌溉，逐渐形成湖田相间的平原。由于地处北半球北纬西风带，常年吹西北风，夹带巴丹吉林和腾格里沙漠沙尘越过贺兰山口，日积月累，在银川平原山口之前落地，形成众多沙梁、沙坝、沙山，成为银川平原上独特的一种景观。改革开放后，宁夏农垦人创新思维，利用平罗前进农场，将这一闲置千年的沙丘与芦苇湖泊，开办出自然景观与人文景观相结合的旅游景区，成为生态旅游的一大亮点。

须弥佛光

（推荐人：雷润泽）

固原须弥山石窟是北朝开凿、隋唐续建的一座大型石窟寺群，其中北周大窟与造像是中国西北保存最为完整的石雕造像窟，极具研究与观赏价值，也是丝绸之路上的一处重要历史文化遗产和人文景观，代表了宁夏古代佛教美术的最高艺术水准。

夕阳西夏（陵塔夕照）

（推荐人：雷润泽）

银川西夏陵是西夏王朝最大的一处建筑遗址，是国内各代帝王陵区中，其遗存与原始地貌保存较为完整的一处大遗址。积淀着西夏党项、汉、回鹘、吐蕃、契丹等多个民族，共创的多元交融的地域文化结晶和成果，是古代丝绸之路上消失的神秘王国映像与缩影，是宁夏一处最大最神秘的人文景观，在海内外具有极大的吸引力和影响力。

豫海同心（回民曙光）

（推荐人：雷润泽）

宁夏盐池与同心曾为陕甘宁边区的一部分，1936年豫海县回民自治政府的建立，是红军长征播下的革命火种，在回乡点燃的一烛曙光，是中国共产党创建新中国的过程中，实行民族区域自治政策的一次尝试和初始的实践，在党和中国现代革命史上，具有象征意义，也是开展革命传统与民族团结教育和红色旅游的典型内容。

沙坡翠绿

（推荐人：雷润泽）

沙坡头是黄河发育与腾格里流沙漂移，在宁夏南部形成的一种水沙相接的又一独特景观。新中国成立后，中央因支援宁夏经济建设，解决宁夏闭塞的陆路交通，建修包兰铁路，途经此地，流沙成为铁路运行的祸害，每年春冬季流沙侵掩路轨，影响安全运行，铁路养护人借鉴和应用西北人防沙治沙的土办法，在沙丘上用麦草轧制成方格网状的置障物，固定沙丘上流沙。伴随着沙固，抗旱的植物渐渐生长出来，使沙丘被封固起来，解决了铁路路轨养护的困难。这一成功经验被推广，因经济发展，电力供应有保障，引黄河水上沙坡进行绿化，使沙坡变成翠绿的沙丘，改变了当地生态环境与荒漠的景观。宁夏人利用这一改观的成功经验，创意开发出宁夏又一独特的生态旅游景区，享誉海内外，展现了宁夏人的智慧。

水洞篝火

（推荐人：雷润泽）

旧石器末期古人类文化遗存，是一批从欧洲大陆游猎至宁夏黄河之滨、鄂尔多斯台地上的古人类活动遗址，并被外国人在近代首次发现与发掘，表明宁夏地区远古时代（3万年~4万年）就有人类在此居住生活。现辟为宁夏人文旅游景区，享誉中外。

天然屏障

（推荐人：吴红卫）

反映的是贺兰山下的银川阅海。有巍巍贺兰山的保护，阅海湾静静地享受安详之美，山与水浑然一体。

六盘丝路

（推荐人：王振升）

清源浚泾水，厚土载福生。长城秦韵，盛世雄风慑四海；须弥赤壁，丝路漫漫传绵钟。宁南砥柱，古岳陇山雁不过；六盘天高，红军雄胆云靴登。伟人诗壮志，大山铭骨风。无边茂木妆谷翠，有意银霜染巅红。

贺兰晴雪

（推荐人：王振升）

延绵莽野，重山矗大漠；纵览河套，雄躯挡塞寒。河映山翠，古堡神影。岳武穆踏破山阙驱胡骑，子弟兵驭鹰长空保家国。悠云无声，清泉有韵；锦鸟鸣涧，岩羊窥谷。一夜风雪群芳尽，苍松傲梅偎仞崖。诗曰："满眼但知银世界，举头都是玉江山。"

唐渠柳色

（推荐人：王振升）

河富一套，渠贯朔方。古今十二渠，风流最唐徕。峡口入，惠农出，浩浩三百里；盛唐成，历代享，滋养万顷田。居者安、幼老逸，园艺隽、金凤鸣。桃红蜂先睹，柳绿燕早知。春岸暖，夏雨霏，秋妧紫，冬玉妆。水木诗画，长渠流景。可怜三月灞桥客，哪晓此间柳色新。

稻村渔歌

（推荐人：王振升）

荫荫河套，珍米雪鱼皇贡久；茫茫果野，仙客常疑蟠桃园。绿纲银目，河带晴光。金秋朗气，云水一色。击壤农夫悦熟稻，良田花儿互答歌。诗为证：雁过菊开九重阳，七二连湖塞川香。万顷稻浪江南韵，红鱼青虾跃船舱。

沙坡鸣钟

（推荐人：王振升）

河出高原，缓迁大柳。大漠并田园同处，沙幔与浪花共舞。轰轰乎，百仞沙岸如钟作；隆隆乎，几声汽笛号长春。情冲沙海，心沐阳光。长河接落日，皮筏点点银涛荡；大漠凝孤烟，驼铃声声金波流。石润西瓜蜜，日美枸杞红。银水映绿柳，碧草掩金格。河韵新都腾漠立，世人惊绝岂鸣沙？

黄河古渡

（推荐人：王振升）

坚石磊岸，夕阳映古渡；纤绳勒木，月照金沙长。洞沟才别敲石客，转眼船载节度郭。君不见，白帆渔歌日边去，兵沟黄芦几枯容；君不见，纤夫拉索船公号，昔日河水卷沙流。二三水车转，蜻蜓点水芙蓉艳；几叶扁舟摇，古渡新舰感军威。车载乌金虹桥渡，老船旧岸络绎人。

沙湖芦月

（推荐人：王振升）

神留一点沙，长河育大美。翔鹭蔽日青纱荡，水似江南沙塞北。腾舟惊栖鸟，碧浪摇丛苇。画舫浮水，竹窗沉静月；银湖壮霞，翠蛙戏荷蜓。鸟飞天堂，鱼游乐水。客曰：贺兰游罢不赏月，塞上归来不看沙。

西陵紫玉
（推荐人：王振升）

酒镇星罗兰山麓，西陵阙台映果廊。妙音鸟鸣，遥知秃发老幼怡乐；隐隐刀枪，莫非党项厉兵秣马？黄土埋拓跋神秘，群陵诉西夏辉煌。滚钟凌霄塔，岩画何人留？千顷绿廊，甸甸葡萄紫玉城；百家酒庄，琼酿盛誉西人浆。

草原牧归
（推荐人：王振升）

天蓝蓝，草青青，遍野黄药栖百灵；羊星星，烟袅袅，连天豆草掩马蒿。红日红缨八角帽，步枪草履英烈陵。花马湖上盐如雪，铁柱泉边饮渴驼。风簇草浪，蔽日蜂蝶原上舞；雨润蒿香，露洒荞花点点娇。但饮盛主三碗酒，且听王贵李香情。

梯田春桃
（推荐人：王振升）

泾河襟渭水，丝云带六盘。雪融凌溪响朝那，雨润桃花唤春牛。轻雾丝丝，五谷衣陇岳；羊道弯弯，梯田裙高山。殷实百姓，富庶黄原。百尝本草，悟就针灸甲乙经；三苦精神，不到长城非好汉。

壮美山河、悠绵春秋，勤勉百姓、丰饶物产。江南之秀色，塞外之雄宏。十方景致，道不尽锦绣六万里；千言拙文，怎概览天府新宁夏？

固海扬水

（推荐人：石生选）

固海扬水工程始建于 1978 年，竣工于 1986 年，先后由同心扬水、民生扬水、固海扩灌等组成，系特大型电力提灌工程。也称人造黄河。她以独具慧眼的胆识、黄河母亲的胸怀、开拓进取的勇气、实现西海固梦的抱负，将黄河水源源不断输送至西海固地区，为该地区回汉各族人民群众从根本上摆脱贫困开创了一条全新道路。该人造黄河目前已实现"双百"攻坚目标，即灌溉面积达百万亩，人畜饮水达百万人（头）。不仅如此，还使该地区生态文明建设取得重大进展，使昔日千年亘古旱塬和不毛之地成为年种年收的产粮区和瓜果之乡。

固海扬水工程在干旱地区架起一座人造黄河，把黄河水充分利用发挥得淋漓尽致，创造了宁夏在干旱高原地区环境下无水灌溉的奇迹，完全与闻名中外的沙坡头防沙治沙工程相媲美。也是宁夏解放以来，特别是改革开放以来，在经济社会建设方面取得的最具代表性和标志性的成就之一。

这座人造黄河利在当代，功在千秋，评为宁夏新十景名副其实，将激励宁夏广大回汉各族人民群众更好更快建设美丽宁夏意义重大而深远。

穹隆流月

（推荐人：张宇）

柔美的新月照耀着中华回乡文化园洁白的身躯，清风吹来，倒映在醉心池中的月影随波流动。园内霓虹闪烁，流光溢彩，似有人手持彩练当空挥舞，与满天星月交相辉映，释放出东方丝路明珠的光芒。象征着回乡文化园的回族和伊斯兰风情给人们带来心灵的洗礼，回族和伊斯兰文化给中华文明带来的新时光。

遗石留语

（推荐人：杜军、张宇）

先民史诗，游牧画廊。大漠北枕，六盘南望。西衣贺兰之襟带，东吮黄河之乳浆。百里绵延，却是刺破苍穹。千幅异形，绝胜宋郑妙工。

先秦至汉，匈奴肇创。五代及夏，党项始承。岁月失语而永垂，磐石能言乃扬名。世界文化之遗存，舍我其谁；华夏艺术之先贤，非汝莫当。

《水经注》云："山岩之上自然有纹，皆为虎马状，灿然成著，类似图焉，故谓之画石山也。"小至鹿马牛羊，献于祭坛；大则日月星辰，奉于天际。或大耳高鼻，或头饰发髻。手之舞之，足之蹈之。放牧而扬鞭，山谷兮回荡；狩猎而响箭，晴云兮惊悸。栩栩其形兮，梦蝴蝶而忘真身；殷殷其情兮，感鬼神而动天地。

洞中暖兮露始滴，溪上凝兮月又明。双人舞兮初祭，父子鹿兮始鸣。目所视，源自六欲；心所感，发于七情。石器为笔，传文明而璀璨；岩石为纸，载纹身而铿耾。思乃真切显情愫，法唯磨刻展刀工。文以切磋，织素丽于日月；饰以琢磨，传画明于彩虹。大巧如拙，近大远小而层次见；大直若屈，取干舍叶而主旨彰。洛阳之伎极，江南之巧穷。视所视而遗所不视，其技赫赫；得其精而忘其不精，其画煌煌。鬼斧神工外，何来点金术；女娲补天后，遗石古塞上。

天地山水可通神，至敬不坏；花草树木皆有灵，扫地而祭。或岩刻，或舞蹈，或血祭，或献祭。拜自然兮祭图腾，念先祖兮崇生殖。赫赫日神，乾乾终日。重环双眼兮神采奕奕，四射光芒兮睫毛历历。魂兮归乡哀江南，鹿兮引灵转今世。血有灵而黟面，灵通祖而血祭。玄牝之门兮石疤，天地之根兮尼直。彬彬乎哉，原始艺术，取兹而教人；郁郁乎哉，人类文化，体此以济世。布彼寰瀛，风行而草偃；被于亿兆，玉洁而兰蕙。

银川腾飞

（推荐人：田增年）

天下黄河富宁夏，宁夏富庶看银川。

银川平原自古以来就是黄土高原上的一颗璀璨明珠，世世代代的聚宝盆、米粮川。如今，在中国共产党的领导和全区各族人民的共同努力下，这片美丽的土地更展现出一派欣欣向荣、蒸蒸日上的勃勃生机，越发显得婀娜多姿，分外妖娆。

银川河东机场，是宁夏与外界沟通联系的一个重要窗口。随着社会的进步和历史的变迁，这里已变成了一座名副其实繁忙的空港。外地访客呼啸而至，区内游人腾空而起，比肩接踵，络绎不绝，实为引人入胜的一大特色景观。一架神鹰刚刚拉起，昂首苍穹，展翅腾飞；而停机坪上则熙熙攘攘地停满了各色飞机，或刚进港，或待出港，好一派热火朝天的壮观景象！不由人浮想连连，抒发情怀。正是：

  天下湖城，塞上江南，左拥长河，右揽群山；花红柳绿，春意盎然，温馨和谐，幸福人间。

  纵横阡陌，沃土良田，鱼肥苗壮，稻菽无边；物华天宝，地杰群贤，风调雨顺，世泰民安。

  回汉儿女，勤劳勇敢，同舟互济，远航扬帆；精诚团结，携手克难，开拓进取，共创明天。

  复兴伟业，刻不容缓，深化改革，奋力攻坚；披荆斩棘，阔步向前，建设宁夏，腾飞银川！

古城河湾

（推荐人：莘景林）

  我站在古城黄河湾，放眼望去，黄河闪着光从天际浩浩荡荡流来，河水冲击着岸堤水泥护板，溅起层层浪花。新砌筑的防洪大堤沿着河岸蜿蜒，宛如一道风景线，高速公路横跨黄河大桥变通途。远处波光粼粼水天一色，江南灵韵与塞上苍茫浑然一体，秋色与黄河共长天地之间。河对岸，黄河生态园，古木参天，层林尽染，游人享受着田园风光和现代化的游乐设施。黄河楼巍峨屹立，气吞山河，占天时地利，遥看大河两岸。站在这里，我思绪万千，想起千年诗人王之涣的《登鹳雀楼》："白日依山尽，黄河入海流。欲穷千里目，更上一层楼。"思古幽情，期望当今诗人登高望远写出流传千古的诗篇。

  回首张望，湿地公园青翠中透着鹅黄，小桥流水，碧波荡漾，芦花飘逸，野鸭凫水，渔鸥在空中盘旋。迟开的荷花，绽放花蕊，如出水芙蓉，婀娜多姿，荷叶漂浮在水面，水下鲤鱼在游动，不是江南胜似江南。滨河大道神向远方，贯穿南北，成为塞上一条主要交通干线。现代化的黄河体育公园，设施齐全；群众在标准化的塑胶跑道锻炼；篮球场、网球场、沙滩排球场、足球场不时响起欢呼声，在宜人的秋景中锻炼身体很惬意。极目楚天，辽阔无垠，满地金黄，秋意淋漓。再往后看，漂亮高大的住宅建筑楼群拔地而起，在空中格外醒目。黄河平原，一座现代化的中等滨河水韵城市正在崛起。我长久凝视，看不够家乡的美景，只有感慨而已，黄河湾你见证黄河两岸沧桑变化。

青秀园记

（推荐人：芋景林）

青秀园位于黄河西岸，塞上江南青铜峡小坝境地；她委婉清秀，绿意葱茏；既有江南的灵气风韵，又有西部的粗犷雄浑。平时游人不多，偌大的公园显得宁静，很合我的口味。闲暇时我常来游玩，并作为摄影创作基地。踏青时节，我走进青秀园，春的气息扑面而来，穿过假山景致，一树树海棠花映入眼帘，大红、紫红的花瓣在晨光中悄然绽开，鹅黄的花蕊伸出头，观察外面的世界。我漫步树下赏花吟诗，自娱自乐，好不惬意。路边的兰花开得正旺，紫色的花在绿叶的映衬下很醒目。高高的白杨树伸向天空，小草泛着绿色，嫩弱的身子挂着清晨的露珠，我蹲下身子仔细观察，阳光下露珠发出晶莹的亮光。走在弯弯曲曲的石径小路上，呼吸着新鲜空气，我感觉神清气爽；不远处有人在锻炼身体，郁郁葱葱的走廊中，有几个老人哼着秦腔。两边都被紫藤缠着，很别致。走出紫藤长廊，进到一个天井，最显眼的是一簇簇青翠的嫩竹，伸出墙外，别有洞天。

几棵丁香树，紫色、白色的丁香花开得正浓，老远就闻到花的清香味。不远处十几棵桃树，粉红色的桃花，鲜艳夺目。向前走去，就是牡丹园。我想起去年赏花的情景：四月中旬，牡丹花盛开，我与游人前来赏花，平日里清静的园子，顿时热闹起来。一朵朵牡丹花，雍容华贵国色天香，在蓝天白云衬托下，舒展着身子，仿佛牡丹仙子从天空飘来，只见一位女画家手托画板全神贯注地画着。此刻，我望着眼前汉白玉牡丹仙子雕塑像沉思，古代仕女，挽着发髻，眼睛炯炯有神，衣裳飘洒，手提花篮；雕像造型简练，人物仿佛呼之欲出。来到园子湖边，只见湖水清澈，碧波荡漾，鱼儿水中游动，四周杨柳青青，倒挂水中。我荡着秋千，欣赏着美景，听着身上播放器优美的音乐，美滋滋的。沿山间小路，爬到山巅，登高望远，满园景色尽收眼底。湖光山色，楼台亭阁，苍翠树林，美不胜收。小憩一会，翻过山，眼前一亮；田园风光，春色无边。果园花卉，姹紫嫣红；有几颗十几年的老梨树，茂盛苍翠，洁白的梨花，清香飘逸；苹果花，红中透白，春风吹过，从树枝上飘落几片花瓣，吸着泥土的芬芳，我仿佛是在欣赏一幅打开的山水画。

沙湖飞鹭

（推荐人：乔刚）

沙湖是鸟的乐园，每年天鹅、白鹳、苍鹭等候鸟近100万只迁徙至此繁衍生息。春夏之交，候鸟南来，鹭飞鹤舞，天鹅翔集，百鸟争鸣，声闻数里，正所谓"秋水共长天一色，落霞与孤鹜齐飞"，蔚为壮观，成为沙湖景色一绝。

贺兰岩语

（推荐人：鄢玉蓉）

你若要来，便是前世未了的尘缘。

千里绵亘雄伟高耸的青色山体上，我已将我们约定的暗语刻于石上，牛马羊骡鸡犬鸭鹅，鸟虫鱼鳖花树草榭。你若驻足聆听，石上樵渔耕读的故事便如山花相约野树灵动翩然。那太阳的石刻，是千百年前我们执手"木石前盟"的见证。

可记得一起骑牛牧马弯弓射雁，下河叉鱼攀岩擒鹿。可记得双双笙歌花前，对对曼舞月下。可记得山花烂漫时一起看鸟禽出山，冰雪封冻间睹猛兽跃岩。可记得挽臂听燕莺和鸣飞瀑，闻松涛相伴泉涧。可记得你俏笑顾盼石锅里煮鱼，我飞马扬鞭石笔刻岩。只愿此情感天动地撼日月，万年千岁重回石前，忆山盟，追海誓，传一段佳话，全在石间！

黄河战舰

（推荐人：鄢玉蓉）

黄河流金富银川，平原沃野赛江南。黄蓝黑白红五宝，争鸣凯旋银川舰。银川舰，现银川，卫国保家四十年，载誉载荣归故里，卧泊滨河水陆间。黄河军事博览园，筑海魂，海上见。海舰昂首内河湾。飞机坦克高射炮，丰援悍强军博园。军博园，君来瞻，爱国教育青少年。度假休闲共拓展，国富民强人尽欢。黄河黄，海水蓝，无阻银川驱逐舰。西北唯独有，全国第一流，若问游景谁最先，若非黄河军博园。

回苑风月

（推荐人：鄢玉蓉）

面前的建筑庄严雄伟，透着安静祥和与肃穆，从容的"朵斯提"头戴白帽，肩搭毛巾出出进进，飞檐翘角的高大门楼，有黄绿相间的琉璃瓦护顶，在阳光下金光四射。对面是一座宽大的横屏碑，有蓝色的题刻：纳家户清真寺。

回乡风韵更为集中体现的是供旅游观瞻、游乐、餐饮、服饰头饰纪念品出售为一体的回乡苑了。有雄伟圣洁的清真寺供游人观赏或礼拜，内殿几何图形华丽的彩绘让人叹为观止。脱了鞋子跪一回大殿，听一阵阿訇颂"邦克"，吃一餐正宗的回族宴，搭一回盖头念一句"阿米乃"……

六盘天歌

（推荐人：张耀堂）

六盘山，古秦陇丝绸之路关隘，近代之宁南门户。峰高路险，曲绕盘旋。晴日时，白云缭绕，蓝天放歌。唐朝诗人王维、杜甫、岑参、卢纶皆有边塞诗吟咏。1935年，红军长征路过此地，伟人赋诗赞颂。1970年代，当地政府修筑长征纪念亭，供后人凭吊纪念。诗曰：

> 萧关古道自嶙峋，弯曲盘旋扼陇秦。
> 鸟道崎岖云雾锁，狂飙横阻顶峰人。
> 岑参杜甫诗犹在，出塞王维有雅吟。
> 更喜红军经此过，清平乐曲扫烟尘。

须弥佛窟

（推荐人：张耀堂）

须弥山石窟是中国十大石窟之一，开凿于北魏时期。西魏、北周、隋、唐及以后各代继续营造、修葺、重妆，成为固原市规模最大的佛寺遗址。佛窟位于固原西北约六十公里处的寺口子河北麓山坡上。楼阁依山而建，石窟掩映其间。山上峰峦叠嶂，怪石嶙峋，苍松翠柏，四季常绿，凉风吹来，涛声四起，是宁夏著名景区之一。作诗一首：

> 北魏开凿佛祖寺，弥勒尊像壁窟存。
> 红桃绿柏游人醉，缕缕清风贯松林。
> 古路丝绸西域地，长滩边塞雁关魂。
> 参禅意念随心至，礼赞龙吟举善人。

永乐高庙

（推荐人：张耀堂）

始建于明永乐年间的中卫高庙，清康熙、乾隆年间，曾两次损毁于地震，1942年毁于火灾。现存寺庙为1946年依据清咸丰年间风格重建而成，是宁夏南部一座佛、道、儒三教合一的奇特寺庙。庙的砖雕牌坊上有一副对联：儒释道之度我度他皆从这里，天地人之自造自化尽在此间。横批：无上法桥。庙里供奉不仅有佛祖、菩萨，还有玉皇、圣母、文昌、关公。佛道儒的三教偶像，济济一堂。诗云：

> 三教合一寺庙魁，佛儒道士为一家。
> 玉皇五岳南天供，廿四阶楼圣母娲。
> 菩萨佛陀南无殿，鼓钟文武亮奇葩。
> 香火缭绕烟云起，阵阵梵音诵法华。

沙坡驼影

（推荐人：张耀堂）

黄河沙坡头，地处腾格里沙漠东南缘，是宁夏中卫市著名的滑沙景区。这里集大漠、黄河、高山、绿洲为一处，既具西北风光之雄奇，又兼江南景色之秀美。

1956年开始，勤劳智慧的中卫人民与治沙工作者、科技工作者一道艰苦探索，创造出了以"麦草方格"为主的"五带一体"综合治沙工程体系，成功地制服了沙魔，在流动沙丘上营造出一片片绿洲。它是第一个国家级沙漠生态自然保护区，也是中国三大鸣沙——沙坡鸣钟所在地。

唐代诗人王维，出使河西途径沙坡头，面对大漠、黄河壮美景色，禁不住激情澎湃，挥毫泼墨写下"单车欲问边，属国过居延。征蓬出汉塞，归雁入胡天。大漠孤烟直，长河落日圆。萧关逢候骑，都护在燕然"这首著名诗篇。

诗曰：

昔日腾格大漠烟，长坡麦草锁沙田。
荒丘瀚海齐着绿，恣意滑沙游乐天。

黄河圣坛

（推荐人：张耀堂）

中华黄河坛位于青铜峡市金沙湾西岸，牛首山隔河屹立，黄河大峡谷、青铜峡108塔分布左近。黄河楼、黄河坛都是近年宁夏打造的黄河文化标志建筑。108米高的黄河楼，45米跨度、15.8米高的青铜牌楼和72米长、7.2米高的黄河五千年照壁，既是我国目前最大的青铜牌楼，也是记载中华文明摇篮的传统群像浮塑。这些建筑突出了黄河是中华民族母亲河的自然生态主题，突出天下黄河富宁夏，宁夏人民感恩黄河恩赐的深切主题，值得颂扬。诗曰：

楼耸蓝天日正红，柱廊间色好威风。
东邻峡谷黄河浪，西拢滨桥大道通。
牛首山前坛矗立，金沙湾上亮彩虹。
人文历史浮雕塑，白雾云烟拱巨龙。

回乡园歌

（推荐人：张耀堂）

中华回乡文化园是以营造中华民族大团结和谐氛围为目标的国家级旅游景区，位于宁夏银川市郊京藏高速公路永宁出口处，始建于2002年。这里展现在游人面前的是：回博馆里读历史，礼拜殿中听邦克，阿依莎宫品回宴，曼苏尔宫赏歌舞，纳家户旁逛回街的一幅幅精彩的回乡文化景象图。它既能让人们充分了解中国伊斯兰文化的源远流长，又能感受到中国回族文化的生动内涵。截至目前，中华回乡文化园已经接待国内外游客300余万人次，成为我国唯一展示中国回族文化、体现民族大团结的文化圣地。诗曰：

  月上贺兰歌友谊，回乡园里亮风情。
  清真大寺宣邦克，和睦团结齐向荣。

鸣翠荷色

（推荐人：张耀堂）

鸣翠湖国家湿地公园位于黄河侧畔宁夏银川市兴庆区掌政镇境内，距银川市区9公里。是我国继江苏溱湖和杭州西溪国家湿地公园后第三家被国家林业局命名的国家湿地公园，也是黄河流域、西部地区第一家国家湿地公园。享有"中国最美的六大湿地公园之一"美誉。

古老的黄河水车耸立于鸣翠湖畔，到了夏季，鸣翠湖一片荷色，如诗如画。湖中芦丛荡舟，曲径通幽，迷宫观鸟，乐而忘返。有鸟类97种，其中黑鹳、中华秋沙鸭、白尾海雕、大鸨为国家一级保护动物。不远处还有享誉宁夏及周边内蒙古、陕西、甘肃临近县市的名刹——甘露寺。诗曰：

　　车水排云鸣翠绿，荷塘莲叶伴游人。
　　低回水鸟旋湖面，飞跃鲤鱼珠满身。
　　芦荡黄昏逐日近，青纱漏月见光轮。
　　乘行电塔观湖色，望远登高看暮云。

千年宝塔

（推荐人：张耀堂）

海宝塔寺，是我国开放的重点佛教寺院之一。十六国时由大夏国王赫连勃勃修造，位于宁夏银川，巍然耸立在银川平原上至少1500余年，被人们称颂为"古塔凌霄"而列入"朔方八景"之一。清康熙五十一年（1712年）和乾隆四十三年（1778年）海宝塔受地震破坏，曾两次重修。清末民国初称"海宝禅院"，现改造成为海宝公园供游人参观。寺院四周清波荡漾，垂柳繁茂，绿树成荫，环境十分幽雅静谧。诗曰：

　　宝塔高昂立凤城，碧波荡漾水清清。

千年海宝佛家寺，万代香烛诵藏经。
　　历史悠悠西夏地，金戈铁马古原横。
　　喜看今日稻黍浪，塞外江南岁月峥。

雄浑贺兰

（推荐人：张耀堂）

　　贺兰山脉位于宁夏和内蒙古交界处，是宁夏西部平原的天然屏障，最高峰3556米。晴日峰顶可见积雪，山峦蔚蓝壮美，树木葱郁，青石如洗，故有北方骏马之称。

　　西夏王陵分布于贺兰山下，一个个黏土夯实的西夏帝王陵寝，被称为"神秘的奇迹""东方金字塔"。而拜寺双塔、贺兰山岩画、滚钟口风景区、苏峪口森林公园，均为银川平原增添了无数靓丽的风景奇观。诗曰：

　　贺兰雄伟大山青，荒漠平原两踞横。
　　拜寺塔双岩画壁，苏峪林口有园庭。
　　神奇西夏硝烟灭，唯有王陵岁月峥。
　　历史悲歌狂野曲，兰山落日照湖城。

美丽沙湖

（推荐人：张耀堂）

　　宁夏沙湖既是大自然的杰作，又是勤劳智慧的塞北人民的艺术创造。湖光沙色，候鸟成群，芦丛如画，风光旖旎。这里既有沙漠，又有万亩平湖，栖息的鸟类就有200种上百万只。沙湖是宁夏最大的半咸水湖泊，不仅有常见的鲤鱼、鲢鱼、草鱼、鲫鱼，而且有北方罕见的武昌鱼和体长160厘米、重达60多斤的娃娃鱼（大鲵），还有体围1米多的大鳖。数十年来，结合沙湖的自然特色，当地已经开发建设的景点项目有游乐园、瞭望塔、荷花苑、芦苇迷津、湖心鸟巢、西部大漠、西夏行宫、水上飞机、水上跳伞、水上摩托、滑沙索道、大漠沙雕、湖中荡舟、天然浴场等项目，是休闲旅游的著名风景区。诗曰：

　　　　碧波万顷壮沙湖，逐浪扁舟赞子都。
　　　　塞外风光无限好，鸭鹅嘎嘎水中凫。

古峡览胜

（推荐人：李鹏）

　　青铜峡谷地处宁夏平原中部，是黄河上游最后一个峡谷，长约十公里。峡谷山高水深、两岸悬崖峭壁。传说大禹治水来到这里，劈山成峡，黄河水一泻千里，此时正值夕阳西下，峡谷峭壁呈现出一片青铜色，青铜峡由此而得名。

　　两千多年前青铜峡峡谷两岸开凿有秦渠、汉渠、唐徕渠古渠引水口，黄河水顺着渠道缓缓地注入宁夏平原，呈现水网如织、渠道密布的景象。位于唐徕渠古渠引水口的一百零八塔，是西夏时期一处规模较大的佛教活动遗址，塔群依山势按奇数排列分阶而建，108个塔排列呈等腰三角形状，整体建筑规模宏大，气势雄伟，显示出西夏王朝的强盛和尊崇佛法的宏大气度。

位于峡谷出口处的青铜峡水利枢纽工程，始建于1958年，是新中国自行设计建设的一座以灌溉、发电为主，兼防洪、防凌等综合性水利枢纽工程，是中国唯一一座大型闸墩式水电站。

近年来，位于峡谷入口及中段新建有中华黄河坛、大禹文化园。中华黄河坛作为宁夏黄河金岸的标志性建筑，成为全国唯一的感恩母亲河的人文主体建筑，青铜铸造的中华黄河鼎、农耕大道、文华大道、感恩坊、礼恩坊、思恩坊彰显出黄河文化的博大精深。大禹文化园整体建筑由大禹铜雕像及仿汉代建筑群组成，整体建筑格调古朴典雅，大气磅礴。禹王殿融祭祀、纪念、功德、文化为一体，全方位展现大禹所蕴含的深厚文明与内在精神，成为青铜峡谷又一胜景。

青铜古峡历史文化源远流长，自然人文景观独特。中华黄河坛、大禹文化园、一百零八塔、古渠引水口汇集于此。九曲黄河穿峡越谷，一经青铜峡水利枢纽奔涌而出，便拉开"塞上江南"的华丽帷幕。由青铜古峡发端的引黄灌溉渠水在宁夏平原绵延向北奔流不息，灌溉了万顷碧波，造就了中国西北地区有名的绿洲。

金岸溢彩

（推荐人：李鹏）

黄河金岸像一条曼舞在宁夏平原黄河岸畔的飘带，将宁夏中卫、中宁、青铜峡、吴忠、灵武、永宁、银川、贺兰、平罗等沿黄城市串在一起，黄河楼位于宁夏平原的精华之地，犹如镶嵌在黄河金岸的璀璨明珠，聚合了山之魂、川之韵的丰富内涵。

滔滔黄河水从吴忠、青铜峡市穿城而过，两岸的黄河楼、黄河文化园、新月广场、两馆一中心、回族历史人物园、黄河大桥、滨河大道以及两岸城市建筑群构成一道靓丽的黄河金岸城市风景线。每当夜幕降临，高耸的黄河楼被华丽的彩灯装饰的美轮美奂，在苍茫的暮色中犹如浓墨重彩的图画；两馆一中心建筑群光彩炫目，凸显着伊斯兰文化的魅力；新月广场上的射灯在天空中投下一道道霓虹般的光柱，宛若人间仙境。两岸的灯火映照河面，反射出五光十色的粼粼波光，放射着奇光异彩的光芒。

浸润着凝重古老的韵味的黄河水，与黄河楼两岸的景致巧妙地融汇在一起，构成宁夏黄河金岸的最华丽的篇章。

古塔寻踪

（推荐人：鲁兴华）

一百零八塔始建于西夏。每当风和日丽，群塔倒映在金光闪闪的湖中，景色奇特，幽雅明丽。塔群坐西朝东，背山面水，随着山势凿山分阶而建，由上而下，错落有序，呈一、三、三、五、五、七、九……奇数排列，构成一个等边三角形的大型塔群，这一百零八塔，除最上面的第一座塔较大之外，其余均为小塔。塔全部用砖砌成，抹以白灰，属于实心塔。塔群的总体布局别具匠心，风格独特。

梦幻金沙

（推荐人：鲁兴华）

金沙湾位于青铜峡水库上游，浩浩荡荡的黄河自南向北经过一个"S"形大湾进入青铜峡峡谷，峡谷入口西侧山体被一片金光闪闪的黄沙覆盖，"金沙湾"由此得名。

锦绣园林

（推荐人：鲁兴华）

青铜峡青秀园是全区最大的一处集生态治理、休闲观光、文化保护、健身娱乐为一体的综合性园林，占地面积1430亩，植物种类多达240种，园区布局有牡丹园、菊花园、海棠园、蔷薇园、荷花苑等多个专类植物观赏园。

壮美圣坛

（推荐人：鲁兴华）

黄河坛是黄河金岸的标志性建筑，位于宁夏吴忠青铜峡市，为了礼敬黄河、祭拜黄河、感恩黄河，黄河坛于2010年5月开工建设，2011年4月底建成。黄河坛长999米，宽200米，建筑面积是6.5万平方米，背靠贺兰山山脉，隔河屹立牛首山，左傍万里黄河臂弯，右依青铜峡峡口。站在黄河圣坛的位置向下望去，眼前的黄河及滩地正好成一个太极八卦图。

百鸟家园

（推荐人：鲁兴华）

青铜峡鸟岛面积为3万亩，其中有5000多亩的天然林，2万多亩的天鹅湖、中心湖、西湖。每年春季，鸟岛有100多种鸟类在此汇集，是不可多得的西部风景区。

青秀翠韵

（推荐人：覃春娟）

这是明代庆靖王朱栴歌咏汉延渠之作。在小坝东北角，汉延渠东边，坐落着一座新建的城市园林——青秀园。它以其清新秀美的园林特色而得名。有9个功能区和16个观赏园。栽种有国槐、五角枫、红叶李、法国梧桐、丝棉木、翠柏等各种乔木42种6200株，有榆叶梅、碧桃、连翘、珍珠梅等灌木3万株，有草坪5万平方米。青秀园，是一个集游览休闲、文化娱乐、健身运动、科普宣传为一体的自治区级综合性公园，是一座环境优美、景观丰富的现代城市园林。

枣绒唐韵

（推荐人：杨红花）

宁夏灵武近年大力发展长枣种植业和羊绒产业，成为宁夏的新亮点和标志性产品。灵武长枣历史悠久，品种优良，果味鲜美，营养价值高，为国家地理标志产品，灵武也被誉为"中国灵武长枣之乡"。灵武羊绒产业被国家有关部门授予"中国（灵武）国际精品羊绒之都""中国精品羊绒产业名城"等称号。同时，灵武隋唐五代时曾是北方军事文化重镇，唐肃宗李亨在灵武登基，唐文化遗存尚在。灵武这座塞上古城正在沿着"唐韵、绒都、枣乡"的发展思路，"枣绒唐韵"不仅是灵武的特色，也成为宁夏的一道优美风景。

金岸栖霞

（推荐人：杨红花）

"天下黄河富宁夏""黄河百害，惟富一套"，黄河对宁夏十分眷顾。沿着黄河金岸的滨河大道驱车而行，夕阳下的黄河，彩霞斑斓，异常美丽，可以品味"大漠孤烟直，长河落日圆"的独特景象。

水洞藏兵
（推荐人：杨红花）

水洞沟是宁夏的精品旅游线路，水洞沟景区中的藏兵洞可谓奇异险峻。不仅演绎了宁夏古代的军事文化，更为宁夏旅游文化增添了扑朔迷离的趣味。

穆寺铃风
（推荐人：杨红花）

宁夏是回族自治区，回族穆斯林群众民风纯朴，清真寺在宁夏广泛分布。寺上悬挂的铃，随风摇摆，发出清脆悦耳的声音，形成了宁夏独特的风景线。

沙坡鸣钟
（推荐人：杨红花）

沙坡鸣钟是宁夏沙坡头的招牌景观，也是宁夏独有的奇观，曾被地质科学家竺可桢作为沙漠奇观进行过探讨。沙坡鸣钟知名度高，对于宣传宁夏，发展旅游文化产业具有积极的推动作用。

唐堤春柳

（推荐人：杨红花）

唐徕渠从银川市区穿过，如玉带一般，给城市增添了水的灵气。春天灌溉季节，渠内流水潺潺，渠堤两岸垂柳依依，市民行走其间，十分惬意。

陶然水岸

（推荐人：杨红花）

银川市金凤区鲁能陶然水岸住宅区，仅靠艾依河，岸边木质护栏配园林花草，市民生活在此，悠然自得，体现了宁夏人民的休闲生活。

王陵夕照

（推荐人：杨红花）

西夏文化在宁夏历史中占有十分重要的作用。西夏王陵是宁夏的王牌景区之一。贺兰山下，夕阳西下，金色的阳光洒射在几座王陵上，形成了沧桑落寞的感觉，是宁夏的优美景色之一。

影城一绝

（推荐人：杨红花）

镇北堡西部影视城依靠出卖西部荒凉，打造了文化奇观，被誉为中国电影走向世界的地方，许多影视明星从这里走向了耀眼的红地毯。影城大门前写有"影城一绝"四个大字，可以说是这种景观的绝好配词，也可作为"宁夏新十景"中的一景。

月上贺兰

（推荐人：张跃庆）

该景具有优美的画面感，以大型原创回族舞剧《月上贺兰》为依托，讲述了古丝绸之路上一段美丽动人的故事，反映了回族在宁夏大地形成、发展的历史，伊斯兰文明与中华文明有机交融、和谐相处、共同发展的历史，极具民族风情和深厚的历史文化底蕴，展现了宁夏民族团结、宗教和顺的安定局面，也体现了宁夏在打造丝绸之路经济带战略支点中的独特区位优势和美好前景。同时，贺兰山作为宁夏西北部的生态屏障，挡住了西伯利亚寒流和腾格里沙漠的侵袭，保护了宁夏河套平原，为"塞上江南""十大新天府"等美誉奠定了基础。贺兰山虽属宁蒙两区共有，但鉴于舞剧《月上贺兰》的宣传效应、艺术感染力和国际影响力，由此衍生的宁夏独有的文化景观和物质景观，将历经千百年永存于历史的长河而不会消失，应作为"宁夏新十景"第一景。

红照六盘

（推荐人：张跃庆）

六盘山既是关中平原的天然屏障，又是北方重要的分水岭，历来有"山高太华三千丈，险居秦关二百重"之誉。站在中华五千年华夏文明发祥的历史长河中来看，六盘山（又叫陇山）一直享有"龙的故乡""羲皇故里"等美誉，流传着"湫渊出龙""伏羲创世""柳毅传书"等传说，承载着厚重的历史文化底蕴。从古丝绸之路的历史来看，六盘山是中原王朝的北大门，固原是丝路商埠重镇和军事要隘，在丝绸之路的重要节点。相传一代天骄成吉思汗远征西夏时曾在六盘山整肃军队，后病逝于此。在中国红色革命历史中，六盘山更是毛泽东带领工农红军长征翻过的最后一座大山，留下了《清平乐·六盘山》的千古绝唱。红色已成为六盘山沾染历史文化最为浓墨重彩的颜色，成为宁夏在中国革命史中占有一席之地的深深烙印，成为宁夏人民在自治区党委的领导下，沿着红色革命传承奋勇前进、谋求发展的生动写照，"红照六盘"也应成为"宁夏新十景"的必有一景。

风中马兰

（推荐人：张跃庆）

马兰花是宁夏的区花，也是首府银川的市花，在宁夏分布广泛。马兰花虽然普通，却不在高枝炫耀，甘于寂寞，扎根大地，尤其适应宁夏的西北气候和沙漠、戈壁地带，耐干旱、耐盐碱，可以固沙，生命力非常旺盛，被广泛用于城市园林绿化之中。马兰紫色的花瓣分外美丽，碧绿的叶子宽而薄，像一柄柄高擎的利剑，剑指长空的同时，自然敞开，展示了开放的胸怀，不论风吹雨打，顽强地迎风傲立。宁夏人民围绕马兰花创作了歌曲《马兰花》、小说《马兰花开》等一批文艺精品，将宁夏人的坚强品格深深地融入了马兰花的人文精髓之中。"风中马兰"形象地刻画了宁夏人民的精神品格，是宁夏回汉各族人民不惧困难、坚韧不拔、任劳任怨、奋发图强的精神写照，受到了广大人民群众的认可和喜爱。这一自然景观具有丰富的人文内涵，历久弥新，不会随着时间流逝而消失，应当成为"宁夏新十景"的重要一景。

中阿览胜

（推荐人：张跃庆）

宁夏在联系阿拉伯国家和穆斯林地区方面，具有得天独厚的优势，是国家向西开放的"桥头堡"。在连续举办了三届宁洽会暨中阿经贸论坛后，经国务院批准，将其升格为中阿博览会，每两年举办一届，成为具有国际影响力的国家级、国际性经贸合作的重要平台，使宁夏跃居世界舞台。这是宁夏探索与世界接轨，推进外向型经济发展的一条独具特色的开放之路，以文化、信仰等为天然纽带，开展与阿拉伯国家和世界穆斯林地区的经贸交流、投资合作和友好往来，续写了新丝路，是打造丝绸之路经济带战略支点，促进宁夏经济社会发展，提升宁夏对外形象和开放水平的重要举措，中阿携手必将续写新的传奇。以中阿博览会为平台，以中阿博览会永久性会址、阅海湾中阿商务区、中阿之轴等景观建设为载体，以丝绸之路经济带为支点，"中阿览胜"成为促进宁夏全面对外开放，独具特色的新的自然人文景观。也应成为"宁夏新十景"的重要一景。

秦汉水韵

（推荐人：张跃庆）

宁夏地处黄河中上游地区，得引黄灌溉之利，自秦汉以来，逐步建成了以秦渠、汉渠、唐徕渠等七大灌溉渠系和扬水灌溉渠系为主的遍布全区的灌排体系，灌区鱼跃粮丰，农业生产条件较好，素有"天下黄河富宁夏"等美誉。每逢春夏引灌时，灌区阡陌纵横，稻苗青青，水田晚照，形成了十分秀丽的"塞上江南"景象。特别在渠道开闸时，黄河之水汹涌澎湃，如银蛇蠕动，引人入胜，"宁夏古八景"之一的"汉渠春涨"即是生动写照。唐徕渠等穿城而过的水渠，在发挥农业灌溉、园林绿化、水系建设等作用的同时，被建成城市公园，为广大市民提供了休闲宜居的绝佳场所。唐堤两岸，烟柳画桥，流水潺潺，人来人往，成为扮靓城市的一道美丽风景线。"秦汉水韵"蕴含了宁夏丰富的经济社会历史发展脉络，形象地展现了宁夏"塞上江南"的水乡美景和独特韵味，应成为"宁夏新十景"的美丽一景。

杞园欢歌

（推荐人：张跃庆）

枸杞是宁夏驰名中外的特产，居"五宝"之首，人工种植历史有600多年，素有"天下枸杞出宁夏"的美誉。枸杞原为野生植物，经过宁夏人民世代选育改良，才成为人工栽培的药用保健作物，远销欧美、东南亚等20多个国家，成为最具宁夏元素的文化符号。宁夏作为枸杞之乡，枸杞园随处可见。仲夏成熟时节，万亩枸杞园里大片翠绿的枝头，挂着一粒粒鲜红的枸杞，如红玛瑙宝石一般分外耀眼，采摘女的身影隐现其间，脸上洋溢着笑容，鸟鸣人歌，婉转相应，构成了一道靓丽独特的风景线，散发着浓郁的枸杞文化生态自然之美、农家风情之乐。"杞园欢歌"就像西湖十景之一的"梅坞春早"一般，是宁夏独有的自然人文景观，具有独特的韵味和唯一性，应成为"宁夏新十景"之一。

塔湖禅月

（推荐人：张跃庆）

银川市北塔湖因湖边北塔（又称海宝塔）而得名，湖中芦苇丛生，水域广阔，湖水盈积，波光粼粼，鸟鸥翔集，景色优美，是塞上湖城银川的重要湖泊湿地，也是人们休闲娱乐之地。北塔至少有1500多年历史，是宁夏始建年代最古老的佛教建筑，素有"古塔凌霄"之誉。北塔寺（又称海宝禅院）三面环湖，一面抱翠，杨柳繁茂，绿树成荫，在月色的拂照下，在湖水波光的映衬下，"千顷平湖映高塔"，迷人的风光令人陶醉，塔上的风铃迎风摇曳，幽静安逸之中仿佛浸透着深深的禅意，令人在遐想之余思想得到升华。"塔湖禅月"将海宝塔、北塔湖、北塔寺、明月四种空灵的意象结合在一起，将宁夏银川数千年的经济社会发展历史有机融合进去，以极富画面美感的手法，展现了宁夏的发展成果，勾画出了一幅绮丽的自然人文景观。

贺麓葡廊

（推荐人：张跃庆）

贺兰山东麓拥有得天独厚的光、热、水、土等优势，是国际国内公认的最适宜种植优质酿酒葡萄的黄金地带，是世界上生产高端葡萄酒的绝佳产区之一，是宁夏比煤炭更为宝贵的优质资源，即使沐历史长河亦亘古不变。贺兰山东麓葡萄产业及文化长廊建成后，将以生态转型、贺兰山山体、影视文化、西夏文化、酒庄群落、黄河文化、多元文化等景观葡萄长廊为主题，打造一批特色小镇、百个特色酒庄、百万亩葡萄基地，实现千亿元综合产值，形成"东有黄河金岸，西有葡萄长廊"的塞上新景观，使两条经济产业线、生态景观线、文化展示线、旅游观光线珠联璧合、交相辉映，对于提升宁夏产业水平、促进经济社会发展具有重要作用。这一宁夏独有的自然人文景观，如能入选"宁夏新十景"，必将为宁夏的加快发展和对外宣传增色添辉。

坡头情趣

（推荐人：桑凤亭）

沙坡头景区在宁夏中卫西南部，由腾格里沙漠东南边缘与黄河大拐弯处会合而成。是全国著名自然风景区，国家ＡＡＡＡＡ级旅游景点。与九龙湾风景区首尾相连，沙水相依，是中国自驾旅游基地和沙漠之都。有沙坡鸣钟、骑驼游坡、皮筏漂流、黄河快艇、大型游艇等项目。

西夏陵阙

（推荐人：桑凤亭）

在宁夏银川西约30公里的贺兰山东麓，是西夏历代帝王的陵墓所在地。陵区约50平方公里，有9座西夏帝王陵园和250多座陪葬墓。每座陵园都是一个单独完整的西夏风格建筑群，形制大体相同。围城四周有角楼，前面有门阙、碑、亭，分内城外城，还有献殿、灵台等。近些年在附近又建了西夏博物馆、西夏公园和西夏风情园等旅游景点。

六盘红亭

（推荐人：桑凤亭）

在宁夏隆德县东北六盘山主峰上，是中国工农红军1935年10月长征途中经过的地方。毛主席在翻越六盘山时写下了《清平乐·六盘山》一词。新中国成立后，宁夏人民在主峰平台上建立了气势宏伟的红军长征纪念碑纪念亭，并成为中国革命教育基地和著名旅游景点。主要有六盘山自然风景区和大型纪念碑、纪念亭等。

水洞遗址

（推荐人：桑凤亭）

在宁夏灵武县东北35公里处的西南崖壁上，是我国发现时间较早、材料最丰富的旧石器时代晚期遗址之一。经过多次挖掘，石器的主要类型有尖状器、刮削器、端利器，还有少量砍伐器和多种动物化石等。2014年，水洞沟旅游风景区成功入围中国十佳风景区候选名单。

金岸胜景

（推荐人：桑凤亭）

在宁夏吴忠至青铜峡黄河岸边，有青铜峡峡口的黄河楼和黄河文化园，金沙湾的黄河圣坛，还有黄河母亲等景点。

"天下黄河富宁夏",是近几年宁夏人民为了感恩黄河水带来的幸福生活而建造的大型旅游新景点。

贺兰丽色

(推荐人：桑凤亭)

在宁夏银川市西北部,由东北向西南斜贯于银川平原和阿拉善高原之间,南北长200多公里,东西宽15~50公里,一般海拔2000米以上,最高峰3556米。山势巍峨险峻,为银川平原西部的天然屏障。遥望山脉,宛如骏马,蒙古语谓骏马为"贺兰",故名贺兰山。山口名胜较多,如小口子有笔架峰,苏峪口有国家森林公园,有近8000米长的西北海拔最高高山栈道,连接苏峪口新老景区,贺兰山中最美及最险之处将一览无遗。还有寺庙、贺兰山岩画等。

阅海奇观

(推荐人：桑凤亭)

宁夏银川市兴庆区阅海湾,是近几年宁夏为了进一步扩大改革开放、建设"四个宁夏"打造的综合旅游景区。主要有中阿之轴、中阿经贸商务中心、双子塔、水上公园、览山剧场、绿博园等精致景点。

森林公园记事

（推荐人：刘红霞）

森林公园位于大武口西北部的贺兰山东麓洪积扇冲积平原，土壤非常瘠薄，为石质砂砾结构，漏肥漏水，降水量稀少且集中，年降水量在160～190毫米。蒸发强烈，年蒸发量在1700～2500毫米，是降水量的10～14倍，处于干旱半干旱地区。森林公园于1997年11月16日正式开工建设，历时17年。截至目前，共完成120个品种32.1万株树木的栽植任务，先后建成了防风林、中日友好林、名人纪念林、青年志愿林、少年世纪林、军民共建林、警民共建林、沙生植物园等林区，树木成活率达到93.8%以上，建设面积为667公顷。目前已建成了融游憩、娱乐、生产、野趣、体育、文化、宗教等活动为一体的风景旅游区。它的建成，对大武口市区防风固沙、涵养水源、美化家园、改善生态环境具有明显作用。今天，当人们在满目苍翠、花团锦簇、绿树成荫的森林公园中闲庭漫步、欣赏美景、锻炼健身的时候，可曾想到建设之初的森林公园是如何的景象？建设者们都经历了怎样的艰辛与不易？作为森林公园的建设者，我经历了许多人生的第一次，也留下了许多难忘的记忆，虽然很辛苦，但苦中作乐，至今说起仍津津乐道，并为之骄傲和自豪。

左公之柳

（推荐人：杨七斤）

"左公柳"是一种普通的柳树，没有垂柳婀娜的身姿，就像铁塔一样在恶劣的环境中矗立着，"左公柳"是老百姓为纪念晚清官吏左宗棠而起的名字。

清同治年间，左宗棠率领湘兵收复新疆时，在西北大漠看到"秃山千里，黄沙飞扬"，遂命令筑路军队，在东起潼关、西经嘉峪关至新疆的数千里路旁遍植杨柳，以防风固沙，名曰"道柳"。左宗棠身先士卒，凡所到之处，都带头植树，并制定保护树木的严格措施。据记录，单从陕甘交界的长武县境起到甘肃会宁，活树达26万余株。左宗棠的老友，浙江巡抚杨昌浚，到了收复后的新疆，发出"大将筹边尚未还，湖湘子弟满天山。新栽杨柳三千里，引得春风渡玉关"的感叹。几十年后的1911年，新疆巡抚袁大化路过哈密时，见到"十里柴湖庙，村户比连，绿荫夹道，清流贯其中，水声潺潺，草木畅茂"。自此，在古老的丝绸之路上，出现了千里参天大树，老百姓为纪念左宗棠，就将这些柳树称为"左公柳"。

清同治十二年（1873年），陕西总督左宗棠令隆德境内驻军于六盘山至联财车道植柳树。据《隆德县志》记载，隆德境内原有3936棵左公柳，但目前仅剩23棵，分布在隆德县城两公里的路段上。这些古柳树龄已过百年，树高为9～15米，胸径为1.2～1.6米。隆德县政府及当地群众认识到，左公柳是祖先留给隆德人民的宝贵财富，其生态价值难以估量，失之不能复得。因此，尽管道路几次拓宽，有16棵柳树已圈在路基以内，但人们始终给它们留有一席之地，隆德县林业部门对23棵左公柳编号、建档，修焊钢铁保护架，把它们作为当地的名树古木加以重点保护。

清同治七年（1868年）十月，左宗棠在隆德县城设置义学，不少农民子弟入学读书。同治十年（1871年），回民义军马才棕部在隆德野鸡岘杀了知县周歧俊及护军马队营总王有庆、总兵副将李松林，左宗棠闻知后，即调三营兵力杀马才棕于双树。

左宗棠是晚清儒将名臣。少怀大志，结婚时手书对联："身无半亩，心忧天下；读破万卷，神交古人。"左宗棠督办新疆军务时年已63岁。临行时，他带了新疆地图和一副沉甸甸的棺木，以表收复国土的决心。他说："六十许人，岂尚有贪功之念？所以一力承担者，此心想能鉴之。"

时至今日，在西北大漠上，一株株"左公柳"让人对左宗棠崇敬有加，左宗棠和"虎门销烟"的林则徐，都成为后人怀念的封建官吏之一。

梯田隆德

（推荐人：杨七斤）

沿312国道从东向西到隆德县城，在公路旁耸立着一座用汉白玉大理石建造的"全国梯田化建设模范县"纪念碑，这不是一座普通的纪念碑，这是一座经过几十年时间，由隆德县18万回汉群众用血汗浇筑而成的丰碑。

隆德位于宁夏南部，地处六盘山西麓，属黄土高原丘陵沟壑区。昔日，丘陵起伏，峰侧岭横，山高地陡，壑多沟深，旱涝雹灾频繁，水土流失严重，生态恶劣，贫瘠寒薄穷困。千百年来，民生苦不堪言，温饱之梦难圆。

县人民政府建立以后，农民"劳动致富，生产发家"，开始平整土地，掘泉引水，治沟治坡，改变农业生产条件。战天斗地的隆德人民用愚公移山的精神，修山不止停，造地不止，让昔日的黄土沟壑披上了绿装。"巍巍青山伴绿水，层层梯田绕山转，盘山渠道玉带舞，山间水库人工湖，旱魔洪虎听驱除"。这是18万回汉群众数十年艰苦奋斗，改造自然，建设家园的真实写照。

今日的隆德，望山山翠，看地地平，层层梯田沿山而转，如雕如琢，如诗如画。一个山川秀美、粮丰民安的新隆德从此崛起在黄土高原，六盘山下！在宁夏农村反贫困事业中，终于有一个被水利部命名授予的"全国梯田建设模范县"称号，横空展示在世人面前。

修梯田，在人多地少的中国，已经不算新鲜。然而像隆德县这样，几任县委、政府领导接力，苦干数十年，修出一个梯田化县，再造一片秀美的山川，则是世上罕见的。隆德人铸造了一种令人钦佩的隆德精神。

隆德精神，是实事求是、崇尚科学的精神，是自强不息、艰苦创业的精神。

每当人们翻越六盘山，进入隆德县境，便立即被山梁两边那富有生机的田园风光所吸引：扑面而来的是清爽怡人的山风，映入眼帘的是缠绕在山间的齐整整的梯田。山下，是平展展的农田，块块地膜在阳光下闪着耀眼的银光，环抱其中的，是一座座掩映在绿树丛中安谧而富有生气的村庄，村舍间一缕缕炊烟袅袅，村前那一条宽阔的盘山公路宛如一条轻柔的飘带，蜿蜒曲折，向远方延伸而去，在梯田的尽头，一波碧绿的水湾隐约可见。

放眼望去，这里随处可见的是一幅幅诗情画意般的隆德山水图。

栖凤山绿

（推荐人：柳富）

夜雨山色翠，游人醉晨曦。
改革东风劲，栖凤今展翼。

栖凤山，彭阳的象征，彭阳的骄傲。栖凤山位于彭阳县城南，老百姓又称灯盏山。仲夏一日，夜雨初霁，茹河之滨，栖凤山峦，绿草如茵，松柏凝翠，钟灵毓秀。清晨我踏着上山的石阶，来到半山坡的亭子，此亭，为十年县庆所建。我起名为"凝翠阁"，意为此处凝聚了彭阳山川之灵秀，站在这里，俯视全城，刚刚醒过来的山城，经夜雨洗涤，换了新妆，太阳穿过淡淡的云层，朝霞映辉，山川景色一新。此情此景，真正使人品味出了什么叫心旷神怡。

　　我喜欢这座山。曾记得，1970年第一次来到当时的固原县彭阳区，抬头看山，光秃秃的，山上没有树木，只有羊只在啃草。1983年建县后，前任远见卓识，下大决心、花大气力绿化此山；我到彭阳后，又接着干，山上也有我栽植的松柏、杨柳。现在，几百亩针叶林四季常青，春日山花烂漫，夏季松柏障目，秋天野菊怒放，冬月松枝挂银，为县城增色不少。为把栖凤山变成一座森林公园，在前任的基础上，我又倾注了一定心血，规划修建了东、西两座亭子。西称"凝翠阁"，东为"颐年亭"，通下山的路新铺了365个台阶，又称为"颐年路"，建起了山门，供人们休闲，为县城增色。在彭阳工作的大部分时间，我早晚两次登山，早晨在"凝翠阁"下打一路太极拳，晚饭后，上山坐在亭子木栏上，思考着彭阳的未来，盘算着下一步的打算，许多思路都是在这里厘清的，栖凤山与我结下了不解之缘。

　　栖凤山，是彭阳精神的象征，愿它伴随彭阳的未来，变得更秀美！

　　曾经我写了与栖凤山有关的拙诗：

登栖凤山

　　（一）

　　清明杨柳青，日丽桃蕾萌。
　　三秋一瞬间，栖凤今又春。

（二）
余晖洒凤山，万家起炊烟。
砖房替窑洞，康泰在盛年。

栖凤问答

何谓栖凤山？笑答举目观。
青山春常在，登高天地宽。

醉花阴
——栖凤山

柏翠桃红山色秀，遍地机声吼。
清明沐春膏，苗青林茂，
民乐亦何求。黄昏信步南山头，
繁难置身后。来此已五载，
殚精竭虑，谁将青山留？

神奇宁夏龙源龙乡

（推荐人：乔俊峰）

宁夏是个仅有6.6万平方公里，650万人口的小省区，但龙文化资源十分丰富，且地位突出，宁夏的三条巨龙使宁夏成为龙源龙乡。

1. 贺兰山、大麦地岩画中的龙

贺兰山位于宁夏西部，北接内蒙古，南延伸到中卫市与甘肃接壤，横贯宁夏250公里，海拔3556米，在1000多平方公里的岩画长廊中，现已发现的岩画有3000多组5万余幅。其中以贺兰山口岩画、中卫大麦地岩画最为集中，数量最多，内容最丰富，被联合国定为主要岩画集聚区。制作时间以旧石器时期中、晚期到新石器时期为最多，时间跨度为距今4万年前至今1千年左右。其内容上自天文、下至地理，包罗万象，系统反映了远古人类的社会生活和心理结构，记录了史前文明史，形成了流传千古的历史画卷。古老的贺兰山岩画和大麦地岩画正在走向世界，成为考古学家、人类学家、历史学家关注和研究的焦点，也是龙文化界关注和研究的亮点。

宁夏龙文化研究院的专家经过实地考察，查对史料古籍，与岩画专家座谈，并邀请全国龙文化权威专家到宁夏考证，在贺兰山、中卫大麦地、灵武水洞沟岩画中挖掘出了百余条龙、蛇形象，不仅数量惊人，全国罕见，且时间久远，距今1万~4万年的居多。

岩画专家、北方民族大学研究员李祥石于1979年在贺兰山口发现的中华始祖伏羲女娲同在一条龙蛇上的原始形象线条简洁，原始性强烈，与南阳画像、武梁祠画像、新疆绢画中的伏羲女娲人面蛇身交配图含义相同，寓意一致，一脉相承，只不过更简洁、更古老、更原始。

宁夏文物局原局长周兴华于1986年在中卫香山发现了形

象逼真的螺旋纹龙岩画，1989年又在中卫大麦地发现了神龙岩画，它雕刻在长110厘米、宽70厘米的红色岩石上。画面由一条巨龙携四条小龙组成，巨龙昂首挺胸，腾飞于空，奋进搏击，威力无比，发现者称之为"华夏岩画第一神龙"。

上海古籍出版社出版的《贺兰山岩画》《大麦地岩画》中挖掘出了百余条龙蛇形象。

专家们对贺兰山、大麦地岩画产生的年代做了大量、艰苦细致地科学断代研究。从古文献记载、史前考古、世界岩画产生的年代、人类活动遗迹、冰山擦痕理论以及岩画产生的环境、题材、内容、风格、技法与时代特征得出宁夏岩画多产生于距今1万~4万年。

联合国科教文组织对岩画产生的年代做如下界定："岩画上的绘画和图像，正如人们通常说的岩画，它们产生于人类还不知道如何读和写之前，是开始于智人出现的时候，它们提供了文字发明之前及其重要的历史资料。"众所周知，早期智人距今二三十万年，晚期智人距今四五万年。岩画普遍产生于晚期智人时代。这是100多年来史前考古学家、艺术学家、权威岩画专家的共识。贺兰山、中卫大麦地岩画属此范畴，即产生于4万年左右。

宁夏灵武水洞沟人类遗址经五次挖掘，出土文物遗存4万多件，距今三四万年。位于水洞沟南2公里，面积约10平方公里，广布于山涧、沟壑与山脊上的第四纪更新世山石上的大量岩画均属水洞沟文物遗存，相邻的贺兰山、中卫大麦地岩画与水洞沟岩画具有同类性。

2003年五六月，国际岩画原主席阿纳蒂用丽石黄衣（地衣）测年法测得贺兰山、大麦地岩画为13240年以上。

欧洲人以中国找不到石器时期动物饲养的证据断言中国文明落后于欧洲文明。经中外专家考证贺兰山岩画动物起源时，测定岩画中狗的形象为1.5万年，竟比欧洲早出5000年。同期同类岩画中的龙还有比此更早的龙蛇形象，均在1.5万年以上。

2000年，我国著名冰川地质学家周昆叔在贺兰山岩画点发现了多处冰山擦痕。经测定岩画在前，冰川在后，就距我们最近的第四纪冰川计算，贺兰山岩画产生于距今2万~4万年。后来陆续在中卫大麦地也发现了冰山擦过岩画的证据。

经龙文化专家考证，宁夏贺兰山、中卫大麦地水洞沟岩画中的龙蛇形象大多为岩画中最古老的形象。

2. 六盘山伏羲文化圈

六盘山屹立于宁夏南部、甘肃东部、陕西西部，绵延240公里，主峰位于隆德县与泾源县交界的米岗山上，海拔2942米。六盘山及其延伸行政区域包括固原市的泾源、隆德、彭阳、西吉、原州五县区和甘肃东部平凉、天水地区及陕西咸阳以北泾河流域的邠邑地区，面积100多万平方公里。发源于六盘山的泾河、葫芦河、清水河、茹河，分别向南、向北、向东流入黄河。其中位于泾源县的老龙潭和隆德县的六盘天池（史称北联池）是上述诸条河流的源头。就在六盘山老龙潭、六盘天池及其源出的诸河流域孕育出了中华始祖伏羲和华夏文明。

六盘山为龙之首。六盘山古称"龙首山",意为龙之头。甘肃省简称"陇","陇"即是《山海经》中说的"龙首山"的别称"垄山"。西北师范大学范三畏教授在《旷古逸史》中论证时说:"陇山山脉,习称六盘山地区,其形如一条长龙,首伏宁夏,尾拖陕甘,由正北向东南迤逦而下……"把六盘山喻为一条巨龙,既形象,又真实。

《周易·山经》乾卦辞有"六行雨施,六位时成,时乘六龙以御天"。这里说的"六龙"即为八卦中的"潜、见、惕、跃、飞、亢"六龙,故六盘山亦称六龙山。

老龙潭、六盘天池为龙之源。老龙潭由四座湫潭组成,每个湫潭似块块宝镜,瑰丽迷人。潭水碧绿,巨石参天,陡峭突兀,令人心惊目眩。飞瀑悬挂,直泻谷底,深不可测,传说是龙的诞生地,活佛沐浴过的地方。与老龙潭呼应的还有泾水八度、一线天,龙女峰在群山环绕中尽放异彩,卧龙山、龙脊山、龙腹山、双龙岭、二龙河、雷神峰几十处龙山龙水,纵横交错,起伏跌宕,曲折蜿蜒,气势磅礴,形象逼真,是传说中的多条卧龙。从中演绎出了《魏征梦斩泾河老龙》《柳毅传书》《泾河卧龙》《胭脂仙女》《济公转世》《白龙马的故事》以及回族少年与三龙女的爱情故事《苏蔓尔》。

六盘天池(隆德北联池)海拔2530米,面积50多亩,位医学，创造了针灸学。唐代诗人杜甫有《灵湫诗》"东山气鸿蒙，宫殿居上头"，"佛天万乘动，观水百丈湫"，大赞六盘天池盛景。赵宋宰相赵普因所带《论证》掉入池中，仅挽回半部，留下了"半部论语治天下"的佳话……

　　甘肃民俗学家王知三在六盘山区域各县考察，查阅县志、古籍史料百余部，研究20多年，与我们得出一致的结论：泾源老龙潭、隆德六盘天池、庄浪朝那湫在远古时期都在古成纪范围内，包括六盘山区域的泾源、隆德、彭阳、西吉、固原、原州区、静宁、庄浪、秦安大地湾、平凉、天水、渭河上游、成纪水、泾水河、葫芦河广大地区和流域。古成纪、老龙潭、六盘天池、庄浪朝那湫是构成六盘山伏羲文化圈的主要支点，是华夏文明发祥地之一。从古文献综合认证考究，"华胥履大人迹于雷泽而生伏羲，雷泽中的大人即为雷神，雷之声是龙的发音，和雷声相伴的闪电是龙的形状，伏羲是龙神之子，女娲是雷神之女，这就是'龙的传人'"的源头。六盘山上的朝那湫就是龙的故都，龙的发源地，龙的故乡。六盘山为龙之首，老龙潭、六盘天池为龙之源。

　　3. 黄河巨龙

　　穿越宁夏南北400公里的黄河，承载了贺兰山、大麦地、水洞沟的龙文化、炎黄文化、远古文明，流淌着中原文化、农耕文化、西夏文化、伊斯兰文化和移民文化，孕育和传承着中华文明。宁夏的黄河亦是一条奔腾不息的巨龙，"天下黄河富宁夏"名不虚传。

于隆德县城东20公里中段西侧的六盘山上，葫芦河的源头之一，被誉为"隆德八景"之一。天池三面环山，九峰叠嶂，巍峨挺拔，云雾缭绕，神秘莫测，水天一色，山青林茂，环境清幽，幻若仙境。据《史记》载，秦惠文王五十三年（312年），使张仪阴谋伐楚，刻《诅楚文》大石鼓，投于池中，以诅咒楚国。

《山海经·海内东经》载："雷泽中有雷神，龙身而人首，鼓其腹在吴西。"《易经》解东方为龙，"吴西"即指六盘山以西。从古籍《索隐》"龙之所处也"的记载，可见六盘天池是最早记载为"龙生之地"的湫池。

更为巧合的是，距天池一公里处竟有伏羲女娲生活过的遗址伏羲崖，崖上有上小下大两个伏羲洞。伏羲崖与天池相呼应，一为伏羲生息之处，一为龙出没之地，可谓珠联璧合，相得益彰。

据《山海经·海内东经》《太平御览》提供的史料，老龙潭、六盘天池等四大湫源，自秦汉以来是国家级祭祖拜龙之地，其规模之大，级别之高无以比肩。据我们考证，隆德六盘天池，庄浪朝那湫现存有不少庙宇遗址及建筑遗存。据《史记》载，轩辕黄帝，秦穆公、秦始皇、汉武帝、汉安帝、汉恒帝、司马迁、唐太宗、忽必烈、成吉思汗等多位帝王及文成武将、文人墨客均到过这里祭天拜祖、考察游览、部署防务。

晋代学者黄甫谧在六盘天池沐浴治病，产生灵感，深研

塞上湖城　李万平/摄

提名景观

古雁塔影、避暑福地、古岭雁鸣、长城莽苍、水沟林海、拱北雄姿、叠沟云遮、丹霞佛塔、沙岗劲松、天险石城、震湖芦龙、震湖秋色、震湖游龙、六盘天池、隆德梯田、幽谷弹筝、野荷映日、龙潭天影、丹霞翠色、耕读弥新、朝那遗韵、古道迢迢、旧隘新曲、金岸晨光、王陵夕照、唐渠春柳、玉泉夏绿、西湖秋波、古堡冬月、纳户风情、南门市声、贺兰晴雪、阅海晚灯、长河落日、夏陵夕照、悦海览胜、西部影城、古峡鸟岛、贺兰松涛、六盘烟雨、须弥石窟、沙波鸣钟、沙湖苇翠、贺兰听涛、沙海翡翠、水城福地、稻花扬絮、大河奔流、巨龙泊卧、黄河金岸、回乡唤礼、六盘雾观、云梯叠翠、枸杞天下、幸福农民、农家风情、星海落日、归德冬雪、黄沙古渡、重阳武当、沟口林园、星海夏桂、新区秀色、远山树影、顽童戏水、汇泽夕阳、汇丰盛世、绿染佳园、水秀福地、晨钟暮鼓、古桥金辉、宁东新韵、邋山秋风、大河天府、塞上江南、神奇宁夏、奇石天下、贺东山庄、日出贺兰、山石如嘴、贺兰之春、日出星海、湿地飞鹤、星海湖畔、世纪大道、绿色之城、一夜春风、春柳如烟、星海风光、顽童戏水、奇石金靴、大漠孤烟、城市风光、沙湖波光、贺兰山下、贺兰风光、公园一角、红色盐同、六盘飞歌、贺兰佛光、最美星空、黄河古韵、三园一轴、鸣翠湖畔、双陵岿然、中阿之轴、水韵战舰、牧野西风、苍松翠柏、雪慰晴空、峰起斑斓、谷润松涛、渔歌终日、亭榭仙阁、福台渔家、月牙湖光、映照夕阳、翰沙无垠、明珠璀璨、山屏晚翠、风烟落照、贺兰飞瀑、横城古渡、边塞要津、塞外风光、黄河水车、雾珠幻彩、水帘潺潺、贺兰雄姿、岩画天书、海宝塔影、阅海明珠、影城华章、湖城胜景、滨河彩练、水洞通幽、恐龙化石、回乡风情、雄姿岿然、万壑松涛、古塔凌霄、满湖碎月、金凤之缘、苇荡如切、银川之肾、风雨古堡、月魂夕照、北城幻影、石留岩画、金塔夕照、峥嵘双塔、三关隘口、洞沟遗址、史迹文明、灵州恐龙、波卧长虹、承天双塔、寺隐晨钟、南关大寺、黄河大漠、滨河新区、兵洞秘境、兵沟飞雪、峡谷风硬、银川战舰、夕照如金、滨河大道、柳陌杏香、梨花如云、亭桥别致、碧湖卧虹、金沙映月、星浴银河、北漠浩瀚、高庙胜景、梨花迎雪、沙河相依、杞乡圣果、丝路驼铃、南华松风、寺口寻幽、黄河弄筏、高庙紫烟、党项古村、南长滩园、二龙戏碧潭、双峰峙六盘、北武当晨曲、养德苑小景、玉皇阁、苍天孤雁难离去、晴雪留连牧人归、傲雪压松枝、木亭栈道迎宾客、说不完金水苍茫游古渡、道不尽十里黄沙卧彩虹、古人不言石上刻、古事无书画中存、八百里绕城一路欢、几万顷平原赛江南、阅尽此处水、天下再无海、麦浪滚滚稻香浓、千亩薰衣草、万亩葵花林、彩练舞当空。

后 记

"宁夏新十景"征集评选结果揭晓的帷幕刚刚落下，《宁夏景观文化丛书》又将付梓。这无疑是宁夏文艺工作的又一件幸事，且喜且贺！

宁夏作为全国5个省级民族自治区之一，文化底蕴深厚，旅游资源丰富。为了充分展示宁夏瑰丽多彩的自然风貌、人文风貌和优美的生态环境，为区域文化注入活力，将宁夏的文化和旅游资源优势转变成发展优势，宁夏回族自治区党委宣传部经过反复酝酿，认真研究，面向全国组织开展了"宁夏新十景"征集评选活动，旨在讲好宁夏故事，传播好宁夏声音，扩大宁夏影响力，增强宁夏美誉度。2014年8月至2015年7月的一年时间里，通过向全社会发布公告、征集景观作品、公众投稿等方式，从20个省（区、市）热心参与的广大群众推荐的2094件作品中最终评选出艾依春晓、古堡新影、贺兰晴雪、黄河金岸、回乡风情、六盘烟雨、沙湖苇舟、沙坡鸣钟、神秘西夏、水洞兵沟10个具有传世价值和时代精神的"宁夏新十景"。这"新十景"集审美意义、社会意义和生态意义于一体，文化色彩熠熠层叠，时代神韵呼之欲出。

征集评选活动得到宁夏回族自治区党委的充分肯定和支持，被自治区党委十一届五次全会列入全区文化建设的重要工作。李建华书记亲自听取征集评选活动情况汇报，并多次做出批示。自治区党委常委、宣传部部长蔡国英同志精心谋划、亲自部署，先后主持召开了20多次会议，广泛听取各方面意见建议，集思广益，有序推进。组委会各成员单位和五市党委宣传部密切配合，社会各界大力支持。征集评选期间，全国政协副主席王正伟，自治区党委原书记陈建国、原副书记于革胜，国家新闻出版广电总局副局长阎晓宏，中央电视台副台长高峰，宁夏回族自治区四套领导班子以及在宁夏工作过的老领导、在宁党的十八大代表、在宁全国人大代表、在宁全国政协委员，自治区党的十一届委员会委员、自治区人大十一届常务委员会委员、自治区十届政协常委，各民主党派主要负责人，五市党委、政府，自治区各厅局委办主要负责人，五市党委宣传部部长等参与公众投票活动。自治区政协原主席项宗西等领导还亲自创作景观文化作品，参与征集投稿。自治区近10家单位召开了"宁夏新十景"座谈会、研讨会；宁夏作家、艺术家们开展了"宁夏新十景"采风创作活动；专家学者连续在《宁夏日报》发表"宁夏新十景"景观文化释读文章。这次活动还推动了自治区五市分别开展"银川最美景""石嘴山美景""吴忠美景""固原新景观""中卫新十景"征集评选活动，沙湖等自治区主要旅游景点也开展了"沙湖十景"等征集评选活动，产生了广泛的联动、带动作用。可以说参与人数之多、征集范围之广前所未有，在宁夏营造了积极向上的社会文化氛围。

由省一级党委宣传部门牵头开展景观文化评选活动，在宁夏历史上尚属首次，在全国也不多见。且此次征集评选活动层次之高、社会各界参与度之高、参与面之广前所未有。征集评选活动期间，"宁夏新十景"专题网页访问量达到400多万人次，仅由三十景确定十景的评选过程中，收到选票就达773000余张。与"宁夏新十景"征集评选活动相呼应打造创拍的大型史诗纪录片《神秘的西夏》、大型史诗话剧《丝路天歌》、《塞上江南·宁夏》"中华情"专场节目、《走咧走咧去宁夏》等11首歌曲及系列文化精品，还有正在拍摄的6集大型纪录片《贺兰山》和40集电视连续剧《灵与肉》等多层次演绎了宁夏景观文化的文化特征和民族文化内涵，激发了宁夏文化创作的勃勃生机。

本套书作为"宁夏新十景"征集评选活动的系列内容之一，以文化的向度对"宁夏新十景"进行了多视角、多侧面、多形式的挖掘和展示，将征集评选活动凝聚成了可探可观可享的充满韵味和情趣的作品。

人与天调，然后天地之美生。"宁夏新十景"征集评选以景观为对象，以文化为媒介，通过宁夏自然资源与人文历史的互动与耦合，演绎和展现了神奇多彩的宁夏，推动了宁夏文化与旅游的深度融合和内涵式发展，使"宁夏新十景"征集评选活动切实成为打造宁夏文化旅游品牌，讲好宁夏故事，传播好宁夏声音的重要平台和创新举措，体现了宁夏宣传文化战线对传统人文历史的延续和承接，对区域文化的再丰富和再创造，以景观文化多元价值提升的实现方式为小省区办大文化提供了有益范式，对宁夏的现代化建设意义深远。

文化没有恒久的形态。本套书的出版并未为"宁夏新十景"征集评选画上休止符。索引宁夏的文化历史和自然档案，还有太多可探索、可拓展、可创新的空间，需要我们从当下认识中去勾连历史记忆和时代特征，在倡导区域文脉、延续特色文化的反复碰撞中，发现新的文化意义。推动宁夏文化在与国内外文化的交流和发展中凸显价值，在竞胜互补、增强区域集聚效应中繁荣和发展文艺仍然任重而道远。

由于时间仓促，书中难免有疏漏和不足之处，敬请广大读者批评指正。

编 者

2015年12月12日